KB186771

조선과 명나라 문사들의 기자 담론의 전개

—『황화집』 연구 —

저자약력(作者简介)

▌박춘섭(朴春燮)

1974년 중국 연변에서 출생
(중국)중앙민족대학 조선언어문학학과 및 동대학원 졸업
고려대학교 국어국문학과 박사(한국고전문학 전공)학위 취득
고려대학교 민족문화연구원 중국어사전편찬실 연구원, 선임연구원
현재 (중국)서주공정대학(徐州工程學院) 한국어학과 부교수로 재직 중

이 책은 서주공정대학교 연구비 지원으로 출판됨
(本书由徐州工程学院科研启动费资助出版)

조선과 명나라 문사들의 기자 담론의 전개
—『황화집』 연구—

초판인쇄 2018년 08월 24일
초판발행 2018년 08월 30일

저　　자 박 춘 섭
발 행 인 윤 석 현
발 행 처 도서출판 박문사
책임편집 최 인 노
등록번호 제2009-11호

우편주소 서울시 도봉구 우이천로 353 성주빌딩 3층
대표전화 02) 992 / 3253
전　　송 02) 991 / 1285
홈페이지 http://jnc.jncbms.co.kr
전자우편 bakmunsa@hanmail.net

책 글자수 191,211자

ISBN 979-11-89292-15-7 93810　　정가 24,000 원

조선과 명나라 문사들의 기자 담론의 전개

—『황화집』 연구—

박춘섭

박문사

머리말

한국에서 고전문학을 배우면서 심심찮게 듣는 말이 바로 '소중화'였다. 이는 중한 양국이 오래전부터 문화적 동질성을 공유하고 있다는 말. 그리고 또 하나의 말은 '동인', 이는 중국인과의 민족적 이질성을 나타내는 말이다. 그렇다면 양국이 서로 교류하면서 이러한 문화적 동질성과 민족적 이질성을 어떻게 인식하였고, 또한 어떻게 상대의 인식을 바꾸려 들었을까? 이것이 바로 이 책의 관심사이다.

'양국 교류'라는 대상이 그 범위가 너무 넓기에 필자는 문헌적 고증이 가능한, 조선이 명나라와 교류한 '외교'로 범위를 좁혔고, 연구문헌을 『황화집』으로 제한하였다. 또한 조선시대를 살펴보면 문화시조는 기자요, 민족 시조는 단군이라는 인식이 자리 잡고 있었다. 『황화집』으로 말미암아 지속된 180여 년이라는 외교 문학의 흐름 속에서 그 시대에 조선에 파견된 명나라 사신들의 기자에 대한 인식이 어떠했고, 조선 문사들의 대응은 또 어떠했을까? 필자가 주목하는 점은 외교 문학의 역할인 소통과 설득, 즉 조선 문사들의 대응과 상대의 인식을 바꾸려는 노력 및 그 결과이다.

이 책은 비록 필자가 많은 노력을 기울였음에도 불구하고 미비한 점이 적지 않다. 연구에서 부족한 점은 여러 선학들이 지적할 것이요, 학력의(學力) 부족은 스스로 하나하나씩 채워나가야 할 것이다.

이 책은 여러 선생님들의 정성 어린 지도와 격려와 갈라놓을 수 없다. 엄격하시면서도 자애로우신 지도교수 김흥규 선생님이 아니셨다면 결코 이 책이 탄생될 수 없었을 것이요, 또한 심경호, 정우봉, 이형대, 김영진 선생님의 세심한 지도가 없었다면 이 책이 완성되기 어려웠을 것이다. 그리고 집필 과정에 사심 없는 도움을 주신 박영민 선생님과 신상현 선배의 도움도 잊을 수 없다. 기나긴 유학 생활에 민족문화연구원에 몸을 담그고 학문을 닦던 시절, 여러모로 많은 도움을 주신 도원영 선생님에 대한 고마움도 잊을 수 없다. 여러분, 참으로 감사합니다!

자신이 좋아하는 공부를 하느라 한국에 오랫동안 체류하면서 중국에 있는 가족에 참으로 미안하고, 이들에게 진 빚은 이루다 헤아릴 수 없다. 또한 현재 몸을 담고 있는 중국의 서주공정대학(徐州工程學院)에도 감사를 드릴 분들이 참으로 많다. 이들에게 모두 고마움을 표한다.

마지막으로 이 책의 출판을 맡아 주신 박문사 편집부 선생님들께 감사의 마음을 전한다.

2018년 6월

박춘섭

목차

조선과 명나라 문사들의 기자 담론의 전개
—『황화집』 연구 —

제1장

서 론

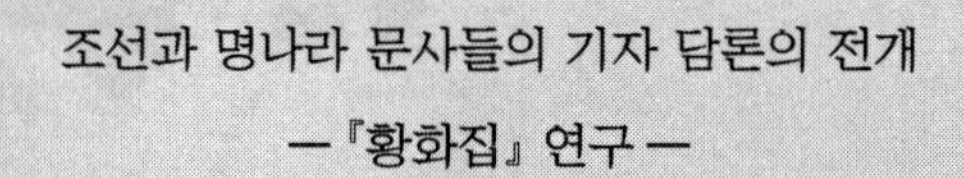

조선과 명나라 문사들의 기자 담론의 전개

—『황화집』 연구 —

01
연구 목적

본고는 조선시대에 간행된 『황화집』 전편[1]에 수록된 조명 양국 문사들의 箕子 창화 작품에 대한 검토를 통하여 통시적인 각도에서 해당 작품군에서 나타나는 양국 문사들의 기자 인식 및 詩賦 외교 전개 양상을 고찰하고 그 특질을 밝히고자 한다.

『황화집』은 『조천록』, 『연행록』과 더불어 한중 외교문학의 주된 텍스트의 하나이며, 외교문학의 전범이 되는 작품들을 집대성[2]한 문

1 『황화집』은 세종 32년(1450)부터 인조 11년(1633)에 이르는 180여 년에 걸쳐 25차례나 조선에 파견된 명사와 조선 문사들이 창화한 시문을 수록한 문집이다. 현재 연구자들은 대부분 1773년(영조 49)에 영조가 이미 시간이 오래되어 흩어진 각 시기별 『皇華集』을 모으게 하고, 아울러 직접 서문을 써서 출간한 『御製序皇華集』을 연구 대상으로 하고 있다. 이 책은 총 50卷, 25册으로 되어있고, 국학자료원에서 해당 책자를 1993년에 6책으로 영인본으로 출판하였다. 상기 『皇華集』에는 23차에 해당되는 광해 13년에 조선에 파견된 正使 劉鴻訓, 副使 楊道寅의 『辛酉本皇華集』이 누락되어 있다. 중국인 학자 趙季가 상기 『辛酉本皇華集』을 발굴한 뒤 기존의 『御製序皇華集』과 합본하여 2013년에 『足本皇華集』(鳳凰出版社)을 출간하였는바, 이로부터 『皇華集』全文에 대한 고찰이 가능하게 되었다.

2 임기중은 「한·중 외교문학 연구」(『동악어문논집』31, 동악어문학회, 1996)에서 '외교문학이란 외교목적으로 문학작품을 창작하여 그 작품이 외교의 수단과 방법이 되었을 때, 그런 유형의 문학을 일컫는 용어이다. 따라서 단순히 외교를 소재로

집이다. 그러나 『황화집』은 정해진 틀과 의례적인 면이 두드러지고, 외교 목적 수행의 실전이라는 긴박한 현장감이 후자에 비해 뒤떨어진다는 등의 이유로 학계에서 별로 중시를 받지 못하고 있다.

그러나 조선 지식인들의 중국 사행이 동아시아 세계를 인식하는 주요 통로의 하나라면, 중국인들의 조선 사행 역시 그들이 조선을 인식하는 중요한 통로임은 의심할 바 없다. 때문에 중국인들의 조선에 대한 인식을 고찰하는 자료[3]로 『황화집』의 가치는 여전히 유효하다.

본고에서는 외교문학, 즉 辭賦外交의 특질이 '외교 장소에서 '賦詩言志'하거나 혹 외교사무 외의 일에 대하여 시를 지어 입장을 표명하고, 정보를 전달하는 외교 언사의 방식'[4]라는 점에 주목하고 『황화집』에 수록된 조·명 양국 문사들이 지은 箕子 題詠 창화 작품을 조명하

한 문학이나 외교의 과정에서 파생된 문학은 넓은 뜻의 외교문학 범주에는 넣을 수 있을지 모르겠지만 엄밀한 의미에서는 외교문학이라 할 수 없다.'고 외교문학의 개념을 정의하고 있다. '외교문학'이라는 개념은 일찍 이춘호(『韓中外交文學論 : 文獻備考와 詩史를 中心으로』, 동국대 석사학위논문, 1984)가 처음으로 제기하였으며, 이외에 '문장 외교', '창화 외교'라고 칭하기도 한다. 그리고 엄경흠은 해당 작품들을 '皇華詩'로 분류(「外交詩의 범주와 갈래에 대하여 - 『동문선』 所載 작품을 중심으로」, 『석당논총』 44집, 동아대학교 석당학술원, 2009)하고 있다. 중국의 경우에는 '詩賦外交' 혹 '辞赋外交' 로 부르기도 한다.

3 이 계열의 문집으로는 『황화집』외, 중국인들이 사행 과정을 기록한 『使朝鮮錄』이 있다. 이중에는 宋의 徐兢이 고려를 다녀오고 지은 『宣和奉使高麗圖經』, 明의 倪謙이 지은 『遼海編』, 張寧의 『奉使錄』, 董越의 『朝鮮賦』·『朝鮮雜志』, 龔用卿의 『使朝鮮錄』, 朱之蕃의 『奉使朝鮮稿』, 姜曰廣의 『輶軒紀事』 및 淸의 阿克敦의 『東遊集』·『奉使圖』, 柏俊의 『奉使朝鮮驿程日記』, 魁龄의 『東使紀事詩略』, 馬建忠의 『東行三錄』, 崇禮의 『奉使朝鮮日記』 등이 있다. 해당 문집은 殷夢霞, 于浩에 의하여 2003년에 北京圖書館出版社에서 『使朝鮮錄』으로 합본되어 영인, 출판되었다.

4 楊志才, 「春秋時代外交活動中的賦詩」, 『外交學院學報』1, 外交學院, 1986, 70면: '詩賦外交是指在外交場合'賦詩言志', 或就外交外事, 通過吟詩做賦表達立場, 傳遞信息的一種外交話語方式."

고자 한다. 구체적인 이유는 다음과 같다.

첫째, 해당 작품군이 『황화집』에서 차지하는 비중이 크다. 이 작품군은 많은 양국 문신들[5]에 의하여 도합 159수(편)이 창작되었는데, 단일 소재로는 해당 문집에서 가장 많은 비중을 차지한다. 이는 文廟題詠 작품보다 더 많은 바 명사들이 노정 상 평양에 두 번 들르게 되는 점을 감안하더라도 그 이유를 배향 횟수가 많다는 점에서 찾기에는 무리가 따른다. 그 원인은 문묘가 평양과 서울 성균관에 각각 한 곳이 있고, 특히 서울 문묘의 공자 神位에 배향하는 謁廟禮는 명사의 중요한 임무[6]로 반드시 배향하지만 평양에 위치한 기자사당과 기자무덤은 그렇지 않기 때문이다. 사실 중국에도 기자 기념물이 있[7]지만 다만 도연명, 유종원 등 몇몇 문인들만 글을 남겼을 뿐이고, 또한 清使들이 남긴 작품도 詩作 몇 수에 불과하다.[8] 그렇다면 유독 명사들이 조선에 온 뒤 기자 題詠 작품을 즐겨지은 이유와 목적에 대하여 고찰할 필요성이 제기된다.

또한 해당 작품군이 일부 특정 文體에서 압도적인 비중을 차지하

---

5 기자 제영 작품은 9차 사신 徐穆, 22차 사신 熊化를 제외한 타 23차에서 모두 지어졌다. 그중 徐穆은 조선 문신들과 수창하지 않고 시 7수만 지어 당시에는 『황화집』이 간행되지 않았고, 나중에 그 前期, 즉 8차 사신인 艾璞의 작품집에 합본되어 출간되었다.

6 龔用卿은 『使朝鮮錄』에서 '出使之禮'가 제일 중요한 것이라 여겨 이를 해당 저서의 첫머리에 배치하였다. '出使之禮'에는 '조서를 맞이하는 의례(迎詔之儀)', '조서를 열어서 읽는 의례(開讀之儀)', '연도에서 조서를 맞는 의례(沿途迎詔之儀)', '文廟를 알현하는 의례(謁廟禮)' 등 의례로 구성되어 있다.

7 중국에는 箕子, 微子, 比干 三仁을 기념하여 세운 三仁祠(朝歌城, 현재의 河南省 淇县)가 있다.

8 殷夢霞·于浩, 『使朝鮮錄』, 北京圖書館出版社, 2003, 참고.

고 있는 현상에 대하여 주목할 필요가 있다. 예를 들어 楚辭體 辭賦 작품은 전체 『황화집』에서 도합 20수가 창작되었는데, 그중 기자사당을 배알하고 지은 작품이 6수로 2위를 차지[9]한다. 楚辭 작품은 작가들의 강렬한 개인적인 정감이 표출된 개성적인 문학[10]장르로 기존 연구에서 『황화집』작품들을 다만 외교를 위한 형식적인 작품으로 보는 시각이 과연 모든 작품에 적용할 수 있는지 재고할 필요성이 제기된다.

둘째, 한중 양국의 당시 기자에 대한 인식이 다를 가능성이 있다는 점에 주목할 필요가 있다. 기존 연구에서 이미 조선시대에 '기자동래설'[11] 및 기자 인식에 있어서 시기별로 변화를 가져왔음을 주목하여 왔다. 조선은 소위 '단군-기자' 계보로 인식하여 '중국과 구별되는 독자적 역사와 정치 영역의 창시자인 단군, 그리고 인륜 질서와 보편적 가치의 전도자인 기자의 경쟁과 相補의 해석 가능성이 모두 열려 있'었고, 또한 이는 '이 가변성을 조정하는 방식은 상황과 정치적 입지에 따라 달랐고, 중국을 비롯한 타자와의 관계에서 조선의 정체성을 어떻게 볼 것인가 하는 문제와도 맞물려 있'[12]기 때문에 시

---

9 杜慧月, 『明代文臣出使朝鮮與皇華集』, 人民出版社, 2010, 145~165면. 해당 저서에서는 楚辭體 詩 및 散文 賦로 나눴는데, 사실 이 유형의 작품들은 모두 楚辭體 辭賦에 속한다. 그리고 賦에서는 〈登太平樓賦〉가 9수로 1위를 차지하며, 6수의 〈謁箕子廟賦〉는 조·중 문사들이 각각 3수씩 지었다.

10 심성호, 「초사문체고」, 『중국어문학』26, 영남중국어문학회, 1995, 14면.

11 본고는 현재 한중 양국 학계에서 논쟁이 치열한 '기자 동래설' 진위 여부에 대하여 그 어떤 입장도 표하지 않음을 밝혀둔다. 또한 단군의 실존 여부에 대한 논의도 마찬가지이다. 그 이유는 '역사는 사실 자체가 아니고 후대인의 기억임을 알려주는 사례'(조동일, 『한국문학통사』제4판 1권, 지식산업사, 2005, 75면)이기 때문이다.

대별로 서로 다른 인식 양상을 보이고 있다.

중국인들은 보편적으로 기자를 '周武王이 조선에 봉한 제후요, 조선을 교화시킨 중국인'이라고 인식하고 있었지만, 정작 조선에 온 명사들은 조선의 변화되는 기자 인식에 기초한, '기자조선'에 앞선 '단군조선'을 어떻게 인식하고 이해할 것인가 하는 현실적 문제가 발생하게 된다.

'외교(diplomacy)'란 서방에서 '교섭의 술(art of negotiation)'로 규정[13]되고, '교섭'이란 결국 '어떤 일을 이루기 위하여 서로 의논하고 절충함'[14]으로 이해할 때, 조선 문사들이 명사와의 서로 다를 수 있는 기자 인식을 두고, 해당 題詠 창화작품에서 어떻게 '교섭' 즉 자신의 입장을 표명하였는가에 주목할 필요가 있다.

셋째, 기존 연구의 미진함이다. 위에서 이미 언급하였지만, 학계에서 별다른 주목을 받지 못한 『황화집』작품은 비록 한중 양국에서 일부 연구 성과가 있기는 하였지만 '주로 사신들의 수창 양상과 방식, 여행 경로, 접대 예식, 그리고 『황화집』편찬 경위 등을 고찰하였고, 수창된 시문의 내용에 대한 본격적인 분석, 그 의미에 대한 해석과 평가가 아직 내려지지 않'[15]은 실정이다.

또한 연구의 미비함으로 인한 지나치게 편협적인 인식이 산견된

12 김흥규, 「정치적 공동체의 상상과 기억」, 『근대의 특권화를 넘어서』, 창비, 2013, 93면.

13 김용구, 「외교 개념 연구」, 『학술원논문집: 인문, 사회과학편』50, 대한민국학술원, 2011, 252면.

14 『고려대 한국어대사전』, 민족문화연구원, 2009, 해당 표제어 참고.

15 김남이, 「15세기 조선 문사와 명 사신의 시문 수창과 그 의미」, 『동양고전연구』16, 동양고전학회, 2002, 37면.

다. 위에서 이미 언급한 劉鴻訓의 『辛酉皇華集』출간에 대한 오해로 비롯된 그릇된 인식, 조선정부가 명사로 하여금 반드시 단군사당을 배알하게 하였다는 인식, 1차 文學之士 예겸의 사행이후, 조선 파견된 명의 문사가 도합 24차였다는 인식[16] 등이 대표적인 예들이다.

해당 작품군에 대한 연구는 단 두 편, 한국의 경우 신태영에 의하여 전체적인 조망이 이루어졌[17]지만, 180년에 걸려 창작된 작품들을 공시적인 각도 및 명사들의 작품에만 치중하여 그들의 조선에 대한 인식만 고찰한 미흡한 면이 존재한다. 중국의 경우, 權赫子에 의하여 '箕子 題詠 辭賦'의 문학외교에 대한 논의[18]가 이루어졌지만, 이 역시 다만 '양국 문신들이 기자 창화를 통하여 양국의 우호 관계를 돈독히 하려는 목적'을 증명하는데 그쳤다.

본고는 다음과 같은 관점에서 출발하여 해당 작품군을 조망하고

---

16 단군사당 배향은 다음 장에서 다룰 것이고, 여기에서는 명의 文學之士 파견에 대하여 간단히 언급하고자 한다. 명에서 조선의 일로 사신을 파견할 때, 성종조에 이르러 보통 正使는 환관, 副使는 行人司 行人을 파견하였다. 行人司는 명태조 13년(1380)에 처음 설치되었는데, 이 기구는 '조칙 반포, 책봉, 각 번왕 위무, 인재 초빙, 賞賜, 위문, 재난 구제, 군대, 제사 등의 일을 관장(凡頒行詔勅册封宗室撫諭諸蕃徵聘賢才與夫賞賜、慰問、賑濟、軍旅、祭祀, 咸叙差焉. 每歲朝審則行人. 『明史·職官志三·行人司條』卷74) 하는 기구이다. 行人司는 建文帝 때에 철폐되어 鴻胪寺에 예속되었고, 永樂帝 때에 다시 부활하였다. 연산군 1년(1495)에 성종의 賜諡 副使로 온 王獻臣은 『論諫集』을 조선에 바친(『연산군일기』7권, 1년(1495) 7월 9일), 중국에서 글 잘하기로 소문이 난(『연산군일기』4권, 1년(1495) 4월 18일) 인물로, 비록 조선에서 창화를 준비했지만 실제로는 이루어지지 않았다. 참고로 16세기에 副使로 온 行人司 行人 張承憲(13차), 王鶴(14차) 등은 조선 문사들과 창화를 하였다. 즉, 요점은 24차는 다만 조선에서 창작하고 작품을 남기고 간 명사들이라는 점이다.

17 신태영은 『皇華集研究: 文學的 交遊樣相과 明使의 朝鮮認識』(성균관대학교 박사학위논문, 2004)을 단행본 『명나라 사신은 조선을 어떻게 보았는가? -『황화집』 연구』(다운샘, 2005)으로 간행하였다. 해당 저서 180~194면, 참고.

18 權赫子, 「从『皇华集』'箕子题咏'看辞赋的外交功能」, 『东疆学刊』28, 延邊大學, 2011.

자 한다.

① 180년 3세기를 경유하며 창작된 해당 작품들은 후자가 전자의 작품을 읽을 수 있는 전제 하에서 이루어졌고, 또한 당시 시대 풍모에서 어느 정도 '집단성, 관습성, 유형성'을 띠게 되게 되지만, 역사의 흐름 속에서의 변모된 전개 양상이 불가피하게 있을 것으로 사료된다. 본고에서는 이러한 역사적 전개 과정에서의 변화 양상을 집중적으로 살필 것이다.

② 외교는 서로 상대를 설득하는 예술인만큼 기자 창화를 통하여 쌍방이 어떻게 서로의 인식을 바꾸는 외교적 노력을 하여왔고, 이러한 노력들이 어떤 변화를 가져왔는지를 고찰할 것이다.

③ 기존의 시각과는 달리 쌍방의 입장을 충분히 고려할 것이다. 즉, 필자 나름대로 공정한 각도에서 해당 작품들을 조망하려 한다.

02
선행 연구

1) 한국의 경우

『황화집』소재 작품에 대한 본격적인 연구는 1993년 국학자료원에서 『御製序皇華集』을 영인하여 출판한 뒤로부터 시작된다. 비록 董越의 〈朝鮮賦〉에 대한 이른 연구가 있지만 이를 『황화집』작품 早期 연구로 보기에는 좀 무리한 면이 있다.[19]

해당 작품에 대한 연구는 크게 3개로 나뉜다.

---

19 참고로 조영록은 이보다 이른 시기에 董越의 작품을 연구(「董越의 〈朝鮮賦〉에 대하여」, 『全海宗博士華甲紀念史學論叢』, 일조각, 1979)하였지만, 이를 『황화집』에 대한 연구라고 볼 수 없다. 그 이유는 7차 사신 董越은 성종 19년(1488)에 조선에 왔었고, 그의 『황화집』은 그해 겨울인 '弘治元年蒼龍戊申冬十月下瀚'에 간행되었기 때문이다. 〈朝鮮賦〉는 동월이 조선에서 자료를 수집하여 중국으로 돌아간 뒤 3년에 걸쳐 완성되었으며, 그가 4년 뒤인 성종 23년(1492)에 8차 사절 애박이 사행 올 때 조선에 기증하였다. 이에 성종은 이를 책자로 간행하도록 지시한다(『성종실록』266권, 23년, 6월 23일 기사 참고). 해당 작품은 영향력이 막대하여, 나중에 선조가 선조 41년(1608)에 이전의 1～18차 분의 『황화집』을 일괄 간행할 때거나, 혹 나중에 영조 시기의 『御製序皇華集』을 간행할 때 수록하였을 것으로 추정된다. 즉, 〈朝鮮賦〉은 초기의 『황화집』과는 관계없는 단행본으로 볼 수 있다.

① 제반 작품에 대한 총체적 연구: 김덕수[20]는 조선 문사의 명사와의 수창 양상과 代作 관행에 대하여 다루었고, 신태영은 박사 논문[21]에서 제반 『황화집』수록 시문을 통하여 명과 조선의 문학적 교유 양상과 명사들이 조선의 풍경과 풍속을 살펴본 후 조선에 대한 인식을 새롭게 가지게 된 연유를 설명하였다. 그는 또한 논문[22]에서 명사와 접반사의 수창 양상을 다루기도 하였다.

② 일부 작가 혹 특정 시대의 작가의 작품에 대한 연구: 김은정[23]은 『황화집』판본과 간행 경위를 살피고, 아울러 세종 32(1450)년에 조선에 사신으로 파견된 1차 문사 예겸과 조선 문사들의 수창 양상에 대해 살폈다. 김남이[24]는 15세기에 한정하여 1-5차 명사[25]들의 조선 인식과 양국 문사들의 수창 양상을 다루었다. 이혜순[26]은 6차 사신 祁順의 〈朝鮮雜詠〉 10수를 대상으로 명

---

20 김덕수, 「조선 문사와 명 사신의 酬唱과 그 양상」, 『한국한문학연구』27, 한국한문학회, 2001.

21 신태영, 같은 책.

22 신태영, 「『황화집』소재 한시의 특징과 양상 - 명 사신과 조선 접반사의 수창」, 『東方漢文學』164, 우리한문학회, 2010.

23 김은정, 「경오본 『황화집』 편찬경위와 시문수창의 의미」, 『한국한시연구』7, 한국한시학회, 1998.

24 김남이, 「15世紀 朝鮮 文士와 明 使臣의 詩文 酬唱과 그 의미」, 『東洋古典硏究』16, 동양고전학회, 2002.

25 해당 논문에서는 세종 32년(1450)부터 세조 10년(1464)까지 조선에 사행 온 1~5차(1차 倪謙, 2차 陳鑑, 3차 陳嘉猷, 4차 張寧, 5차 金湜) 명사를 연구 대상으로 한정하였다. 15세기의 6~8차 명사인 6차 祈順(성종 7년, 1476), 7차 董越(성종 19년, 1489), 8차 艾璞(성종 23년, 1492)를 연구 대상에서 제외하였는데, 그 이유는 알 수 없다.

26 이혜순, 「『皇華集』 수록 明 사신의 使行詩에 보이는 조선인식: 祁順의 「朝鮮雜詠」10수를 중심으로」, 『한국시가연구』10(한국시가학회, 2001).

사의 조선 인식을 살폈다. 임채명[27]은 13차 사신 張承憲이 조선에 올 때 원접사 직을 맡은 신광한의 『乙巳本皇華集』소재 차운시에서 나타난 특징을 연구하였다.

③『황화집』의 부분적 특성에 대한 연구: 강석중[28]은 『황화집』에서 나타나는 賦와 次韻賦에 대하여 고찰하였고, 심경호[29]는 『황화집』과 조선의 '문장화국' 정책과의 관계에 대하여 다루었다. 노경희[30]는 17세기 초에 조선에 온 명사들과 접반사들의 문학교류를 다루면서 해당 『황화집』을 함께 고찰하였다.

위에서 보다시피 『황화집』작품에 대한 연구는 매우 소략한 편인바, 향후 시문의 내용에 대한 본격적인 분석과 그 의미에 대한 해석과 평가가 필요하다.

2) 중국의 경우

중국의 기존 연구는 대체로 『황화집』을 통한 한중 양국의 우호 교류 및 단행본 문집 고증에 초점을 맞추고 있는 바, 중국의 『황화집』

27 임채명, 「기재 신광한 시의 일국면: 『황화집』 소재 시를 중심으로」, 『漢文學論集』19, 근역한문학회, 2001.

28 강석중, 『한국 科賦의 전개 양상 연구』, 서울대학교 박사학위논문, 1991, 67~73면.

29 심경호, 『조선시대 한문학과 시경론』, 일지사, 1999, 37~40면.

30 노경희, 「17세기 초 문관출신 明使 接伴과 韓中 문학교류」, 『한국한문학 연구』42, 한국한문학회, 2008. 해당 논문에서는 20차 명사 顧天峻, 21차 명사 朱之蕃, 22차 명사 熊化에 한하여 다루었다.

소재 작품에 대한 연구는 소략한 편이다. 또한 위에서 언급하였지만, 중국의 학자 趙季가 23차 사신 劉鴻訓의 『辛酉本皇華集』을 발굴하여 기존의 『御製序皇華集』과 합본하여 『足本皇華集』(鳳凰出版社)을 출간한 연도가 2013년이기에, 중국의 기존 연구는 기본적으로 『御製序 皇華集』을 연구 대상으로 하고 있다.

杜慧月[31]는 上篇과 下篇으로 나누어 『황화집』을 고찰하였는데, 上篇에서는『 황화집』작품이 지어진 장소, 창화 전통, 사용된 文體, 詩風, 내용 등을 전반적으로 고찰하였고, 下篇에서는 각 단행본의 저자 소개, 사행 목적, 해당 역사 기록 등에 대하여 논술하였다. 王克平[32]은 『황화집』의 작품 내용 분류, 양국 문사들의 문학 비평, 창화를 통한 교유 등으로 나누어 문학적 가치를 논평하였다. 그리고 權赫子[33]는 『황화집』소재 기자 題詠 辭賦 전개 양상에 주목하여 간략하게 논술하였다.

이외 중국인 학자 殷雪征이 한국의 학술지에 발표한 논문들도 있는데, 그는 해당 『皇华集』을 중심으로 각각 1차 사신 倪謙[34]과 11차 사신 龔用卿[35]의 외교문학 전개 양상을 다루었다.

---

31 杜慧月, 같은 책.

32 王克平, 「『皇華集』的文學價值」, 『遼東學院學報』13, 遼東學院, 2011.

33 權赫子, 같은 논문.

34 殷雪征, 「明景泰年間的中朝詩賦外交 —以倪謙出使朝鮮為中心的考察」, 『中國文學』 65, 한국중국어문학회, 2010.

35 殷雪征, 「嘉靖年间的中朝诗赋外交: 以龚用卿出使朝鲜与『丁酉皇华集』为中心的考察」, 『한중인문학연구』34, 한중인문학회, 2011.

03
연구 범위 및 연구 방법

1) 연구 범위 및 시대 구분

기자 題詠 작품을 검토하기 위하여 우선 해당 작품 범주를 확정할 필요가 있다. 앞에서 이미 서술하였지만, 국학자료원에서 영인, 출판한 『御製序皇華集』에는 23차 사신 劉鴻訓의 『辛酉本皇華集』이 누락되어 있기에 전면적인 고찰이 불가하다. 때문에 본고는 趙季가 광해 13년(1621)에 조선에서 출간한 『辛酉本皇華集』(銅活字本)을 저본으로 하여 교감한 뒤, 『御製序皇華集』과 묶어 출판한 『足本皇華集』을 연구 자료로 삼고자 한다. 또한 해당 내용은 국학자료원의 『御製序皇華集』과 비교하여 오류 여부를 검토할 것이다. 해당 자료 목록을 정리하면 다음과 같다.

〈표 1-1〉『황화집』개관

序	문집명	사행 연도	권	원접사	정사	부사
01	〈庚午本〉	세종 32년(1450)	1	鄭麟趾	倪謙	司馬恂
02	〈丁丑本〉	세조 03년(1457)	2-3	朴元亨	陳鑑	高閏
03	〈己卯本〉	세조 05년(1459)	4	朴元亨	陳嘉猷	
04	〈庚申本〉	세조 06년(1460)	5	朴元亨	張寧	武忠(무관)
05	〈甲申本〉	세조 10년(1464)	6-7	朴元亨	金湜	張珹
06	〈丙申本〉	성종 07년(1476)	8-9	徐居正	祁順	張瑾
07	〈戊申本〉	성종 19년(1488)	10-12	許琮	董越	王敞
08	〈壬子本〉	성종 23년(1492)	13	盧公弼	艾璞	高胤
09	〈丙寅本〉	연산 12년(1506)		任士洪	徐穆	吉時(吏科給事中)
10	〈辛巳本〉	중종 16년(1521)	14-17	李荇	唐皐	史道
11	〈丁酉本〉	중종 32년(1537)	18-22	鄭士龍	龔用卿	吳希孟
12	〈己亥本〉	중종 34년(1539)	23-27	蘇世讓	華察	薛廷寵
13	〈乙巳本〉	인종 01년(1545)	28	申光漢	郭放(환관)	張承憲
14	〈丙午本〉	명종 01년(1546)	29	鄭士龍	劉遠(환관)	王鶴
15	〈丁卯本〉	명종 22년(1567)	30	朴忠元	許國	魏時亮
16	〈戊辰本〉	선조 01년(1568)	31	朴淳	姚臣(환관)	歐希稷
17	〈戊辰本〉	선조 01년(1568)	32	朴淳	成憲	王璽
18	〈癸酉本〉	선조 05년(1573)	33-34	鄭惟吉	韓世能	陳三謨
19	〈壬午本〉	선조 15년(1582)	35-36	李珥	黃洪憲	王敬民
20	〈壬寅本〉	선조 35년(1602)	37	李好閔	顧天峻	崔廷健
21	〈丙午本〉	선조 39년(1606)	38-42	柳根	朱之蕃	梁有年
22	〈己酉本〉	광해 01년(1609)	43	柳根	劉用(환관)	熊化
23	〈辛酉本〉	광해13년(1621)		李爾瞻	劉鴻訓	楊道寅
24	〈丙寅本〉	인조 04년(1626)	44-47	金瑬	姜日廣	王夢尹
25	〈癸酉本〉	인조 11년(1633)	48-50	辛啓榮	程龍	

상기 도표는 『足本皇華集』을 기초로 하여 작성하였는바, 음영으로 처리된 것은 『皇華集』에는 기록되지 않은 인물이다. 해당 문집에는 합계 詩 6,289수, 賦 20편, 散文 217편이 수록되어 있다.

본고에서 주요 연구 대상으로 한 箕子 題詠 작품 분포도는 다음과 같다. 그리고 서술 상의 중복을 피하기 위하여 구체적인 작가 및 작품명은 다음 장에서 보여주기로 한다.

〈표 1-2〉『황화집』箕子 題詠 작품 분포도

회차(연도)	조선 측	명측	計
1(1450)	없음	詩 3수	3
2(1457)	없음	詩 1수, 辭 1수	2
3(1459)	없음	詩 1수	1
4(1460)	없음	文 1편	1
5(1464)	詩 1수	詩 2수, 文 1편	3
6(1476)	詩 5수, 賦 1편	詩 5수, 賦 1편	12
7(1488)	詩 7수, 辭 3수	詩 6수, 辭 6수	22
8(1492)	詩 2수	詩 2수	4
9(1506)	없음		
10(1521)	詩 5수, 辭 1수	詩 9수, 辭 1수	16
11(1537)	辭 2수	詩 9수, 辭 2수	13
12(1539)	詩 9수, 辭 1수	詩 9수, 辭 1수	20
13(1545)	詩 2수	詩 2수	4
14(1546)	詩 3수	詩 2수	5
15(1567)	없음	詩 2수, 辭 1수	3
16(1568)	詩 1수	詩 1수	2

17(1568)	詩 1수	詩 1수	2
18(1573)	詩 4수	詩 4수	8
19(1582)	詩 3수, 賦 1편	詩 3수, 賦 1편	8
20(1602)	詩 1수	詩 1수, 文 1편	2
21(1606)	詩 2수	詩 2수, 文 1편	5
22(1609)	없음		
23(1621)	詩 6수	詩 7수, 文 1편	14
24(1626)	詩 2수, 賦 1편	詩 2수, 賦 1편	6
25(1633)	없음	詩 1수	1
合計	**64**	**95**	**159**

*이 중 16세기 전기에 해당되는 9차와 17세기 전기에 해당되는 22차에만 해당 작품이 지어지지 않았을 뿐이다. 그중 9차 徐穆은 조선에 와서 조선 문신들과 수창하지 않고 시만 7수 남겨 그 당시에는 『皇華集』을 간행하지 않았다.

위의 도표에서 보다시피 명사가 창작한 작품은 조선 문사들보다 31수(편)이 더 많다. 文에는 창화가 이루어질 수 없고 또한 1～4차에는 해당 작품에 대한 조선 문사들의 창화가 이루어지지 않았다는 점, 그리고 명사들의 일부 작품에 조선 문사들이 차운작을 짓지 않았다는 것이 그 원인이다.

위에서 이미 언급하였지만, 『황화집』은 180여 년에 걸쳐 창작된 작품집이다. 조선에 오는 명사들의 성격 취향 및 文才도 각각 달랐고, 사행 목적도 제각각이었다. 이러한 정황에서 모든 작품을 범박하게 하나의 범주로 재단하여 공시적으로 검토하여서도 안 되지만 그렇다고 25회를 모두 각각 분석하기에도 무리가 따른다.

본고는 외교문학의 특징이 외교 현안과 밀접히 연계되어 있음에 근거하여 각각 15세기 후반, 16세기, 17세기 전반 등 세 시기로 나눠어 검토하고자 한다.

조선은 건국한 뒤 조·명 양국은 한동안 긴장 상태에 처하여 있었다.[36] 세종-세조대에만 하더라도 양국은 요동의 여진족 문제로 여전히 외교 갈등이 있었고, 성종대에 이르러서도 세조 때에도 행하였던 제천례도 간간히 시행[37]된다. 이 시기 조선에 온 명사들은 기자를 빌어 '조공-책봉'관계를 확인, 강화하려는 경향이 강한 반면 조선에서는 단군과 기자의 先·後 관계 정립 및 기자의 '不臣'을 강조하는 의식 성향이 강하였다.

16세기 전기에 이르러 양국의 외교는 반정으로 왕위에 오른 중종

36 이성계는 조선을 건국한 후 대명 사대정책을 신속하고 적극적으로 선택하였다. 明太祖 朱元璋은 조선에서 보내온 '和寧', '朝鮮' 중 후자가 '동이의 호칭 가운데 오직 조선이란 칭호만이 아름답고 그 유래도 오래되었다.'고 하면서 '조선'으로 정할 것을 통보하였다. 그 뒤 조선은 사신을 명에 보내 공민왕 때 받은 금새를 돌려주고 '朝鮮國王'을 새긴 새로운 금새를 요청하였다. 이로서 양국은 전통적 '책봉-조공' 관계를 정립하게 된다. 그러나 양국이 수교한 뒤에도 요동을 둘러싼 갈등은 여전히 해소되지 않았고, 명은 조선 사신의 입국을 거절하는 등 외교적 압력을 조선에 가한다. 그리고 1395년에 명은 표전문 분쟁을 일으켜 정도전의 신병 인도를 끈질기게 요구한다. 이에 맞서 조선의 강경파들은 요동정벌논을 제기하며, 한때 이를 실제로 추진하기도 하였다. 그러나 1398년 '왕자의 난' 중에 정도전 등 강경파들이 피살됨으로 이는 무위로 돌아간다. 양국 관계의 정상화는 주원장이 죽은 뒤 (建文帝 때) 一年三使(명은 초기에 三年一使를 요구하였음)의 회복과, (明成祖 때) 誥命印信問題를 해결함으로 비로소 정상화된다. (김한규, 『한중관계사 II』, 아르케, 1999, 570~579면)

37 유교적 제례에 의하면 하늘에는 천명을 수여받은 천자만 행할 수 있고, 천자로부터 책봉받은 제후는 다만 종묘와 경내의 산천에만 제를 지낼 수 있다. 한국에서는 삼국시대부터 제천례가 시행되어 왔었지만 조선이 건국된 후 이에 대한 시비가 일어났었고, 세종대에 이르러 잠시 철폐되었다가 다시 시행된다. 제천례를 행할 수 있다는 변계량의 찬성 논리의 하나가 '우리나라는 단군을 시조로 하늘에서 내려왔으니 천자가 분봉한 나라가 아니다'이다. 이에 대하여 논란이 거듭되다가, 성종 5년에 편찬된 『國朝五禮儀』에 이는 '천자의 예'로 인정되어 제례에서 빠지게 된다. (한형주, 「朝鮮 世祖代의 祭天禮에 대한 硏究」, 『진단학보』81, 진단학회, 1996, 참고)

에 대한 명의 공식적 승인, 즉 '책봉' 문제가 한동안 양국의 외교 현안으로 되었고, 이 문제를 해결한 뒤에는 '宗系辨誣'[38]가 다시 부상한다. 중종 13년(1518)에 이르러 조선에서는 태종대에 이미 개정이 완료된 줄로 알았던 종계 기록 오류가 『大明會典』에 그대로 수록되었음을 알게 되[39]어 명에 지속적인 변무 외교를 전개한다. 그러던 차에 조선조정에서는 중종 32년(1537)에 조선에 온 11차 공용경이 『大明會典』수찬에 간여하고 있음을 알고 그에게 '변무'를 부탁하는 등 외교활동을 전개한다. 또한 바로 그 뒤에 온 12차 화찰에게도 역시 '변무'를 부탁한다. 즉 이 시기는 조선이 적극적으로 친명 외교를 전개하던 시기였다고 볼 수 있다.

변무 외교는 명종-선조대에도 지속적으로 이루지는 바, 선조 22년(1589)에야 비로소 명으로부터 상기 오류를 바로잡는 내용을 해당 문항에 細注로 附記한 『大明會典』全卷을 받아옴으로서 해당 외교는 일단락된다.

16세기 말에 임진왜란이 일어나며, 명은 조선에 원군을 파견하여 양국이 함께 일본의 침략을 격퇴함으로 인하여 양국의 '책봉-조공'

---

38 宗系 문제는 明太祖 시기에 조선왕조의 '국조인 이성계가 이인임의 아들'이라는 종계의 誤謬와 이른바 '四王 弑害'로 곡해하여 『祖訓祖章』에 기록(실제로 결정적인 誤謬 준 것은 『皇明祖訓』임)을 가리키는데, 여기에는 '朝鮮國即高麗, 其李仁人及子李成桂今名旦者, 自洪武六年至洪武二十八年, 首尾凡弑王氏四王, 姑待之.'로 적혀있있다. 태종대에 이 오류를 감지하고 명에 종계를 바로잡아줄 것을 요청한다. 태종 4년(1404) 4월에 사은사 李彬 등이 종계 정정 등에 관한 예부의 자문을 가지고 귀환하였는바, 이에 조선은 종계와 사왕시해 문제가 종결된 것으로 인지한 모양이다. (박성주, 「조선전기 조·명 관계에서의 종계 문제」, 『경주사학』22, 2003, 참고)

39 『중종실록』 32권, 13년(1518), 4월 26일.

관계는 더더욱 공고해진다. 그러나 이 시기 멸망 위기에 이른 명나라 조정의 기강이 해이해져, 17세기에 조선에 온 20차 顧天俊, 23차 劉鴻訓 등은 조선에 와서 대량으로 재물을 약탈한다. 또한 이 시기 반정으로 왕위에 오른 인조에 대한 명의 공식적 승인 -'책봉' 문제가 중요한 외교 사안으로 떠오른다.

2) 연구 방법론

본고의 연구 대상은 다음과 같은 특징을 가진다. 첫째, 해당 연구 대상은 180여 년의 세월을 흐르면서 공식적으로 기록된 창작자가 무려 51명[40](명사 39명, 조선의 원접사 12명)에 달하는 집단 창작 작품집이다. 때문에 개개인의 작품을 취합하여 일괄적으로 논술하기가 어렵다. 둘째, 장르는 詩, 賦, 文 등으로 나뉘고 그 표현 방법 또한 다양하여 전체적으로 조명하기에는 어려움이 따른다. 선행 연구에서 전체 작품에 대한 조망이 별로 이루어지지 못하고 개별 시대, 특정 작품에 제한된 것도 바로 이러한 원인으로 비롯된다.

본고는 김흥규 등[41]이 시도한 고시조의 계량적 분석을 주목하고,

---

40 비록 공식적으로 기록된 창작자가 51명이지만, 실제로는 더 많을 가능성이 있다. 그 이유는 조선은 명사와의 창화를 고려하여 문재가 있는 종사관들을 다수 뽑아 접반사의 수창을 돕게 하였고, 혹은 수창을 대비하여 미리 시를 지어두기도 하였기 때문이다. 이 경우는 중국도 마찬가지인바, 중국에서도 마찬가지로 수창을 대비하여 수행인원을 동행시키기도 하였다.

41 김흥규·권순회, 『고시조 데이터베이스의 계량적 분석과 시조사의 지형도』, 고려대민족문화연구원, 2002.

이 방법을 한시에 활용하여 해당 작품들을 전체적으로 조망하고자 한다.

해당 연구 방법은 '집단성, 관습성, 유형성, 共通資産性'을 가진 작품들에 대한 객관적인 판단의 근거를 확보할 수 있는 방법으로, 문학 연구, 특히 대단위의 군집성 문학 현상의 특질을 구명하는데 있어서 긴요한 역할을 할 수 있다. 이 방법을 잘 활용하면 본고에서 연구 대상으로 삼은 箕子 題詠의 시대에 따른 지속과 변화의 양상을 확인할 수 있을 뿐만 아니라, 그렇게 해서 드러나는 거시적 윤곽 속에서 어떤 작가나 작품이 이채를 띠었는가 하는 것을 입체적으로 인식할 수 있는 발판을 마련할 수 있다.

해당 연구 방법에서의 핵심-'內容素'[42]를 한시에 變用하면 다음과 같은 정의를 내릴 수 있다. '내용소란 한시 연구의 정밀화를 위해 시조 연구에서 따온 개념으로, 이것은 한시 작품이라는 개체들의 군집을 분석적으로 검증하기 위한 하위 구성 요소에 해당'된다.

본고는 작품 고찰에 있어서 인위적인 표본 추출을 지양하고 보다 전면적으로 작품을 수용하고자 상기 방법론을 변용하여 해당 작품군을 고찰할 것이다. 물론 해당 방법은 본격적 분석을 돕는 '예비적 探査 地圖'의 작성과 기초적 분석에 있음을 분명 밝혀둔다.

---

42 '내용소'란 '내용 구성 요소'의 줄임말로서, 시조 연구의 방법론적 정밀화를 위해 새로이 창안한 개념이다. '音素, 形態素, 內容素' 같은 술어와 비슷하게 그것은 '시조 작품이라는 개체들의 군집을 분석적으로 검증하기 위한 하위 구성 요소'에 해당한다. 시조 작품에 나타나는 제재, 시간적·공간적 상황, 인물, 관심사, 의식, 감정, 표현 등에 걸친 중요한 내용과 특질들이 모두 내용소 변별의 대상이 된다. (김흥규 등, 같은 책, 7면)

본고는 전체 작품을 검토한 뒤, 사용 빈도가 높은 내용소를 다음과 같이 설정하였다.

〈표 1-3〉 내용소 분류표

순	명칭	관련 명칭	개념 정의
1	箕封	封國, 周之受命, 土胙	무왕이 기자를 조선에 봉함.
2	不臣	臣	① 무왕이 기자를 조선에 봉하고 신하로 삼지 않음.
		臣	② 기자가 무왕의 봉함은 받았지만 신하로 되지 않음.
3	洪範	九疇, 禹疇, 龜疇	기자가 주무왕에게 전했다는 우 임금의 도.
4	八條		
5	佯狂	被髮	紂王이 간언을 듣지 않자, 기자가 머리를 풀어헤치고 미친체하여 노예로 됨.
6	明夷	隱忍, 囚奴	『주역』에서 기자가 자신의 지혜를 감춰 佯狂함을 표현.
7	三仁	仁賢	공자가 기자에 대해 내린 평가.

본고는 위의 '예비적 探査 地圖'를 통하여 각 唱和 시기에 나타나는 특질에 주목할 것이며, 이에 기초하여 심층적인 분석을 통하여 연구를 진행할 것이다.

해당 기자 제영 작품을 장르별로 분류하면 詩, 賦, 文이 있는데, 그중 文은 韻文이 아니어서 창화가 이루어지지 않았을 뿐더러 모두 명사들의 작품으로만 구성되었다. 때문에 본고에서는 대상 작품을 詩와 賦 2개 장르로 나뉘어 분석하고자 한다. 또한 해당 文은 명사들의 기자에 대한 인식을 살피는 자료로 인용할 것이다.

본고에서 2개 장르로 나누어 분석하는 이유는 대상 작품 검토 결과, 위의 詩에서는 일부 내용소들이 사용되어 비교적 강한 의식 성향을 나타내지만 賦에서는 거의 모든 내용소들이 동원되어 복합적인 구조 및 양상을 나타내기 때문이다. 또한 次韻賦는 양국 외교 창화 작품에서 나타난 새로운 현상이기에 별도로 분석할 필요가 있다.

이러한 점을 염두에 두고 본고는 다음과 같은 순서로 논의를 진행하고자 한다. 2장에서는 기자 창화 관련 배경 및 현황 쟁점 등 거시적으로 기자 창화에 대하여 살필 것이다.

3장에서는 15세기 후기 箕子 題詠을 통한 창화 양상을 살펴볼 것이다. 이 장에서는 중점적으로 이들의 창화 작품에서 드러나는 인식 양상의 차이를 고찰할 것이다. 이 시기에 해당되는 명사의 사행은 1~8차이며, 49수(편) 작품이 창작되었다.

4장에서는 16세기의 전개 양상을 살필 것이다. 이 시기에 해당되는 명사의 사행은 9~19차이며, 81수(편)의 작품이 창작되었다. 이 시기 주요 특징은 전에는 부벽루 등에 올라 간단히 평양을 조망하던 과거와는 달리, 10차 唐皐 때부터 명사들이 사행을 마치고 돌아갈 때 평양에서 관광하는 코스가 추가된다는 점이다. 이로부터 평양 명승지를 음영하는 〈平壤勝迹〉 연작시가 지어지는데, 여기에는 문묘, 기자사당, 기자무덤 및 단군사당, 동명왕사당이 題詠 대상에 포함된다. 10~12차에 이루어지던 이 〈平壤勝迹〉은 13차 사절 張承憲에 의하여 해당 네 곳이 모두 음영대상에서 배제되고, 그 뒤부터는 〈平壤勝迹〉 전통이 기본상 사라진다.

해당 시문들의 내용소를 거시적으로 살펴보면, 이 시기 작품군에서 '洪範', '教化', '佯狂' 등이 많이 사용되지만, '箕封'은 그 빈도가 아주 적게 나타난다. 그리고 설령 '箕封'이 나타나더라도, '不臣'이 동반되는 경우가 많다는 점인데, 이로부터 양국 문사들의 주요 관심사가 변화를 가져왔음을 알 수 있다. 때문에 이 장에서는 이러한 내용을 중점적으로 살필 것이다.

5장에서는 17세기 전기의 전개 양상을 살필 것이다. 이 시기에 모두 29수(편)의 작품이 창작되었다. 주요 특징은 16세기 후기에 李珥가 기자를 성인으로 추대한 뒤, 양국 문사들이 모두 기자의 '성인' 담론이 본격적으로 전개된다는 점이다. 이 시기는 16세기와 마찬가지로 '箕封' 담론이 미미한 수준이며, '洪範', '敎化', '佯狂' 등이 많이 사용된다. 그리고 또 다른 특징은 16세기 후기에 전혀 담론되지 않던 단군이 23차 명사 劉鴻訓에 의하여 이루어진다는 점이다.

6은 결론으로서 이상의 논리를 요약, 정리하고 남은 과제들을 제시하면서 마무리 지을 것이다.

제2장

箕子 관련 창화의 현황과 쟁점

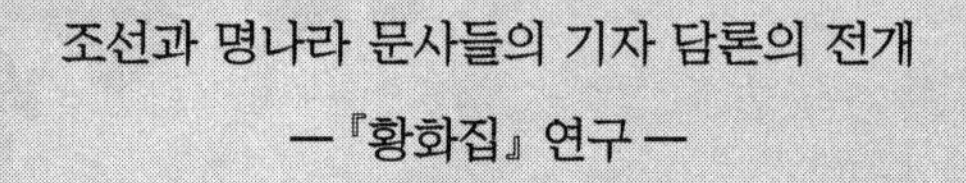

조선과 명나라 문사들의 기자 담론의 전개

—『황화집』 연구—

01
창화 배경

조선시대에 한중 양국 문사들이 箕子 題詠으로 대대적인 창화가 이루어진 배경은 아래 3개로 종합할 수 있다.

1) 양국의 箕子朝鮮說의 수용

중국인들은 『尙書大傳』, 『史記』에서 '箕子朝鮮說'을 수록한 뒤로부터 樂浪을 箕子朝鮮의 옛 영토로 인식하기 시작[43]하였고, 이는 나중에 高句麗 지역[44]을 기자의 故土로 여기게 된다. 이러한 인식은 北宋 시기의 徐兢(1091~1153)[45]이 쓴 사행록-『宣和奉使高麗圖經』에 잘 드

43 班固, 『漢書·地理志』: 殷道衰, 箕子去之朝鮮, 教其民以禮義, 田蠶織作. 樂浪朝鮮民犯禁八條……

44 唐의 魏徵(580~643), 長孫無忌(594~659) 등이 편찬한 『隋書·裵矩傳』에는 '高麗之地, 本孤竹國也, 周代以之封于箕子……'라고 기록되어 있다. 이 경우 중국인들은 '高句麗'를 高麗로 혼동하고 있는데, 이는 徐兢의 경우도 마찬가지이다.

45 徐兢은 1123년(인종 1) 사신으로 高麗에 들어와 개경에 1개월간 머무르다가, 귀국 후 『宣和奉使高麗圖經』(40권)을 지어 고려의 실정을 송나라에 소개한 인물이다.

러나 있다.

> [1] 고려는 기자가 봉해졌을 때부터 德으로 侯가 되었는데 후대에 점점 쇠약했으며, 他姓 역시 漢나라 官爵을 써서 갈음하여 그 자리를 차지하였으니, 위에는 일정한 높음이 있고 아래로는 차등이 있다.[46]
>
> [2] 고려의 선조는 대개 周武王이 朝鮮에 箕子 胥餘(箕는 봉지, 胥餘는 기자의 이름)를 봉하니, 성은 子이다. 周·秦을 지나 漢高祖 12년(B.C.195)에 이르러 燕나라 사람 衛滿이 망명할 때 무리를 모아 椎結하고 와서 오랑캐를 복속시켜 차차 조선 땅을 차지하고 왕 노릇을 하였다. [중략] (주몽은) 그곳을 스스로 '高句麗'라 부르고, 따라서 '高'로 성씨를 삼고 나라를 高麗라 하였다.[47]

서긍은 한중 양국의 전통적 관계가 箕子시기부터 형성되어 내려왔으며 한국은 중국의 教化를 받음으로 말미암아, 華夷로서 중국과 문화적 동질성[同文]을 이룩하였다고 보고 있는 인물[48]이다. 위의 두 자료에서 보다시피 그는 箕子朝鮮으로 한국의 고대사를 이해하고 있으며, 자료 [2]의 경우에는 '箕子朝鮮-衛滿朝鮮'로 파악하고 있다. 이

46 徐兢, 『宣和奉使高麗圖經卷一·建國』: 獨高麗自箕子之封, 以德取侯, 後世稍衰, 他姓亦用漢爵, 代居其位, 上有常尊, 下有等衰, 故襲國傳世, 頗可紀錄.

47 徐兢, 『宣和奉使高麗圖經卷第一·建國·始封』: 高麗之先, 蓋周武王封箕子胥餘於朝鮮, 寔子姓也. 歷周, 秦至漢高祖十二年, 燕人衛滿亡命, 聚黨椎結, 服役蠻夷, 浸有朝鮮之地而王之. 至紇升骨城而居……自號曰'高句麗', 因以高爲氏, 而以高麗爲國.

48 김보경, 「『고려도경』과 고려의 문화적 형상」, 『한국한문학연구』47, 한국한문학회, 2011. 285~290면, 참고.

로부터 중국인들은 한국의 고대사를 기자조선에 입각하여 인식하고 있음을 보아낼 수 있다. 그리고 주목할 점은 서긍은 唐의 魏徵 등과 마찬가지로 '高句麗'와 '高麗'를 혼동시하고 있는 바, 이는 이들이 한국의 고대사에 대한 이해가 깊지 못함을 시사한다.

한국에서는 일찍 삼국시대부터 고구려에서 토속 신앙의 하나로 箕子祭를 지냈음을 확인[49]할 수 있으나, 고려시대에 이르러서야 비로소 국가 차원에서 기자를 중시하기 시작[50]한다. 그리고 이러한 인식은 金富軾(1075~1151)이 편찬한 『三國史記』(1145)에도 반영된다.

[1] 해동에 국가가 있은 지는 오래되었다. 기자가 주 왕실로부터 봉함을 받음으로부터, 위만이 漢初에 참람되게 왕으로 칭할 때까지 연대는 구원하나 문자가 소략하여 상고할 수 없다.[51]

[2] 논하노니, 玄菟와 樂浪은 본래 조선의 땅으로 기자가 봉해진 터다. 기자가 그 백성들에게 예의와 농사, 누에치기, 옷감짜기를 가르치고 禁法 八條를 두었다. 이로써 그 백성들은 서로 훔치지 않고 대문도 닫지 않았으며, 婦人은 정조와 신의를 지켜 음란하지 않았고, 음식을 그릇에 담아 먹었다. 이는 仁賢의 교화 덕택이다. 또 천성이 유순하여

49 『舊唐書·高麗傳』: 其俗多淫祀, 事靈星神日神·可汗神·箕子神.

50 숙종 7년(1102) 10월, 예부에서는 기자의 무덤을 찾아낼 것과, 기자 사당을 평양에 건립하여 제사할 것을 奏請하여 왕의 허락을 받아(『高麗史·禮志五·雜祀條』: 肅宗七年……十月壬子朔, 禮部奏: "我國教化禮義, 自箕子始而不載祀典. 乞求其墳塋, 立祠以祭." 從之). 이로부터 기자사당이 세워지고, 箕子 祭祀가 국가의 祀典에 오르게 된다.

51 『三國史記·年表上』29卷: 海東有國家久矣. 自箕子受封於周室, 衛滿僭號於漢初, 年代綿邈, 文字踈略, 固莫得而詳焉.

서쪽과 남쪽, 북쪽 세 곳의 다른 오랑캐들과는 달랐다.[52]

위의 자료들을 살펴보면 [1]은 '年表 序文'으로 한국의 역사가 기자가 주나라의 책봉을 받으면서부터 시작하였다고 서술하고 있고, 또한 '箕子朝鮮-衛滿朝鮮'說을 수용하고 있다. [2]은 〈高句麗本紀〉의 마지막에 붙인 김부식의 사론인데, 그는 사마천의 『史記』와 반고의 『漢書』중의 해당 내용을 結合하여 기자가 책봉을 받고 조선에 온 뒤의 사적에 대하여 기술하고 있다.

그 뒤 元의 干涉期에 해당하는 13세기 후반에서 14세기 후반에 이르는 동안에 기존의 '箕子朝鮮-衛滿朝鮮'說은 변화를 가져오게 되는데, 一然(1206~1289)은 『三國遺事』에서 다음과 같이 기술하고 있다.

『魏書』에서 이르기를, 지금부터 2천 년 전에 단군 왕검이 계셔 아사달에 도읍을 세우고……나라를 열어 조선이라 불렀는데, 堯와 같은 때였다고 한다.

『古記』에서 이르기를, 주무왕이 왕위에 오른 기묘년에 무왕이 기자를 조선에 책봉하니, 단군은 이에 장당경으로 옮겨 갔다가 후에 돌아와 아사달에 숨어 산신이 되었는데, 나이가 1천 9백 8세였다고 한다.[53]

---

52 『三國史記·高句麗本紀第十·寶藏王下』卷22: 玄菟·樂浪, 本朝鮮之地, 箕子所封. 箕子教其民以禮義·田蠶·織作, 設禁八條, 是以其民不相盜, 無門戶之閉, 婦人貞信不淫, 飮食以籩豆, 此仁賢之化也. 而又天性柔順, 異於三方, 故孔子悼道不行, 欲浮桴於海以居之有以也.

53 『三國遺事·紀異篇·古朝鮮條』: 『魏書』云: 乃往二十千載, 有壇君王儉立都阿斯達……, 開國號朝鮮, 與高(堯)同時. 『古記』云: ……周虎王卽位己卯, 封箕子於朝鮮. 壇君乃移於

일연은 '단군-기자' 조선을 설정하고, 그 뒤에 衛滿이 조선을 멸망시키고 위만조선을 세운 것[54]으로 설명하고 있다. 즉, 일연에 의하여 한국에서는 '檀君朝鮮-箕子朝鮮-衛滿朝鮮' 三朝鮮說이 정립되는 바, 이는 고려시기의 李承休(1224~1300)에 의해 수용[55]되며, 이러한 인식은 조선시대에도 그대로 이어진다.

양국의 箕子朝鮮의 수용 양상을 보면, 중국인들은 늦어도 宋代부터 한국의 고대사를 '箕子朝鮮-衛滿朝鮮'으로 이해하고 있는 반면, 한국인들은 고려후기부터 '檀君朝鮮-箕子朝鮮-衛滿朝鮮'으로 파악하고 있다.

2) 양국의 箕子의 외교적 활용

조선을 창건한 뒤, 주축세력인 신진사대부들은 의도적으로 국호를 '조선'으로 확정하기 위하여 여러 가지 방법을 강구하였다. 이 중 정도전(1342~1398)은 이성계의 출신지인 '和寧'과 고조선을 잇는다는 의미의 '朝鮮'이란 국호 2개를 명나라에 올려 명으로 하여금 후자가 국호로 선택되도록 유도하였는데, 그 목적은 기자에게 〈홍범〉을 전수받은 무왕이후 '成周'시대의 화려한 禮制와 職制가 현재 조선에

藏唐京, 後還隱於阿斯達爲山神, 壽一千九百八歲.

54 『三國遺事·紀異篇·馬韓條』: 『魏志』:魏滿擊朝鮮, 朝鮮王準率宮人左右, 越海而南至韓地, 開國號'馬韓'.

55 이승휴는 忠烈王 13년(1287)에 지은 『帝王韻紀』에서 '後朝鮮祖是箕子, 周虎元年己卯, 逋來至此自立國. 周虎遙封降命綸, 禮難不謝乃入覲. 〈洪範九疇〉問彝倫.'라고 서술하고 있다.

서 구현되고 있다는 점을 부각시키려고 했던 것이다.[56] 즉, 이 시기에 조선의 사대부들은 기자를 이용하여 자국의 문화 및 국제적 위상을 높이려 꾀하였던 것이다.

이처럼 기자의 교화를 승인한 조선은 국가 차원에서 기자에 대한 존숭을 대대적으로 행한다. 그러나 이는 단순히 기자 一人에 한해서가 아니라 단군과 함께였는바, 그 이유는 단군은 동방의 '始受命之主'요, 기자는 '始興教化之主'로 인식[57]되었기 때문이었다. 즉 조선은 기자를 활용하여 중화문화권에서의 조선의 문화적 위상을 높임과 동시에, 단군을 이용하여 자국의 민족적·역사적 독자성을 강조하려 하였던 것이다. 이러한 단군에 대한 강조는 태조 5년(1396)에 表箋 문제[58]를 해결하러 명에 들어간 權近(1352~1409)이 明太祖의 命題에 의해 지은 應製詩[59]에서도 확인할 수 있다.

태종대에 이르러 기자 존숭은 외교적 차원의 목적으로 이루어지는 양상을 보이기 시작한다. 태종 8년(1408)년에 平壤府尹 尹穆(?~1410)이 기자무덤을 修繕할 것을 건의한 이유가 평양을 경유하는 明使들이 배향하기 때문[60]이었다. 또한 조선에서는 명사들이 기자사

---

56 백민정, 「조선 지식인의 王政論과 정치적 公共性: 箕子朝鮮 및 中華主義 문제와 관련하여」, 『동방학지』164, 연세대학교 국학연구원, 2013, 33면, 참고.

57 태조 1년, 禮曹典書 趙璞(1356~1408)은 '朝鮮檀君, 東方始受命之主; 箕子, 始興教化之君, 令平壤府以時致祭.'라고 주청하고 있다. (『태조실록』 1권, 1년(1392) 8월 11일)

58 표전 문제는 서론 부분을 참고.

59 權近, 『陽村集』卷1, 〈昔神人降檀木下, 國人立以爲主. 因號檀君, 時唐堯元年戊辰也〉: 聞說鴻荒日, 檀君降樹邊. 位臨東國土, 時在帝堯天. 傳世不知幾, 歷年曾過千. 後來箕子代, 同是號朝鮮.

60 『태종실록』15권, 8년(1408) 5월 9일. 而其(箕子)墳墓在於草莽之中, 朝廷使臣過此者,

당을 참배하는 전통을 이용하여 단군을 홍보하려는 목적으로 단군을 기자사당에 합사[61]하여 致祭한다. 이처럼 조선에서는 기자 존숭이 중국인에게 단군을 홍보하려는 목적을 겸하여 이루어지고 있다.

위에서 살폈듯이 조선에 오는 명나라 사신들이 기자사당 및 기자무덤을 배향[62]하는 경우가 다소 있었음을 확인할 수 있다. 그들이 상기 두 곳을 참배하는 주요 이유는 조선에 와서 백성들을 교화한 업적을 남기고 현지에서 作故한 것으로 전해지는 중국인으로서의 기자에 대한 존경심 표시[63]로 볼 수 있다. 그리고 이 기회에 근처에 있

必問而禮焉.

61 한영우, 같은 논문, 35면.

62 명이 조선에 파견한 사신은 168회이고, 인조 연간까지 합하면 총 242년간 186회에 달한다. (김현종, 「명사접대고」, 『향촌서울』12, 서울시사편찬위원회, 1961, 89면.) 이들 출신으로 보면, 초기에는 조선 출신의 환관들이 많이 왔었고, 그들의 주요 임무는 공녀와 火者(환관)을 뽑아가거나 공식, 비공식적인 공물을 걷어가는 것이었고, 간혹 국왕의 즉위를 승인하는 고명을 가져오기도 했다. (정구선, 「鮮初 朝鮮出身 明 使臣의 行跡」, 『경주사학』123, 2004, 154~155면.) 이는 성종 이후부터 양국 관계가 원활해지면서 화자의 진헌이 중지됨에 따라 그들의 입국은 현저하게 감소한다. (조영록, 「선초의 조선출신 명사고」, 『국사관논총』14, 국사편찬위원회, 1990.) 漢人 및 조선 출신 환관들의 경우 위 두 곳을 배향하지 않기에, 본고에서 지칭하는 명나라 사신 범주에 포함되지 않는다. 즉, 본고에서의 明使는 조선 초기에 말을 구매하기 위하여 조선에 파견된 國子監 監生 및 行人司 行人의 자격으로 환관을 동행하여 오거나, 遼東都司의 특사 및 기타 자격으로 조선에 온 문인 출신의 사신을 의미한다.

63 기존 연구에서 명나라 사신들의 기자사당 및 기자무덤 배향 이유를 '내방한 나라의 국립묘지 참배' 혹 '조선에서 반드시 배향하도록 요구' 등으로 파악하고 있는데, 본고는 이에 공감할 수 없다. 그 이유는 명나라 사신은 명의 황제를 대표하는 자격으로 조선에 오는 바, 벼슬이 낮은 그들이 조선에서 高官 격을 갖출 수 있는 이유는 대체로 사행시 황제로부터 임시로 一品 벼슬을 하사받기 때문이다. 이는 명사들이 임진왜란 후 중국 전몰장병들을 제사한 愍忠壇 배향 및 오늘날 중국 지도자들이 북한을 방문할 경우 한국전쟁 시기에 희생된 중국 장병들을 모신 '中国人民志愿军烈士陵园'을 배알하는 것과 같은 맥락으로 이해해야 할 것이다.

는 단군사당[64]에 대한 배향을 통하여 조선에 대한 예의를 표하는 등 외교적으로 활용하기도 하였다.

그러나 명사들의 기자 유적 참배는 태종대에 이미 전통적인 행사로 확립된 것은 아니었다. 이는 세종대에 창화시대를 연 1차 正使 倪謙으로부터 확인할 수 있다.

> (倪謙이 성삼문에게) 또 묻기를, "옛날에 箕子를 조선에 封하였다는데 도읍한 데는 어느 곳에 있소?"하매, 대답하기를, "大人이 平壤府를 지나서 왔었는데 그곳입니다."하니, 말하기를, "사당이 있습니까."하였다. 대답하기를, "사당은 성안에 있고, 墳墓는 성 서편에 있습니다." 하니, 말하기를, "지나올 때에 나에게 알려주는 사람이 없어서 아직 보지 못하였소."[65]

이 글에서 당시 예겸 평양을 경유하여 서울로 올 때, 조선에서는 그에게 기자사당의 존재에 대하여 전혀 언급하지 않았음을 알 수 있다. 즉 명사의 기자사당 참배는 의례적인 행사가 아니었던 것이다. 예겸은 성삼문을 통하여 기자사당 및 기자무덤의 존재를 확인한 뒤 귀국하는 길에 평양에 들려 기자사당, 단군사당을 각각 배알하고 또한 기자무덤도 배향[66]한다. 그 뒤 명사들의 기자사당 배향이 지속적

64 기자와 함께 기자사당에 합사되었던 단군은 세종 11년(1429)년에 기자사당 남쪽에 사당이 별도로 건립되어 동명왕과 합사된다.

65 『세종실록』127권, 32년(1450) 윤1월 13일: (倪謙)又問曰: "昔箕子封朝鮮, 所都在何地?" 曰: "大人道經平壤府是也." 曰: "有廟否?" 曰: "廟在城內, 墳在城西." 曰: "過來時無人報我, 故不曾見也."

으로 이루어지고 있음을 『황화집』 소재 箕子 관련 작품 및 실록 중의 관련 기록에서 확인할 수 있다.

이처럼 그들이 평양을 경유할 때 언제나 기자사당이나 무덤을 참배하여 존경의 마음을 표시하고, 높은 수준의 조선 문물을 칭송할 때 기자에 대한 언급을 빠뜨리지 않는 것은, 기자를 양국의 문화와 역사의 고리로 인식[67]하고 있었고, 또한 이를 통하여 쌍방은 더욱 쉽게 외교적 공감을 형성할 수 있었던 것이다.

3) 양국의 외교 창화에 대한 중시

세종 32년(1450)에 명에서는 景泰帝의 등극을 알리러 文學之士 倪謙을 조선에 사신으로 파견하는데, 그로부터 양국 문신들의 창화 외교가 개시된다.

그러나 詩賦를 외교에 활용한 것은 조선의 건국 초기부터 있었던 일이다. 위에서 이미 언급하다시피, 권근이 명태조 30년, 조선 태조 즉위 5년(1397)에 표전 문제를 해결하러 중국에 사신으로 갔을 때, 명태조는 그에게 〈鴨綠江〉 등 3편의 시를 하사하고 20편의 詩題를 주어 24편의 시를 짓게 하였다. 그리고 태종 즉위 원년(1401)에는 禮部主事 陸顒이 正使, 鴻臚行人 林士英이 副使로 조선에 오는데, 陸顒이 태종에게 〈懷穗音〉 등 시 3수[68]를 지어 바친다. 이에 태조와 태종은

66 倪謙, 『遼海編·朝鮮紀事』卷3: 辛未, 平壤起程, 城中谒宣聖, 檀君, 箕子三廟, 廟皆木主. 有谒箕子廟詩. 出城西, 谒箕子墓.

67 김한규, 같은 책, 9면, 참고.

그들을 환송하면서 〈懷穗音〉 한 수에 한하여 각각 차운시를 지어준다.[69] 또한 뒤이어 같은 해에 조선에 온 명사 章謹 등은 태종으로부터 長句 4韻 2편을 받는다.

그러나 이러한 초기의 창화 외교는 그 뒤의 창화 외교와는 성격이 달랐다. 그나마 환관의 힘을 빌려 즉위한 영락제 이후에는 환관들이 주로 사신으로 선출되어 조선을 내방하게 되었기 때문에 양국의 詩賦 외교는 더 이상 진행되지 못하였다.

1차 예겸은 비록 조선에 온 뒤 수십 편의 기행시를 지었지만 초기에는 조선 관원과 창화하지 않았다. 명사와 접반사의 창화시가 처음으로 창작된 것은 그들이 함께 성균관에 위치한 공자사당[文廟]을 참배했을 때였다. 倪謙은 그 자리에서 시 〈謁文廟〉를 짓는데, 이에 접반사 정인지가 차운하면서 창화 외교의 막이 열린다.[70]

---

68 『태종실록』 1권, 1년(1401) 2월 12일: 이는 각각 〈懷德音〉: 遠銜恩命使朝鮮, 獨羨名王世代賢. 風俗久淳千里地, 聲華遙達九重天. 明時講學開雲闕, 淸晝崇陪設醴筵. 歸奏龍顔應有喜, 功勳定勑史書傳. 〈謝花〉: 兎園羯鼓已催花, 上日先分使者家. 舊葉尙含經臘翠, 新苞初拆早春華. 當筵賞處渾疑繡, 秉燭看來秪似紗. 賓館獨承同樂意, 不須林外覓山茶. 〈謝贈衣帶〉: 公館春寒曙色開, 遠煩王命遣人來. 銀靑照耀垂腰重, 宮錦葳蕤着體裁. 被服已榮箕子國, 封緘須到鳳凰臺. 援毫不盡酬君意, 愧乏相如作賦才.이다.

69 『태종실록』 1권, 1년(1401) 2월 30일: 이는 각각 春來草木正芳鮮, 萬里驅馳賦獨賢. 誕播聖恩臨海國, 還持使節上雲天. 相逢數日欣傾蓋, 可恨今朝敞別筵. 珍重贈言須記取, 幸頒綸命更來傳. 및 文綺香羅麗且鮮, 榮頒得見近臣賢. 汪洋聖澤深如海, 感激誠心上格天. 春滿乾坤承寶曆, 日臨樽俎秩初筵. 君歸達我蘄傾懇, 願守東藩永世傳.이다.

70 예겸의 〈謁文廟〉는 당시 集賢殿 儒士 全盛으로부터 '참으로 어둡고 썩은 教官이 지은 것이다. 한쪽 어깨를 걷어 올리고도 이를 누를 수 있다(眞迂腐教官所作, 可袒一肩而制之).'고 비웃음을 받는다. 이때 정인지가 이 시에 수창하여 한중 양국 문사들의 창화가 막을 올리게 된다. 이로서 둘은 수창 경쟁을 시작하는데, 나중에 예겸이 〈雪霽登樓賦〉를 지으니 정인지가 대적하지 못한다. 이에 세종은 신숙주와 성삼문을 파견하여 예겸과 교유하게 하는데, 신숙주가 〈次雪霽登樓賦韻〉를 지어 예겸의 찬탄을 받으며, 이로서 신숙주의 文名은 중국에 알려진다. 해당 내용은 성현의 『慵

그럼 조선 문사들이 명사들과 수창한 목적은 무엇이었을까? 차운시의 정착과 유행의 기반을 마련한 唐代의 元稹과 白居易의 창화 목적은 문자 유희 및 자신의 문학 재주를 과시하려는 것[71]이었다. 그러나 조선 문사들의 창화 목적은 후자 즉 개인의 문학 재주 과시 및 명사들과의 문학 대결- 華國文章의 의의를 띠고 있다. 한문학의 정수라고 할 수 있는 한시 창작에서 까다로운 형식을 능란하게 구사하고 풍부한 내용까지 보여주는 것은 문명국으로의 위치를 확고히 하는 계기가 되는 것이다.[72]

사실 차운작을 지음에 있어서 원작의 제한을 받는 만큼 창작자는 보편적으로 한계가 존재한다. 상대의 韻을 따라 억지로 맞출 경우 자칫 부자연스럽고 조화롭지 못한 작품이 지어질 수 있고, 또한 원작을 어떻게든 인식하면서 그 바탕 위에 자신의 작품을 만들어 나가야 하기에 원작의 영향을 극복하기가 어려울 수도 있다. 그러나 차운으로 인하여 두 작품(혹은 그 이상)이 긴밀히 연결되기 때문에, 시인의 빼어난 작시 능력과 남다른 개성이 보다 선명하게 드러날 수 있고, 타인 혹은 古人에 견주어 자신의 독특한 사상과 견해 그리고 심미적 취향이 더욱 구체적으로 형상화할 수 있게 된다.[73]

齋叢話』卷一 및 신승운의 「倪謙의 『奉使朝鮮唱和詩卷』에 對한 硏究」(『서지학연구』 28, 한국서지학회, 2004, 316면) 참고.

71 김보경, 「시가창작에 있어서 차운의 효과와 의의에 대하여-소식의 시가를 중심으로」, 『중국어문논총』45, 중국어문연구회, 2010.

72 조동일, 「공동문어문학과 민족어문학의 기본 관계」, 『공동문어학과 민족어문학』, 지식산업사, 1999, 83~84면.

73 김보경, 같은 논문, 55면.

그중 대체로 편폭이 詩와 文 사이에 위치한 賦는 그 차운이 더욱 어렵다. 이에 김안로(1481~1537)는 『龍泉談寂記』에서 다음과 같이 서술하고 있다.

> 옛날 사람들이 시를 주어 주고받는 것은 단지 그 뜻을 화답할 따름이었다. 시에 次韻하여 짓는 것은 中古 때부터 처음 시작된 것으로 같은 韻을 왕복하여 거듭 쓰되 갈수록 뜻은 새로운 것이었다. 歐陽修·蘇軾·黃庭堅·陳師道에 이르러 대단히 성하였다. 그러나 詞와 賦에 같은 운을 써서 짓는다는 말은 듣지 못하였다. 우리나라에 오는 중국의 사신들을 보면 풍속과 민요를 보고 짓는 것이 많아 대개가 모두 이런 식으로 화답된 것이다. 비록 詞와 賦 같은 대작이라도 반드시 운을 밟아 화답하였다.[74]

위 글의 요점은 문장외교라는 특수한 외교적 필요성으로 말미암아 중국에서는 유래를 찾을 수 없는 장편 부의 차운이 조선에서 이루어졌다는 것이다. 사실 賦에 宋代에 중국인들이 이미 차운한 선례가 있으나, 본격적으로 등장한 것은 明代에 들어서서 있은 일인데, 6차 正使인 祁順이 舒芬, 唐龙 등과 더불어 주희의 〈白鹿洞賦〉에 차운하였다.

1차 예겸은 〈雪霽登樓賦〉를 지었고, 2차 正使 陳鑑은 〈喜晴賦〉를 짓

74 金安老, 『龍泉談寂記』: 古人於詩投贈酬答, 但和其意而已. 次韻之作, 始自中古, 往復重押, 愈出愈新. 至歐蘇黃陳而大盛. 然於詞賦用韻, 未之聞焉. 我國凡皇朝使臣, 采風觀謠之作, 例皆賡和之. 雖詞賦大述, 亦必步韻.

는 등 명사들은 합계 13편[75]의 賦를 짓는다.

조선측의 경우, 신숙주가 1차 예겸의 〈雪霽登樓賦〉에 次韻賦를 짓고, 김수온이 2차 진감 〈喜晴賦〉를 차운[76]이 차운하는 바, 도합 9편[77]이 지어진다.

이중 6차 正使 祁順은 사행에서 서거정이 賦에 대하여 차운하는 것을 보고, 중국에 돌아가 친우들과 함께 자신도 실제로 주희의 賦를 대상으로 次韻作을 남긴다. 이로 보아 명대에 이루어진 賦의 차운은 조선과의 교섭에서 영향 받은 것이라 할 수 있다.[78]

이처럼 조선 문사들이 적극 수창에 응했기에 한문학 종주국의 대표로 조선에 온 명사들은 더더욱 창작에 중시하게 된다. 그리고 홀시할 수 없는 또 하나의 요소는 명사들의 창작 열정이다. 사실 조선에 파견된 명사들은 모두 벼슬이 낮은 관원[79]들이었다. 비록 이들이

---

75 6차 正使 祁順은 〈謁箕子廟賦〉, 〈太平館登樓賦〉, 〈鳳山賦〉 등 3편; 7차 正使 董越은 〈朝鮮賦〉; 11차 正使 龔用卿은 〈登太平館登樓賦〉, 副使 吳希孟은 〈遊翠屛山賦〉; 12차 正使 華察은 〈太平館登樓賦〉, 〈遊翠屛山賦〉, 副使 薛廷寵은 〈燕慶會樓賦〉; 19차 副使 王敬民은 〈謁箕子廟賦〉, 24차 正使 姜曰廣은 〈弔箕子賦〉 등을 지었다.

76 신숙주와 김수온은 각각 상기 차운부로 문명이 중국에 알려진다. 김수온의 경우, 나중에 중국에 들어가니, 중국 선비들이 앞을 다투어 지칭하기를, '이 사람이 바로 喜晴賦에 화답한 사람이다'라고 할 지경이었다.(『성종실록』 130권, 12년(1481) 6월 7일)

77 서거정이 6차 기순의 〈謁箕子廟賦〉, 〈太平館登樓賦〉를 차운, 성임이 기순의 〈鳳山賦〉에 차운; 소세양이 12차 화찰의 〈太平館登樓賦〉, 〈遊翠屛山賦〉에 차운; 이이가 19차 왕경민의 〈謁箕子廟賦〉에 차운; 장유가 24차 강왈광의 〈弔箕子賦〉에 차운하였다.

78 강석중, 『한국 科賦의 전개 양상 연구』, 서울대 박사학위논문, 1991.

79 한림원의 경우, 洪武 18년(1385)년에 개정된 정책에 따르면, 翰林院 學士는 正5품, 侍講 및 侍讀은 正6품, 修撰은 從6품, 編修는 正7품. 檢討는 從7품이었다. 그리고 각

외국으로 파견될 경우 正一品 등이 수여되지만 이는 다만 외교의 방편을 위한 임시 품계일 뿐이었다. 대체적으로 벼슬과 문명이 낮은 그들은 조선의 『황화집』간행으로 창화 외교에 더더욱 열정을 갖게 되었다.

[1] 張寧이 또 박원형에게 이르기를 "지난해 陳鑑·高閏 때 『皇華集』이 있었는데, 우리와 같은 詩文은 詩文集이 있을 수가 없겠습니다."하므로, 박원형이 말하기를, "대인의 이러한 말은 진실로 겸손의 말씀입니다. 제가 대인의 지은 글을 모두 전하께 아뢰었습니다."하니, 장녕이 말하기를, "전하의 命이 계시다면 반드시 진감·고윤의 詩文集에 계속하여 덧붙일 것이 아니라 따로 기록하는 것이 可할 것입니다."하였다.[80]

[2]천사가 또 말하기를 '『皇華集』을 속히 印出하여 보내달라.'고 하기에, 내가 대답하기를 '대인들께서 강을 건너기를 기다렸다가 대인들께서 지은 것 및 우리나라 사람들이 지은 것을 거두어 모아 인출하여 보내겠다.'고 하니, 천사가 또 하는 말이 '만일 『皇華集』을 인출한다면 반드시 서문을 지어 붙이게 될 터인데 서문을 지을 사람이 누구냐?'고 하기에, 내가 대답하기를 '대제학 김안로가 하게 된다.'고 했으니 경이 미리 짓고, 또한 『地志』도 서둘러 마감하여 보내라."[81]

[3] "어떤 한 유생이 길에서 通事를 만나서 묻기를, '艾璞이 너희 나

科의 給事中은 正7품일 뿐이다.

80 『세조실록』19권, 6년(1460) 3월 18일.

81 『중종실록』84권, 32년(1537) 3월 18일.

라에서 며칠이나 머물렀느냐?'고 하므로, 통사가 대답하기를, '하루를 머물렀다.'고 하니, 유생이 웃으며 말하기를, '그가 빨리 돌아온 뜻을 아느냐? 내가 애박과 더불어 같이 太學에 있었는데 애박은 글이 모자라는 사람이다. 너희 나라는 文翰의 땅이므로 그가 오래 머물면 너희 나라 文士가 唱和를 요구할 것을 두려워하였기 때문이다.'라고 하였습니다.[82]

위의 자료 [1]은 4차 正使 張寧이 『皇華集』간행에 대한 관심을 나타낸 기록이고, 자료 [2]는 11차 正使 龔用卿이 『皇華集』을 간행해 줄 것을 요구하는 내용이다. 그리고 자료 [3]은 8차 正使 艾璞은 문장에 능하지 못했는데, 조선 문사들과의 창화가 두려워 서둘러 돌아갔다는 일화이다. 이처럼 명사들의 문학적 재능은 편차가 있었음에도 그들은 모두 조선의 『황화집』간행을 의식하고 창작에 임하고 있다.

양국의 문학 대결은 명나라 조정의 중시를 받게 되어, 문재가 있는 사신을 파견하는 일에 중시하기 시작하는 바, 이는 『明史·朝鮮傳』에서 확인할 수 있다.

헌종 성화 4년(1468) …… 조선왕 瑈(세조)가 죽자, 그에게 惠庄이라는 시호를 내리고 태감 정동, 최안을 파견하여 세자 晄(예종)을 국왕으로 책봉하고 세자비 한씨에게 고명을 주었다. 그들이 출발한 뒤, 巡按辽东御史 侯英이 상주하여 아뢰기를, "요동은 해마다 침략을 받아 큰

82 『성종실록』269권, 23년(1492) 9월 6일.

> 피해를 받고 일어나지 못하고 있고, 올해는 또 곡식이 흉년이 들어 군민의 식량이 부족합니다. 태감 정동 등 수종하는 일원이 지나가는 역이 소란스럽습니다. 신은 지난날 일찍이 한림원에서 학행과 문망이 있는 자를 골라 뽑아서 사신으로 보낸 일이 생각납니다. 지금 정동과 최안은 모두 조선인으로, 그 조상의 분묘와 종족이 모두 조선에 있어 그 나라의 왕을 보면 굴절하지 않을 수 없어 특히 중국의 체통을 더럽힙니다. 이미 내리신 명령을 거두시고, 한림원이나 급사중 및 행인 안에서 한 사람을 추천하여 뽑아서 사신으로 보내는 것이 좋겠습니다."하니 황제는 "후영의 말이 옳다. 앞으로는 상을 내릴 때에는 내신을 보내고, 책봉정사와 부사는 조정 신하 중에서 학식이 있는 자를 뽑아서 보내라"고 지시했다.[83]

이처럼 조선 문사들이 적극적으로 수창에 임하고, 또한 명에서 지속적으로 학식이 있는 문사를 조선에 파견하였기에 양국 문사들의 창화가 지속적으로 이어질 수 있었다.

83 张廷玉, 『明史·朝鮮傳』: 四年……瑈卒, 赐谥惠庄. 遣太监郑同, 崔安封世子晄为王,给妃韩氏诰命. 既行, 巡按辽东御史侯英奏曰: "辽东连年被寇, 疮痍未起, 今复禾稼不登, 军民乏食. 太监郑同等随从人员所过驿骚. 臣考先年曾於翰林院中选有学行文望者出使. 今同, 安俱朝鲜人, 坟墓宗族皆在, 见其国王不免屈节, 殊亵中国体. 乞寝成命, 或翰林或给事中及行人内推选一员往使为便." 帝曰: "英所言良是. 自后赏赉遣内臣, 其册封正副使, 选廷臣有学行者."

02
창화 현황 및 담론의 추이

이미 서론에서 밝혔듯이 『皇華集』에는 무려 159수(편)에 달하는 기자 제영 작품이 수록되어 있다. 본격적인 논의에 앞서 해당 작가 및 작품명 및 작가를 각 시대별로 살피기로 한다.

〈표 2-1〉 15세기 후반 작품 일람

序	작품 명(작품 번호)	작가
1차	〈謁箕子廟〉[1](七言律詩) 〈謁箕子墓〉[2](七言律詩)	倪謙(正使)
	〈恂銜命至朝鮮, 道經平壤, 拜箕子祠下. 伴館府尹金君強恂賦詩, 恂以陋蕪文辭之.至義州, 君復強不已, 遂掇拾數語以塞白〉[3](七言律詩)	司馬恂(副使)
2차	〈六月, 謁箕子也. 周封箕子於朝鮮而不臣之, 東人尊之爲始祖, 而世享厥祀焉〉[4](古詩)	陳鑑(正使)
	〈謁箕子辭〉[5](辭)	高閏(副使)
3차	〈謁箕子廟〉[6](七言律詩)	陳嘉猷(正使)
4차	〈辨柳宗元箕子廟碑語〉[7](文)	張寧(正使)

5차	〈謁箕子廟〉[8](七言律詩)	金湜(正使)
	〈謁箕子廟次金太僕韻〉[9](七言律詩) 〈書張黃門箕子廟碑辨後〉[11](文)	張珹,(副使)
	〈次謁箕子廟韻〉[10](七言律詩)	박원형(遠接史)
6차	〈謁箕子廟賦〉[12](賦) 〈寄題箕子廟〉四首[14], [15], [16], [17](七言絕句連作)	祈順(正使)
	〈謁箕子廟〉[22](七言律詩)	張瑾(副使)
	〈次謁箕子廟賦〉[13] 〈次寄題箕子廟韻〉四首[18], [19], [20], [21](七言絕句 連作) 〈次謁箕子廟韻〉[23](七言律詩)	서거정(遠接史)
7차	〈弔箕子墓辭〉三首[24], [25], [26](連作辭) 〈平壤城謁箕子廟〉二首[33], [34](七言律詩)	董越(正使)
	〈次弔箕子墓辭韻〉三首[27], [28], [29](連作辭) 〈謁箕子廟〉三首[37], [38], [39](七言律詩) 〈過箕子故城有感〉[43](七言律詩)	王敞(副使)
	〈次弔箕子墓辭韻〉三首[30], [31], [32](連作辭) 〈次平壤城謁箕子廟韻〉二首[35], [36](七言律詩) 〈次謁箕子廟〉三首[40], [41], [42](七言律詩) 〈次過箕子故城有感韻〉[44](七言律詩)	허종(遠接史) (종사관 申從濩가 代作)
	〈次過箕子故城有感韻〉[45](七言律詩)	성현
8차	〈謁箕子廟偶成一律〉[46](七言律詩) 〈箕廟次高同事韻〉[48](七言律詩)	艾璞(正使)
	〈次謁箕子廟偶成一律韻〉[47](七言律詩) 〈次箕廟次高同事韻韻〉[49](七言律詩)	노공필(遠接史) (종사관 姜渾이 代作)
합계	49 수(편)(조선측 19, 명측 30)	

이 시기에는 조선 문사가 칠언율시 11수, 칠언절구 4수, 초사 3수, 부 1편 합계 19수(편)을 지었고, 明使는 칠언율시 15수, 칠언절구 4수, 초사 7수, 고시 1수, 부 1편, 문 2편 합계 30수(편)를 지었다. 위의 작품에서 내용소를 추출[84]하면 다음과 같다.

國名	箕封	不臣	洪範	八條	佯狂	明夷	仁賢
조선	6	4	5	6	3	1	6
명	17	7	13	4	14	2	8
합계	23	11	18	10	17	3	14

위의 내용소 분포도를 보면 箕封(46%)-洪範(36%)-佯狂(34%) 순으로 음영되었고, 해당 내용소들의 비중도 적지 않음을 발견할 수 있다. 즉, 이 시기의 기자 담론은 주요하게 위의 세 개 모티프를 중심으로 전개되고 있음을 보아낼 수 있다. 다음에는 16세기 작품군을 살펴보기로 한다.

〈표 2-2〉 16세기 작품 일람

序	작품 명(작품 번호)	작가
9차	해당 사항 없음	
10차	〈弔箕子詞〉[1](楚辭) 〈拜箕子墓〉二首[3], [4](七言絕句連作) 〈平壤勝迹〉중 〈箕子墓〉[9], 〈箕子祠〉[10] (五言絕句)	唐皐(正使)
	〈次拜箕子墓韻〉二首[5], [6](七言絕句連作) 〈平壤勝迹〉중 〈箕子祠〉[13](五言絕句) 〈箕子樂府二章擬古體〉二首[15],[16](古詩)	史道(副使)
	〈次弔箕子詞韻〉[2](楚辭) 〈次拜箕子墓韻〉二首[7], [8](七言絕句連作) 〈次平壤勝迹韻〉二首〈次正使箕子墓韻〉[11], 〈次正使箕子祠韻〉[12] 〈次副使箕子祠韻〉一首[14](五言絕句)	이행(遠接使)

84 한 작품에 같은 내용소가 여럿 있을 경우, 하나로 인정한다.

11차	〈謁箕子廟〉[17](七言律詩) 〈箕子操〉二首[18], [19](古詩) 〈平壤勝迹〉중 〈箕子墓〉[20], 〈箕子祠〉[21] (五言絕句) 〈謁箕子墓弔以此詞〉[26](楚辭)	龔用卿(正使)
	〈平壤勝迹〉중 二首〈次箕子墓韻〉[22], 〈次箕子祠韻〉[23] 〈箕子廟〉二首[24], [25](五言律詩連作) 〈弔箕子墓〉[28](楚辭)	吳希孟(副使)
	〈次謁箕子墓弔以此詞韻〉[27](楚辭) 〈次弔箕子墓韻〉[29](楚辭)	정사룡(遠接使)
12차	〈謁箕子廟次雲岡韻〉[30](七言律詩) 〈箕子操〉[34](楚辭) 〈平壤勝迹〉중 二首〈箕子墓〉[40], 〈箕子祠〉[41](五言絕句)	華察(正使)
	〈謁箕子廟次雲岡韻〉次韻[32](七言律詩) 〈箕子操〉二首[36], [37](楚辭) 〈平壤勝迹〉중 二首〈箕子墓〉[44], 〈箕子祠〉[45](七言絕句) 〈謁箕子墓作弔詞次雲岡韻〉[48](楚辭)	薛廷寵(副使)
	〈謁箕子廟次雲岡韻〉次韻[31](七言律詩) 〈謁箕子廟次雲岡韻〉次韻[33](七言律詩) 〈箕子操〉次韻[35](楚辭) 〈箕子操〉二首次韻[38], [39](楚辭) 〈平壤勝迹〉중 二首〈次正使箕子墓韻〉[42], 〈次正使箕子祠韻〉[43](五言絕句) 〈平壤勝迹〉중 二首〈次副使箕子墓韻〉[46], 〈次副使箕子祠韻〉[47](七言絕句) 〈謁箕子墓作弔詞次雲岡韻〉[49](楚辭)	소세양(遠接使)
13차	〈謁箕子廟〉[50](七言律詩) 〈謁箕子墓〉[52](七言)	張承憲(副使)
	〈謁箕子廟〉次韻[51](七言律詩) 〈謁箕子墓〉次韻[53](七言)	신광한(遠接使)
14차	〈過箕子廟〉[54](七言律詩) 〈謁箕子墓〉[56](五言律詩)	王鶴(副使)
	〈次過箕子廟韻〉[55](七言律詩) 〈次謁箕子墓韻〉[57](五言律詩)	정사룡(遠接使)
	〈次過箕子廟韻〉[58](七言律詩)	권임

15차	〈弔箕子墓辭〉[59](楚辭) 〈觀箕子井田有感〉[60](七言絕句)	許國(正使)
	〈拜箕子祠墓并訪井田遺處〉[61](五言律詩)	魏時亮(副使)
16차	〈拜箕子墓〉[62](五言律詩)	歐希稷((正使)
	〈次拜箕子墓韻〉[63](五言律詩)	박순(遠接使)
17차	〈謁箕子墓〉[64]	王璽(副使)
	〈次謁箕子墓韻〉[65]	박순(遠接使)
18차	〈謁箕子墓〉四首[66], [67], [68], [69](七言絕句連作)	韓世能(正使)
	〈謁箕子墓〉四首次韻[70], [71], [72], [73](七言絕句連作)	정유길(遠接使)
19차	〈謁箕子廟〉二首[74], [75](七言律詩連作)	黃洪憲(正使)
	〈謁箕子賦〉[78](賦) 〈謁箕子墓〉[79](七言律詩)	王敬民(副使)
	〈謁箕子廟〉二首次韻[76], [77](七言律詩連作) 〈謁箕子賦〉次韻[80](賦) 〈次謁箕子墓韻〉[81](七言律詩)	이이(遠接使)
합계	81수(편)(조선측 33, 명측 48)	

이 시기에는 조선 문사가 칠언율시 6수, 칠언절구 6수, 오언율시 5수, 오언절구 7수, 초사 3수, 부 1편 합계 33수(편)을 지었고, 明使는 칠언율시 6수, 칠언절구 9수, 오언율시 7수, 오언절구 11수, 초사 6수, 고시 8수, 부 1편, 합계 48수(편)를 지었다. 위의 작품에서 내용소를 추출하면 다음과 같다.

國名	箕封	不臣	洪範	八條	佯狂	明夷	仁賢
조선	5	6	13	7	6	3	5
명	5	4	20	3	12	3	7
합계	10	10	33	10	18	6	12

위의 내용소 분포도를 보면 洪範(40%)-佯狂(22%) 순으로 읍영되었고, 이 시기에 箕封(12%) 순으로 아주 미미하게 언급되고 있음을 발견할 수 있다. 이 시기의 작품이 절구 등 단편 작품이 많고 및 시상을 배분하는 연작시의 비중이 대폭 증가한 점을 감안하면 사실 〈홍범〉에 대한 담론이 매우 큰 비중을 차지하고 있다고 볼 수 있다. 다음에는 17세기 작품군을 살펴보기로 한다.

〈표 2-3〉 17세기 전반 작품 일람

序	작품 명(작품 번호)	작가
20차	〈祭箕子文〉[1](文)	顧天峻(正使)
	〈謁箕聖〉[2](五言律詩)	崔廷健(副使)
	〈次謁箕聖韻〉[3](五言律詩)	이호민(遠接使)
21차	〈謁箕子墓〉[4](七言律詩) 〈祭箕聖文〉[6](文)	朱之蕃(正使)
	〈謁箕子墓〉[7](七言律詩)	梁有年(副使)
	〈次謁箕子墓韻〉[5](七言律詩) 〈次謁箕子墓韻〉[8](七言律詩)	유근(遠接使)
22차	해당 작품 없음	熊化(副使)
23차	〈箕子墓〉[9](七言絕句) 〈箕子井〉[11](七言絕句) 〈涉東國前史, 拈詠十二首: 箕聖〉[13](五言絕句)	劉鴻訓(正使)
	〈謁箕子廟〉二首 [14], [15](七言絕句連作) 〈箕子墓〉[18](七言絕句) 〈箕子井〉[20](七言絕句) 〈謁箕子廟論〉[22](文)	楊道寅(副使)
	〈次箕子墓韻〉[10](七言絕句) 〈次箕子井韻〉[12](七言絕句) 〈次謁箕子廟韻〉二首[16], [17](七言絕句連作) 〈次箕子墓韻〉[19](七言絕句) 〈次箕子井韻〉[21](七言絕句)	이이첨(遠接使)

<table>
<tr><td rowspan="3">24차</td><td>〈弔箕子賦〉[23](賦)
〈箕子墓〉[25](七言律詩)</td><td>姜日廣(正使)</td></tr>
<tr><td>〈箕子墓〉[27](七言律詩)</td><td>王夢尹(副使)</td></tr>
<tr><td>〈次弔箕子賦韻〉[24](賦)
〈次箕子墓韻〉[26](七言律詩)
〈次箕子墓韻〉[28](七言律詩)</td><td>김류(遠接使)
(賦는 장유가 대필)</td></tr>
<tr><td>25차</td><td>〈祭箕子墓〉[29](七言絕句)</td><td>程龍</td></tr>
<tr><td>합계</td><td colspan="2">29수(편)(조선측 12, 명측 17)</td></tr>
</table>

이 시기에는 조선 문사가 칠언율시 4수, 칠언절구 6수, 오언율시 1수, 부 1편 합계 12수(편)을 지었고, 明使는 칠언율시 5수, 칠언절구 6수, 오언율시 1수, 오언절구 1수, 부 1편, 문 3편 합계 17수(편)를 지었다. 위의 작품에서 내용소를 추출하면 다음과 같다.

國名	箕封	不臣	洪範	八條	佯狂	明夷	仁賢
조선	1	3	7	2	2	2	2
명	2	2	9	2	4	1	3
합계	3	5	16	4	6	3	5

이 시기의 작품이 워낙 적지만, 위의 내용소 분포도를 보면 이 시기에도 16세기와 마찬가지로 洪範(55%)-佯狂(20%) 순으로 음영되었고, 箕封은 (10%) 순으로 아주 미미하게 언급되고 있음을 발견할 수 있다. 이 시기에도 단편 작품이 많은 점을 감안하면 사실 〈홍범〉에 대한 담론이 비교적 큰 비중을 차지하고 있다고 볼 수 있다. 그리고 이 시기의 한 특징은 16세기 후기에 이이가 내세운 箕子 聖人 인식이

양국 문사들에 의하여 음영된다는 점이다.

위의 작품 현황 및 추이를 분석하면 다음과 같은 현상을 발견할 수 있다. 15세기 후반에는 기봉이 중요한 모티프로 작용하고, 16세기 및 17세기 후반에는 점차 〈홍범〉 및 양광에 대한 담론이 비교를 중요한 담론으로 전개되고 있다는 점이다. 본고에서는 다음 장부터 해당 현상에 대하여 다룰 것이다.

03
기자 기록의 쟁점

기자 관련 기록은 『尙書』, 『論語』, 『周易』, 『竹書紀年』, 『左傳』, 『戰國策』, 『尙書大傳』, 『史記』, 『漢書』, 『三國志』 등 많은 문헌에서 기술되고 있지만, 일부 내용은 지나치게 단편적이고 간결하여 서로 상이한 해석 가능성을 내포하고 있을 뿐만 아니라 일부 내용은 서로 모순되고 있으며, 또한 상식적으로 선뜻 이해하기 어려운 부분도 있다.

이러한 문제는 대체로 3개로 정리할 수 있다. 기자의 册封과 不臣 문제, 〈洪範〉을 원수인 무왕에게 전수한 이유 및 조선에 전수 여부, 그리고 그가 佯狂한 이유이다.

1) 册封

箕子에 관한 기록은 先秦時代에 단편적으로 중국 문헌에 나타나고 있지만, 정작 기자가 조선에 책봉 받은 史蹟은 前漢에 이르러 『尙書大傳』 및 『史記』에서 본격적으로 서술[85]된다. 그럼에도 불구하고 이 두 문헌의 내용은 일부 차이를 보이고 있는바, 편의상 해당 내용의 단락에 번호를 붙이고 검토하기로 한다.

> [1] 주무왕이 은나라를 이기고, 祿父(紂의 아들 武庚)로 하여금 직위를 계승하게 하였고, 갇힌 기자를 석방하였다. 기자는 주나라의 석방에 참을 수 없어 조선으로 갔다. 무왕이 이 소식을 듣고 그를 조선 땅에 책봉하였다. 기자는 주나라의 책봉을 받고 신하의 예절을 갖추지 않을 수 없어 무왕 13년에 입조한다. 무왕은 입조한 그에게 〈홍범〉에 대하여 물었다.[86]

위의 글은 伏生이 지은 것으로 알려지고 있는 『尙書大傳』에서 나타난 기록[87]이다. 이 내용에 따르면 '先東來- 後受封'한 것으로 되어 있다. 그러나 司馬遷(BC145?~BC86?)의 『史記』에는 해당 내용이 다음과 같이 서술되고 있다.

---

85 이에 신용하는 공자가 편찬한 『尙書』가 중국의 虞·夏·商·周시대의 중국 고대 정치사를 공자 자신의 유교사관에 입각하여 저술한 중국 고대사의 사실상 최초의 역사서임에도 불구하고, 해당 문헌에는 武王이 기자를 방문하여 정치를 질문하자 〈洪範〉을 강론해 준 것을 상세히 서술하고 있을 뿐 정작 箕子 東來 및 册封 등 중요한 역사 사안에 대한 언급이 전혀 없음을 지적하고 기자의 조선 책봉에 대하여 부정적인 입장을 취하고 있다. (신용하, 「箕子朝鮮說의 사회학적 검증과 '犯禁8條'의 실체」, 『고조선단군학』, 고조선단군학회. 2013, 238~239면 참고.)

86 『尙書大傳·洪範』: 武王勝殷, 繼公子祿父, 釋箕子之囚. 箕子不忍周之釋, 走之朝鮮. 武王聞之, 因以朝鮮封之. 箕子旣受周之封, 不得無臣禮, 故於十三祀來朝. 武王因其朝而問〈洪範〉.

87 오현수는 『尙書大傳』의 찬서자를 기존에 알려진 伏生 뿐만 아니라 그의 문도인 兒寬(?~BC103)이 스승의 이름을 가탁하여 지을 가능성까지 열어두고 있다. (「기자 전승의 확대 과정과 그 역사적 맥락 —중국 고대 문헌을 중심으로」(『大東文化硏究』 79, 성균관대학교 대동문화연구원, 2012, 161~163면 참고.) 이러한 가능성을 고려하더라도 『尙書大傳』은 『史記』보다 일찍 편찬되었다.

[2] 무왕이 은 왕조를 멸망시킨 이후, 기자를 방문하였다. 무왕이 말하기를 "아! 하늘은 묵묵히 下界의 백성들을 안정시키고 또한 서로 화목하게 하는데, 과인은 오히려 하늘이 백성들을 안정시키는 그 常道의 순서조차도 모르고 있었소."라고 하였다.

기자는 대답하였다. "예전에 鯀이 홍수를 막으면서 五行의 질서를 어지럽히니, 하늘이 이에 크게 노하여 큰 홍범구주를 내려주시지 않자, 상도가 이로 인해서 깨져버렸습니다. 곤이 벌을 받아 죽자, 禹가 그의 일을 이어받아 다시 일으켰습니다. 그러자 하늘은 홍범구주를 우에게 주니, 상도가 다시 순서를 찾게 되었습니다.

그것은 첫째가 五行이고, 둘째가 五事이고, 셋째가 八政이고, 넷째가 五紀이고, 다섯째가 皇極이고, 여섯째가 三德이고, 일곱째가 稽疑이고, 여덟째가 庶徵이고, 아홉째가 五福을 누리는 것과 六極을 피하는 것입니다. [중략]"

그리하여 무왕은 기자를 朝鮮에 봉하여 그를 신하의 신분으로 대하지 않았다.

[3] 그 이후 기자가 주왕을 배알하기 위하여 옛 은나라의 도읍지를 지나가다가, 궁실은 이미 파괴되어 거기에 곡식이 자라고 있는 것을 보고, 내심 슬픈 생각이 들어 소리내어 울고 싶었으나 망설여지는 바가 있었고, 울먹이자니 아녀자의 꼴이 되는 듯하여, 〈麥秀〉라는 시를 지어 그것을 노래하였다. 그 시는 다음과 같다. "보리는 잘 자라 그 끝이 뾰족하고, 벼와 기장은 싹이 올라 파릇하구나. 개구쟁이 어린애야! 나하고는 사이좋게 지냈더라면." 소위 개구쟁이 어린애는 바로 상나라의 주왕을 가리킨다. 은나라 백성들이 그것을 듣고 모두가 눈물을

흘렸다.[88]

[2]는 사마천의 『史記·宋微子世家』중의 기자에 대한 일부 내용이다. 사마천은 복승과 달리 '受封東來-不臣'한 것으로 서술되어 있다.

이 두 문헌은 비록 모두 기자의 동래를 기록하고 있지만, 이 양자의 1차적인 차이점은 기자가 동래한 시점에 대한 차이이다. 전자는 '東來-受封-入朝'로 되어있지만, 후자는 '受封-東來不臣-入朝'으로 설정되어 있다.

얼핏 보면 이 양자는 모두 受封을 전제로 하고 있지만 그 맥락은 전혀 다르다. 『尙書大傳』에 근거하여 논리를 전개하면 기자는 자주적으로 조선에 와서 건국한 것으로 이해할 수 있지만, 『史記』의 해당 기록을 긍정할 경우 기자는 무왕의 책봉을 받고 조선에 파견된 제후에 불과하다. 즉, 이 시기에 조선은 주나라의 행정 구역의 일부라는 논리가 작동하고 있는 것이다. 그리고 『史記』의 해당 기록에서 '무왕이 기자를 조선에 봉하고도 신하로 삼지 않았다[不臣]'고 서술하고 있는데, 이 또한 조선의 자주성을 인정한 것이다.

---

88 해당 역문은 丁範鎭 등이 옮긴 『史記』(까치, 1994)를 참고. 司馬遷, 『史記·宋微子世家』: 武王既克殷, 訪問箕子. 武王曰: "於乎! 維天陰定下民, 相和其居, 我不知其常倫所序." 箕子對曰: "在昔鯀堙鴻水, 汨陳其五行, 帝乃震怒, 不從鴻範九等, 常倫所斁。鯀則殛死, 禹乃嗣興。天乃錫禹鴻範九等, 常倫所序.
初一曰五行；二曰五事；三曰八政；四曰五紀；五曰皇極；六曰三德；七曰稽疑；八曰庶徵；九曰鄉用五福, 畏用六極……
於是, 武王乃封箕子於朝鮮而不臣也. 其後箕子朝周, 過故殷虛, 感宮室毀壞, 生禾黍, 箕子傷之, 欲哭則不可, 欲泣為其近婦人, 乃作〈麥秀〉之詩以歌詠之. 其詩曰: "麥秀漸漸兮, 禾黍油油. 彼狡童兮, 不與我好兮!" 所謂狡童者, 紂也. 殷民聞之, 皆為流涕.

그리고 2차적인 문제는 해당 자료의 [3]에서 기자가 소위 주나라에 입조한 내용을 기록한 부분에서 나타난다. 사마천이 기자가 주나라에 입조하면서 불렀다는 소위 〈麥秀歌〉는 『尙書大傳』에서 오히려 微子가 불렀다고 기록되어 있다. 『尙書大傳·微子』에서는 다음과 같이 서술하고 있다.

> [4] 미자가 주왕을 배알하기 위하여 옛 은나라의 도읍지를 지나가다가, 궁실은 이미 파괴되어 거기에 곡식이 자라고 있는 것을 보고, 말하기를 "이는 나의 부모의 나라이고, 종묘사직을 세운 곳이다." 절로 마음이 슬퍼지지만 울면 주나라를 위한 것이 되고 흐느끼면 아녀자의 꼴이 되니, 마음을 넓게 가져 아름다운 노래를 지었다. 그 노래는 다음과 같다. "보리는 잘 자라 그 끝이 뾰족하고, 벼와 기장은 싹이 올라 파릇하구나. 개구쟁이 어린애야! 나를 좋게 대하지 않았네."[89]

[3]과 [4]를 살펴보면 주인공이 기자와 미자로 각각 다를 뿐, 내용을 大同小異하다. 『尙書大傳』에 기록된 [4]가 『史記』에 수록된 [3]보다 먼저 편찬되었음을 감안하면, [3]에서 서술되는 기자가 은나라의 폐허를 보고 불렀다는 소위 〈맥수가〉는 사실상 [4]에서 미자의 행적을 수용하여 개작한 것으로 판단할 수 있다. 그리고 기자가 전임 임금인 紂를 과연 狡童이라고 불렀는지? 후세의 관점에서는 선뜻 이해할

---

89 『尙書大傳·微子』: 微子將往周朝, 過殷之故墟, 見麥秀之蔪蔪, 曰: "此父母之國, 宗廟社稷之所立也." 志動心悲, 欲哭則爲朝周, 俯泣則婦人; 推而廣之, 作雅聲, 歌曰: "麥秀蔪蔪兮, 黍禾䋲䋲, 彼狡童兮, 不我好兮!"

수 없는 대목이다. 하여 이 구절도 기자의 '소위 주나라 입조설'의 진위에 대하여 의구심을 갖게 하는 부분이 아닐 수 없다.

사실 조선은 개국한 후 고려시기의 '단군조선-기자조선-위만조선'으로 이어지는 '3朝鮮說'을 수용하여 단군을 처음으로 天命을 받은 임금, 기자를 처음으로 교화를 일으킨 임금으로 설정[90]하였고, 또한 대체적으로 무왕의 기자 册封을 인정하면서도 '不臣'으로 자주성을 강조하고 있는 경향이 뚜렷하게 나타나고 있다. 아래에 일례로 태종대에 변계량(1369~1430)이 올린 상서를 보기로 하자.

> 우리 동방은 단군이 시조인데, 대개 하늘에서 내려왔고 천자가 분봉한 나라가 아닙니다. 단군이 내려온 것이 唐堯의 戊辰年에 있었으니, 오늘에 이르기까지 3천여 년이 됩니다. 하늘에 제사하는 예가 어느 시대에 시작하였는지를 알지 못하겠습니다만, 그러나 또한 1천여 년이 되도록 이를 혹은 고친 적이 아직 없습니다. 太祖 康憲大王이 또한 이를 따라 더욱 恭謹하였으니, 신은 하늘에 제사하는 예를 폐지할 수 없다고 생각합니다. 혹은 말하기를, "단군은 해외에 나라를 세워 朴略하고 글이 적고 중국과 통하지 못하였으므로 일찍이 君臣의 예를 차리지 않았다. 주나라 武王에 이르러서 殷나라의 太師를 신하로 삼지 아니하고 조선에 봉하였으니, 그 뜻을 알 수 있다. 이로써 하늘에 제사하는 예를 행할 수 있었다. 그 뒤에 중국과 통하여 임금과 신하의 분수에 찬연하게

90 禮曹典書 趙璞(1356~1408)은 상서에서 '朝鮮檀君, 東方始受命之主; 箕子, 始興敎化之君, 令平壤府以時致祭.'이라 주청하고 있다.(『태조실록』 1권, 1년(1392) 8월 11일)

질서가 있으니, 법도를 넘을 수가 없었다."고 합니다. 신은 말하기를, "천자는 천지에 제사하고, 제후는 산천에 제사하는 것은 이것은 禮의 大體가 그러한 것이다. 그러나 제후로서 하늘에 제사한 경우도 또한 있었다. 노나라에서 郊天한 것은 成王이 周公에게 큰 공훈이 있다 하여 내린 것이고, 杞·宋이 郊天한 것은 그 先世 祖宗의 기운이 일찍이 하늘과 통하였기 때문이다. 杞나라가 杞나라 됨은 미미한 것이지만 선세 때문에 하늘에 제사 지냈고, 魯나라는 비록 諸侯의 나라라 하더라도 천자가 이를 허락하여서 하늘에 제사하였다. 이것은 예의 곡절이 그러한 것이다."[91]

당시 비가 오지 않아 하늘에 제사를 지내려 하였는데, 제후는 天祭를 지낼 수 없다는 禮法으로 행할 수 없었다. 변계량이 이 글에서 조선의 국왕이 천제를 지낼 수 있는 근거로, 첫째로 한국의 시조인 단군이 하늘에서 내려왔다는 점, 둘째로 오랜 세월 동안 제천례를 시행한 관례가 있다는 점, 셋째로 단군과 중국은 군신관계가 아니었고 주무왕 또한 기자를 신하로 삼지 않고 조선에 봉했다는 점, 넷째로 제후도 제천례[92]를 올린 선례가 있다는 점이다.

위의 글에서 보다시피 조선에서는 중국에 외교상 사대를 취하면서도 중국과 대등할 수 있는 논리를 단군의 受天命과 기자의 不臣에서 찾고 있다.

---

91 『태종실록』31권, 16년(1416) 6월 1일.

92 그러나 이 논리는 '공자의 '노나라의 郊禘는 예가 아니다(魯之郊禘, 非禮也.)'는 말에서 그 설득력을 잃고 있다.

종합하면, 당시 조선에서 不臣은 册封에 대응하여 자주성을 강조하는 논리로 작동하고 있었고, 또한 단군으로 민족·역사적 독립성을 주장하는 논리가 형성되어 있었다.

2) 〈洪範〉

〈洪範〉(洪範九疇라고도 함)은 '우 임금이 홍수를 다스릴 때 하늘이 〈洛書〉를 내려주었고, 이를 본받아 풀어 놓은 소위 帝王學이다. '〈洛書〉라는 것은 신비스런 거북이 문채를 등에 지고 나온 것이라고 이르는데 우 임금이 이를 차례대로 정리하여 九疇를 만든 것'[93]으로, 이는 五行·五事·八政·五紀·皇極·三德·稽疑·庶徵·五福·六極 등 9개 규범으로 구성되어 있다.

공자가 편찬한 것으로 알려진 『尙書』에는 기자가 무왕에게 〈홍범〉을 전수한 사실을 다음과 같이 기록하고 있다.

> (무왕)13년에 왕이 箕子를 방문하였다. 왕이 말하기를 "오오, 箕子여, 하늘은 백성을 보호하고 서로 협력하여 살도록 했는데, 나는 그 일정한 윤리의 체계를 모르고 있소." 기자가 말하기를 "제가 들으니, 옛날

---

93 이 아홉 가지 조목은 사람들이 살아가는 데 꼭 필요한 기본 원리이고, 개인과 국가, 자연 현상의 관계를 전반적으로 망라하고 있다. 따라서 〈홍범〉은 '자기의 덕을 닦는 것으로부터 천하를 태평하게 하는 방법에 이르기까지 조직적으로 서술한 것'으로 볼 수 있는데. 특히 중국 고대 국가의 경우, 제왕이 백성을 다스렸다는 점에서 洪範九疇는 철저한 帝王學이다. (신창호, 「『서경·홍범』의 이해와 교육적 의의」, 『동양고전연구』10, 동양고전학회, 1998, 325면)

> 鯀이 홍수를 잘못 막아서 五行의 서열이 어지럽게 되었습니다. 하늘이 크게 노하여 洪範九疇를 내려주지 않아서 일정한 윤리가 붕괴되었습니다. 곤은 죽임을 당하고, 禹가 뒤이어 일어나니 하늘은 '홍범구주'를 내려 주시어, 일정한 윤리 체계를 정하였습니다.……"[94]

사마천도 『史記』에서 해당 관점을 수용하여 기자가 무왕에게 〈홍범〉을 전수하였다고 서술하고 있다.[95]

그러나 해당 기록에는 기자가 무엇 때문에 조국을 멸망시킨 원수인 주무왕에게 전수하였는지 그 이유가 분명치 않다.

그리고 해당 기록에 따르면 기자는 무왕에게 道統을 전수한 스승으로, 무왕도 신하로 삼지 못하는 그가 조선으로 왔다는 의미는 곧 조선이 중국과 동등한 도통을 계승하였음을 의미[96]한다.

---

94 『尚書·洪範條』: 惟十有三祀, 王訪於箕子. 王乃言曰: "嗚呼！箕子. 惟天陰騭下民, 相協厥居, 我不知其彝倫攸敘." 箕子乃言曰: "我聞在昔, 鯀堙洪水, 汨陳其五行, 帝乃震怒, 不畀洪範九疇, 彝倫攸敘, 鯀則殛死. 禹乃嗣興, 天乃錫禹洪範九疇, 彝倫攸敘……

95 이 부분에서 『尚書』와 다른 점은 기자가 무왕에게 〈홍범〉을 전수한 시기가 무왕이 은을 멸망시키고 2년 뒤에 이루어졌다는 점이다. 그러나 시기 고증은 본고의 연구 대상이 아님으로 소략하기로 한다.

96 사실 〈홍범〉은 漢代에는 재변과 五行 사이의 대입을 통해 자연의 이상 현상들을 모두 인사와 관련된 것으로 이해되어 이를 근거로 길흉을 예언하는 점술서적인 성격을 갖고 있기도 하였으며, 따라서 〈홍범〉에 대한 해석의 중심은 五行에 있었고, 이를 통하여 나머지 八疇를 설명하였다. 그러나 북송대 이후 天의 주재자적인 측면이 부정되고 天理적 天으로 그 개념이 전환되기 시작하면서 논의의 중심은 皇極으로 옮겨가게 되었다. 주희는 황극이 인군이 정치를 행하는 心法이라고 보았고, 이후 성리학자들은〈홍범〉을 천리적 천의 관념에 기반하여 군주가 修身을 하고 그를 바탕으로 보편적 天理에 합하는 人道의 표준을 구현하는 구조를 다룬 편으로 해석되었고 이는 성리학적 경세관의 한 축을 담당하게 된다. (장지연, 「고려~조선 초 『書經』 「無逸篇」과 「洪範篇」 이해의 변화」, 『사학연구』 112, 한국사학회, 2013, 121~122면 참고.)

소위 八條는 기자가 조선에 온 뒤 시행하였다고 하는 법령이다. 班固(32~92)는 『漢書』에서 다음과 같이 서술하고 있다.

> 殷의 道가 쇠하자 기자는 조선으로 가서 그 백성들에게 예의와 농사·누에치기를 가르쳤다. 樂浪朝鮮 주민에게는 犯禁八條가 있었는데, 사람을 죽이면 바로 죽음으로써 보상하고, 상해를 입히면 곡식으로 보상하며, 도둑질한 자는 남자는 家奴로 삼고 여자는 婢로 삼는다. 재물로 배상하여 죄를 면하고자 하는 자는 각자가 50만을 바쳐야 한다.[97]

이 글의 요점은 기자가 조선에 온 뒤 조선 백성들에게 예의 및 선진적인 농업기술을 가르치고 八條教[98]로 백성을 엄히 다스렸다는 내용이다.

정도전(1342~1398)은 〈홍범〉과 팔조의 관계를 다음과 같이 보고 있다.

> 기자는 무왕에게 〈홍범〉을 설명하고 〈홍범〉의 뜻을 부연하여 八條의 教를 지어서 國中에 실시하니, 정치와 교화가 성하게 행해지고 풍속이

---

97 『漢書·地理志·下第八』: 殷道衰, 箕子去之朝鮮, 教其民以禮義, 田蠶織作. 樂浪朝鮮民犯禁八條, 相殺以當時償殺, 相傷以穀償, 相盜者男沒入為其家奴, 女子為婢. 欲自贖者, 人五十萬……

98 이른바 箕子가 지었다고 하는 이 八條의 教 가운데서 현재는 '사람을 죽인 자는 죽인다(相殺償以命)', '사람을 상해한 자는 곡물로 보상케 한다(相傷以穀償)', '남의 물검을 훔친 자는 그 집 노비로 삼는다(相盜者沒爲其家奴婢)'라는 이 세 조목만 전해지고 있다.

지극히 아름다웠다. 그러므로 조선이란 이름이 천하 후세에 이처럼 알려지게 된 것이다.[99]

정도전의 관점에 따르면 팔조는 기자가 〈홍범〉에 근거하여 만든 것으로, 『漢書』에서는 기자가 팔조로 조선을 교화하였다고 기술하고 있다.

관건은 기자가 〈홍범〉을 전수하여 조선이 중국의 도통을 계승하여 중국과 동등한 수준의 문명을 접하였는가 하는 것인데, 일단 조선 초기 조선 조정에서는 〈홍범〉을 정리하여 강연에서 강연하게 하는 등 〈홍범〉을 중시하고 있[100]으나 기자가 조선에 〈홍범〉을 전수하였다는 논의는 별로 이루어지지 않고 있다.

종합하면 기자가 무왕에게 〈홍범〉을 전수한 이유와 그가 조선에서 기자가 조선에 〈홍범〉을 전수하였는지에 대하여 개인별, 시대별로 인식을 달리 할 수 있는 가변적 요소를 내포하고 있기에, 기자 담론에서 〈홍범〉에 대한 주의를 요하는 바이다.

3) 佯狂

기자에 행실에 대한 평가는 공자의 『論語』에서 처음으로 언급된

99 鄭道傳, 『三峯集·朝鮮經國典卷上·國號』卷7: 箕子陳武王以〈洪範〉, 推衍其義, 作八條之教, 施之國中, 政化盛行, 風俗至美. 朝鮮之名, 聞於天下後世者如此.

100 左散騎常侍 曺庶에게 명하여 『서경·홍범』을 써서 바치게 하였다.(『태조실록』12권, 6년(1397) 8월 14일); 좌승지 李文和에게 명하여 『서경·홍범』을 講하게 하였다.(『태조실록』12권, 6년(1397) 9월 8일); 임금이 풍악을 그만두게 하고, 趙末生을 불러 〈洪範〉 의 陰陽의 이치를 강론하였다. (『태종실록』 32권, 16년(1416) 7월 9일).

다.『論語·微子』에는 다음과 같이 서술하고 있다.

> 미자는 떠나고, 기자는 노예로 되었으며, 비간은 간하다 죽었다. 공자가 말하기를 은나라에는 三仁이 있다.[101]

단순히 문맥만 놓고 이해하면 기자는 폭군인 紂王을 노엽혀 노예로 전락한 것으로 파악할 수 있다. 또한 공자가 편찬한『尙書·商書·微子』및『尙書·周書·微子』를 소급하여 분석하여도 다만 이러한 결론을 도출할 수 있을 뿐이다.

그리고 대체적으로 西周-戰國시대에 지어진 것으로 판단되는『周易』에도 기자가 단편적으로 언급된다. '明夷卦·六五'에는 '箕子之明夷, 利貞(기자가 스스로 자신의 밝음을 감추는 것이니, 정한 것이 이롭다)'라고 하였으니, 여기에서 明夷는 기자가 紂의 폭정 하에서 노예가 되어서 화를 면한 것을 이르는 말로, 뒤의 利貞과 결합되어 전반적인 뜻은 '기자가 비록 겉으로는 자신의 밝은 지혜를 감추었지만, 안으로는 바른 뜻을 지켰음'으로 해석되고 있다.

그러나『史記』의〈宋微子世家〉와〈殷本紀〉에서는 다음과 같이 기자의 행실에 대하여 판다르게 서술하고 있다.

> [1] 주왕이 황음하고 방종해지자, 이에 기자가 간하였으나 듣지 않았다. 어떤 사람이 말하기를 "가히 떠나는 편이 낫습니다."라고 하자,

101 孔子,『論語·微子』: 微子去之, 箕子爲之奴, 比干諫而死. 孔子曰: "殷有三仁焉."

> 기자가 다시 말하기를 "신하된 자가 간하였으나 듣지 않는다고 하여 떠나버리면 이것은 군주의 과실을 추어주는 꼴이 되고, 나 자신도 백성들의 기쁨을 뺏는 것이 되니, 차마 그렇게 할 수가 없다."고 하였다. 그리하여 그는 머리를 풀어헤치고 미친 척하다가 잡혀 노예가 되었다. [중략] 태사공은 말하였다. "공자는 이르기를 미자는 은나라의 주왕을 떠났고, 기자는 노예가 되었으며, 비간은 간하다가 죽임을 당하였다. 은 왕조에는 이와 같은 세 사람의 어진 자가 있었다."라고 하였다.[102]

> [2] 紂가 더욱 음란하여 그치지 않았다. 微子가 여러 번이나 간해도 듣지 않자 그는 太師, 少師와 상의하고서 은나라를 떠났다. 그러나 比干은 "남의 신하된 자는 목숨을 바쳐서라고 간해야 한다."면서 계속 강하게 간하였다. 그러자 주가 진노하여 "성인의 심장에는 일곱 구멍이 있다고 들었다."고 하면서, 비간을 해부하여 그의 심장을 꺼내 보았다. 箕子는 두려운 나머지 이에 거짓 미친 척하여 노복이 되었다. 주는 또 그를 잡아가두었다.[103]

사마천의 『사기』에 실린 두 글에서 기자의 행적은 상이하다. [1]은 위에서 이미 인용한 적 있는 〈宋微子世家〉의 내용이고, [2]는 〈殷本紀〉

---

102 司馬遷, 『史記·宋微子世家』: 紂為淫泆, 箕子諫, 不聽. 人或曰: "可以去矣." 箕子曰: "為人臣諫不聽而去, 是彰君之惡而自說於民, 吾不忍為也." 乃被髮詳狂而為奴.……太史公曰：孔子称"微子去之, 箕子为之奴, 比干谏而死, 殷有三仁焉."

103 司馬遷, 『史記·殷本紀』: 紂愈淫亂不止. 微子數諫不聽, 乃與大師·少師謀, 遂去. 比干曰: "為人臣者, 不得不以死爭." 乃強諫紂. 紂怒曰: "吾聞聖人心有七竅." 剖比干, 觀其心. 箕子懼, 乃佯狂為奴, 紂又囚之.

의 구절이다. 이 두 글의 공통점은 모두 기자의 佯狂[104]에 대하여 서술하고 있다는 점, 그러나 기자가 미친척한 이유에 대한 해석은 서로 모순된다.

[1]에서는 기자의 佯狂爲奴 이유를 '임금을 버리고 떠난다면 그의 허물을 드러내는 꼴이 되고, 백성의 즐거움을 뺏는 것'이 된다는 명분을 내세우고 있다. 또한 결말에서는 공자의 三仁 평가를 인용하여 편찬자의 이에 대한 태도를 밝히고 있다.

그러나 [2]에서는 기자가 비간이 간언하다가 비참하게 죽어가는 모습을 보고 두려워서 미친척하여 노예가 되었고, 紂王에 의하여 구금되게 된다는 人之常情에 기반하고 있다.

또한 梁啓超(1873~1930)가 지적한 『論語·微子』의 眞僞 및 『史記·宋微子世家』에서 사마천이 인용한 『尙書』의 三仁 평가 變改 의혹[105]을 고려하지 않더라도, [2]의 기록은 상식적으로 더 타당성을 갖고 있다. 이에 앞선 전국시대의 인물인 韓非子는 다음과 같이 기자의 행적을 서술하고 있다.

> 紂가 밤새도록 술을 마시느라 즐거워서 干支를 잊어버려, 옆 사람들

---

104 처음으로 기자가 미쳤다고 기술한 문헌은 『呂氏春秋』인데, '比干戮, 箕子狂(비간은 죽임을 당했고, 기자는 미쳤다)'고 기술되어 있다. 그 다음으로 『荀子』에 '箕子佯狂(기자가 거짓으로 미친척 하였다)'라는 기록이 있다.

105 梁啓超(이계주 역), 『中國古典入門』, 三星文化財團, 1973. 양계초는 崔述(東壁)의 고증을 인용하여 『논어』중의 〈微子〉가 의심스러운 이유를 지적(60면 참고)하고, 『사기』 중의 사마천의 『논어』 三仁 평가는 劉歆이 고의로 變改(124면 참고)하였다고 주장하고 있다.

에게 물으니 모두 알지 못하였다. 하여 사람을 보내 기자에게 물으니, 기자는 문도에게 이르기를 "천하의 군주가 되어 온 나라 사람이 모두 간지를 잊었으니, 천하가 위태하다. 모두가 모르는데 나 혼자만 알면 내가 위태로울 것이다."하여 술에 취해 모른다고 거절하였다.[106]

비록 상고할 수 있는 자료가 적어 구체적인 입증이 어렵지만, 상기 두 자료에 근거하여 볼 때 기자가 두려워서 목숨을 보전하기 위하여 미친척했다는 논리가 더 타당성을 확보하고 있다.

『論語』는 일찍 東漢시기부터 유가 경전에 포함되어 공자 및 유가 사상을 연구하는 중요한 텍스트로 중요시되어 왔다. 하여 중국에서는 역대로부터 『論語』에 주석을 달았는데, 그 중 영향력이 제일 큰 저술이 바로 朱熹의 『論語集注』이다.[107] 본고에서는 주희의 『論語·微子』중의 '三仁'에 대한 註釋을 고찰하기 앞서 그가 일찍 32살(1161)에 스승 李侗(69세)에게 三仁에 대하여 가르침을 청하면서 나눈 『延平答問』 중의 해당 내용을 살펴보기로 한다. 참고로 그의 『論語集注』는 1177년에 편찬되었으니, 이보다 약 16년 이르다. 인용문이 다소 길

106 韓非子, 『說林·上』: 紂為長夜之飮, 歡以失日, 問其左右, 盡不知也. 乃使人問箕子. 箕子謂其徒曰 : "為天下主而一國皆失日, 天下其危矣. 一國皆不知而我獨知之, 吾其危矣.." 辭以醉而不知.

107 徐明, 『朱熹《论语集注》研究』, 揚州大學 석사학위논문, 2011, 4면 참고. 물론 『论语集注』는 조선조에서 최고의 권위를 부여받은 經典인 동시에, 宋代 理學의 철학적 논리를 담은 思想書로 인식되었다. (이승수, 「性理學的 世界觀에 대한 試論-《論語集註》를 중심으로」, 『한양어문연구』10, 한국언어문화학회, 1992, 114면)

지만 宋代 여러 학자들의 三仁 인식 및 이에 대한 주희와 李侗의 견해를 살피기 위하여 全文을 고찰하기로 한다.

주희의 질문: "은나라에는 세 명의 仁者가 있었다."는 말에 대해 윤화정 선생께서는 "이익과 해로움이라는 기준에 따라 선택하지 않고 마땅히 해야 할 바를 하는 것은 오직 인자만이 그럴 수 있다."고 하셨습니다. 저는 아직 미자가 떠나고 기자가 옥에 갇히고 비간이 죽어야만 했던 것이 확실히 바꿀 수 없었던 경우라는 것을 깨닫지 못하고 있는데, 세 사람의 처지를 바꾸었다면 또 어떠했을지 모르겠습니다. 소동파는 "기자는 항상 미자를 임금으로 세우려 했었는데 帝乙이 따르지 않고 紂를 세웠다. 그러므로 기자는 미자에게 '제가 예전에 한 말이 그대를 해롭게 하였으니 왕자께서 나라 밖으로 나가지 않으시면 저는 위험한 상황에 처할 것입니다.'라고 했다.(원주: 내가 예전에 말한 바가 그대를 해치니 왕자께서 만일 나가지 않는다면 나와 함께 화를 얻을 것이라고 말한 것이다.) 그러므로 두 사람 가운데 미자는 떠났고 기자는 감옥에 갇혔다. 대개 의심받을 자리에 있으면 비록 간하더라도 받아들여지지 않기 때문에 기자는 다시 간하지 않았다. 비간의 경우 그는 꺼리는 바가 없었기에 간하다가 죽었다."고 말했습니다. 호명중이 소동파를 비난하면서 "이와 같다면 혐의를 피하고 이익과 해로움을 따진 것이다. 이것으로 인을 논한다면 동떨어지지 않겠는가?"라고 하였습니다. 제 생각에 이 말은 매우 훌륭히 소동파의 설을 논파하고 있습니다. 다만 호명중은 자신의 해석에서 "미자는 은나라 왕실의 元子였기에 종사의 보존을 귀중히 여긴 것이지 국가를 배반한 것은 아니다. 비간은 三孤의

자리에 있었기 때문에 의리에 따라 임금을 보필함으로써 신하의 의리를 보존한 것이지 명예를 추구한 것이 아니다. 기자는 하늘이 九疇를 내려주었기 때문에 皇極의 법도를 보존하는 일을 하늘같이 여긴 것이지 生을 탐한 것이 아니다."라고 하였습니다. 저는 이 설명 또한 아직 완전히 훌륭하지는 않다고 생각합니다. 가령 기자에 관한 구절은 더욱 의미가 없습니다. 세 사람이 마땅히 했어야 할 확실한 경우를 어떻게 구해야 하는지요?

이통의 대답: 세 사람은 각자 자신의 역량에 따라 힘을 다하여 그렇게 행동한 것이지 선택한 바가 있었던 것은 아닙니다. 이들은 仁을 구하여 仁을 얻은 사람들입니다. 미자는 의당 떠나야 했습니다. 기자는 감옥에 갇히고 노예가 되었지만 우연히 죽지 않았을 뿐입니다. 비간은 죽음으로써 간한 것이니 감동을 줄 만 합니다. 종사와 구주를 보본한 일은 모두 뒷날의 일이어서, 애초에는 그런 생각이 없었지만 뒷날에 우연히 그렇게 되었을 뿐입니다. 어찌 두 가지를 합쳐 보아 어진 사람의 마음을 맑지 않게 만들어야 되겠습니까? 仁은 단지 이치이니 애초에 피차의 구별이 없습니다. 이치에 부합되어 사적인 마음이 없으면 仁입니다. 호명중이 소동파를 논파했던 설명은 괜찮지만, 세 사람을 설명하면서 뒷날의 일을 끌어들인다면 세 명의 인자에 대해 왕안석이 설명한 것과 무슨 차이가 있겠습니까? 아마도 이와 같은 해석이 바로 문제를 낳는 곳으로 인이란 글자를 더럽히고 있으니, 살펴보지 않을 수 없습니다.[108]

---

108 朱熹,『延平答問』: 殷有三仁焉, 和靖先生曰, 無所擇於利害, 而為所當為, 惟仁者能之. 熹

위의 삼인 담론에서 기자의 佯狂에 대한 뚜렷한 주장을 내세운 것은 호명중의 결과론-'죽음을 두려워해서가 아니라 구주를 보존하기 위함'이고, 이통은 비록 이에 대하여 비판하였지만, 양광에 대한 직접적인 해석은 피하고 다만 기자가 '감옥에 갇히고 노예가 되었지만 우연히 죽지 않았다'고 설명하여 그다지 명쾌하지 못하다.

주희는 『論語集注』에서 다음과 같이 해석하고 있다. '微子去之, 箕子爲之奴, 比干諫而死'에 대하여

> 미자는 紂王의 무도함을 보고 떠나가서 종사를 보존하였고, 기자와 비간이 모두 간하니, 주왕이 비간을 죽이고, 기자는 잡아 가두어 노예로 삼았다. 기자는 이로 인하여 거짓으로 미친체하고 모욕을 받았다.

라고 해석하였고 '孔子曰:'殷有三仁焉.'에 대하여

> 세 사람의 한 일이 같지 않으나, 모두 至誠과 惻怛한 뜻에서 나왔기

未見微子當去箕子當囚比干當死端的不可易處, 不知使三人者易地而處, 又何如? 東坡云, 箕子常欲立微子, 帝乙不從而立紂, 故箕子告微子曰, 我舊云刻子王子不出我乃顚隮, 是以二子或去或囚, 盖居可疑之地, 雖諫不見聽, 故不復諫; 比干則無所嫌, 故諫而死. 胡明仲非之曰, 如此是避嫌疑、度利害也. 以此論仁, 不亦遠乎 ? 熹按此破東坡之說甚善, 但明仲自解乃云, 微子殷王元子, 以存宗祀為重, 而非背國也 ; 比干三孤以義弼君, 以存人臣之義, 而非要名也 ; 箕子天畀九疇, 以存皇極之法, 為天而非貪生也. 熹恐此說亦未盡善. 如箕子一節尤無意思, 不知三人者端的當為處當何如以求之 ? 先生曰 : 三人各以力量竭力而為之, 非有所擇. 此求仁得仁者也. 微子義當去, 箕子囚奴, 偶不死爾. 比干即以死諫, 庶幾感悟. 存祀九疇, 皆後來事, 初無此念也. 後來適然爾, 豈可相合看, 致仁人之心不瑩徹耶 ? 仁只是理, 初無彼此之辨, 當理而無私心, 即仁矣. 胡明仲破東坡之說可矣, 然所說三人後來事相牽, 何異介甫之說三仁 ? 恐如此政是病處昏了, 仁字不可不察.

때문에 사랑의 이치를 어기지 않고, 그 마음의 德을 온전하게 할 수 있었던 것이다. 양씨는 말하기를 '이 세 사람이 각각 그 本心을 얻었으므로 똑같이 仁이라고 이른 것이다.'라고 하였다.[109]

결국 주희는 기자의 佯狂을 합리하게 해석하기 위하여『사기』기록을 변개한 흔적이 보인다. 즉 그는 〈송미자세가〉 중의 '佯狂爲奴' 및 〈은본기〉 중의 '佯狂為奴, 紂又囚'를 결합하여 '被囚爲奴, 因佯狂'로 개작하였고, 佯狂 이유를 이런 불우한 처지로 인한 惻怛(哀傷)한 마음으로 비롯되었다고 해석하였다.

위의 논의를 종합하면, 佯狂에 이유에 대한 해석은 대체로 2가지로 귀결된다. 하나는 이통 및 주희에 의하여 비판된 '九疇를 보존하기 위함'이고 다른 하나는 주희에 의하여 만들어진 '감옥에 갇히고 노예로 된 불우한 처지에 대한 슬픔'으로 나눌 수 있다. 그러나 이 해석은『사기』을 모두 변개하였기에 타당성을 확보하기 어려운 문제가 존재한다.

바로 이러한 기자의 佯狂에 대한 기존의 仁賢으로의 해석이 논리상 타당성을 확보하지 못하였기에, 중한 양국문사들이 창화를 통하여 각자가 어떻게 이를 인식하고 있는지 고찰할 필요성이 제기된다.

109 微子見紂無道, 去之以存宗祀. 箕子, 比干皆諫, 紂殺比干, 囚箕子以爲奴, 箕子因佯狂而受辱.

조선과 명나라 문사들의 기자 담론의 전개

—『황화집』 연구 —

제3장

15세기 후반 전개 양상

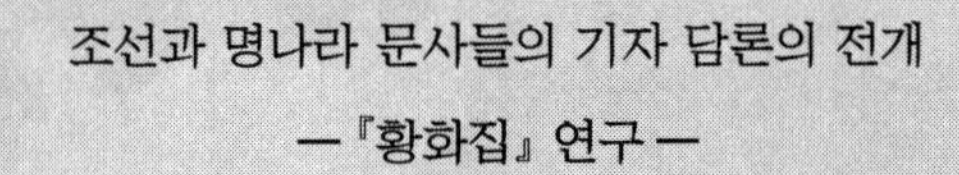

조선과 명나라 문사들의 기자 담론의 전개

—『황화집』 연구 —

01
시대 배경

본고에서는 15세기 후반의 시대 배경에 대하여 역시 국내와 국외 두 요소로 나눠 고찰하고자 한다. 전자는 조선의 기자에 대한 인식 양상이고, 후자는 양국의 요동 문제로 인한 갈등이다. 그 이유는 이 두 요소가 양국 외교 관계에 큰 영향을 주기 때문이다.

1) 조선의 기자 인식

앞장에서는 대체적으로 태종대에 이르기까지의 조선의 기자 인식 양상을 살폈다. 이번에는 양국 문사들의 창화가 본격적으로 막을 올리는 세종 및 그 이후의 기자 인식 양상을 살피기로 한다.

세종 대에는 단군과 기자의 지위가 같지 아니한 현상을 시정해야 한다는 논의가 제기되어 세종 7년(1425)에 단군사당을 따로 건립하기로 결정하고, 11년(1429)에 단군사당이 기자사당 남쪽에 건립되어 고구려시조 동명왕과 합사[110]된다.

또한 세종대에 이르러 기자가 과연 얼마만큼 중국에 자주적이었나 하는 것이 당대 문사들의 주요 관심사였다. 그 결과 『史記』중의 '武王乃封箕子於朝鮮而不臣'에 근거를 둔 '箕子不臣說'이 새롭게 의식되게 된다. 세종은 10년(1428)에 변계량으로 하여금 重修한 기자 사당에 세울 碑文을 지어 바치게 하였는데, 그때 내린 교지에는 '옛날 周나라 武王이 殷나라를 정복하고 은의 太師를 우리나라에 봉하여, 그의 신하 노릇하지 않으려는 뜻을 이루게 하였다.'[111]고 강조하고 있다. 참고로 앞에서 서술하였지만 변계량은 기자 숭배자인 동시에 단군의 자립을 매우 중시한 유학자이다.

이런 주장은 같은 해 8월에 올린 평안감사의 장계에도 보인다. 그는 기자가 비록 무왕의 책봉을 받았으나, 신하가 되지 않았으므로 제후라고 할 수 없으며 더욱이 '箕子'라는 이름은 고유명사가 아니라 '箕'는 나라 이름이요, '子'는 작위이기에, 기자의 위패에 '朝鮮候 箕子'라는 표현은 잘못된 것이라고 주장하였다. 그래서 그는 '朝鮮侯'라는 표현을 빼고 '殷太師'라는 칭호 및 조선의 존호와 책봉을 추가하여 그의 不臣 정신을 기리는 것이 좋겠다고 의견을 폈다.[112]

---

110 이를 건의한 사람은 정섭(1390~1475)으로, 그의 논리는 '건국 연대가 앞서고 독립군주인 단군이 기자보다 상위에 있어야 마땅하지만, 기자는 〈홍범〉, 팔조교 등 문화적 업적이 뛰어나고 또 국호 제정에서 기자를 내세웠을 뿐만 아니라, 중국 사신의 기자사당 참배가 상례로 되어 있음으로, 기자 사당에 단군을 상위로 모시는 것은 불편한 점이 많다.'는 것이었다. 그래서 기자 사당을 따로 독립시켜 '南向奉祀'하는 것이 좋겠다는 주장을 세웠다. (『세종실록』 29권, 7년(1425), 9월 25일 기사 참고). 즉, 그는 주관적으로는 단군의 위치를 기자보다 상위에 두면서도 명나라와의 외교 관계를 고려하여 기자사당과 단군사당을 동등한 위치에서 독립시키는 방안을 내놓은 것이다.

111 『세종실록』 40권, 10년(1428) 4월 29일.

112 『세종실록』41권, 10년(1428) 8월 14일.

이와 같이 기자에 대한 재평가가 이루어지며 마침내 세종 12년(1430) 8월에는 기자의 위패를 '朝鮮侯箕子之位'에서 '後朝鮮始祖箕子'로 바꾸[113]었다. 이로부터 기자는 제후에서 시조로 격상되면서 그 독립성이 인정되고, 단군의 위패도 '朝鮮侯檀君之位'에서 '朝鮮檀君'으로 제후라는 명칭의 '侯'를 삭제하게 된다. 이를 통하여 단군도 기자와 함께 한 단계 격상한다.

세조대에 이르러 단군과 기자의 위패가 새로이 개정된다. 세조 2년(1456)에 조선은 단군의 神位를 기존의 '朝鮮檀君'에서 '朝鮮始祖檀君之位'로 바꾸어 민족[114] 시조로서의 단군의 지위를 명실상부하게 확립시켰고, 또한 기자의 神位를 '後朝鮮始祖箕子'에서 '後朝鮮始祖箕子之位'로 변경한다.[115]

그러나 이 시기의 주요 관심사는 기자의 문화적 치적보다는 기자조선의 영토였다. 그러한 분위기를 엿볼 수 있는 자료는 權覽(1416~1465)의 『應製詩注』를 예로 들 수 있다. 조부 권근이 지은 『應製詩』에 대하여 주석을 붙인 것이 바로 『應製詩注』인데, 이 책에는 풍부한 역사 지식이 담겨 있을 뿐만 아니라 작자 자신이 세조의 총신 중의 한

---

113 『세종실록』49권, 12년(1430) 8월 6일.

114 물론 현재의 '민족'에 대한 정의가 근대 '국민국가' 구성원이 신분적으로 평등하여 국민일체가 형성되어야 함을 요구하고 있다는 의미에서 이 시기의 민족의식을 논함에 있어서 근대의 산물인 '민족'이라는 개념을 적용할 수 없다는 반론이 있을 수 있다. 또한 이 시기의 이러한 민족의식이 중국을 비롯한 타자와 동질성이 구별되는 대외적 차별성 의식은 있었고, 비록 그것이 내적 동질성(평등성) 측면이 완전하지 못하다는 점에서 이 양자를 모두 구비한 근대의 '민족의식'과는 차이가 있다는 점은 부인할 수 없다. 그러나 이는 '적어도 근대의 민족의식에 준한 민족주의'로 볼 수 있다는 관점에서 해당 용어를 사용하기로 한다.

115 『세조실록』4권, 2년(1456) 7월 1일.

사람으로서 권력의 핵심에 위치했던 인물이라는 점에서 이는 세조대 권력층의 역사의식을 반영하는 자료이기도 하다. 주목할 점은 이 책에서 새로운 역사 해석이 시도되고 있다는 것이다. 예컨대 조선 고대의 설화, 전설이 풍부하게 수록되어 있으며, 특히 『삼국유사』와 『제왕운기』에 수록된 단군신화를 합쳐 새로운 신화체계를 구성하였고, 또한 漢 四郡의 위치를 만주에 있다고 하고 요동이 요서까지 포함하는 명칭이라는 점, 그리고 기자가 책봉받은 지역은 평양이 아니라 요동이라고 주장하는 등이 바로 그것이다. 그의 이러한 역사 해석은 고조선의 중심지를 요동에서 찾으려는 의식과 관련된 것이며, 동시에 조선을 萬里國家[116]로 생각하면서 만주 수복에 비상한 관심을 쏟았던 세조대의 일반적인 분위기를 반영하고 있다.

성종대에는 비록 기자에 대한 관심이 다시금 고조되지만 전대와는 성격을 달리한다. 성종은 세조때 박해를 받았던 사림파 유신들을 대거 등용하게 되는데, 이 시기의 기자 형상을 보여주는 대표적인 사서는 성종 7년(1476)에 편찬된 『삼국사절요』 및 16년(1485)에 편찬된 『동국통감』이다.

---

116 사실 조선을 '萬里國家'라고 자부하면서 만주 지역에 대하여 비상한 관심을 환기시키는데 앞장선 이는 양성지였다. 그는 세조의 일급 참모로서 국방의 중요성을 강조하고, 그와 관련하여 자주적인 문화 의식과 역사 의식을 주장하였다. 그는 기자로부터 비롯된 유가 문화의 전통도 중시하였지만, 항상 기자 앞서 단군의 실재를 강조하고 조선의 문물제도가 단군으로부터 비롯되었다고 주장하였다. 그리하여 그는 단군과 관련된 태백산, 묘향산 등을 국가의 祀典에 넣어야 한다고 주장하기도 하였다. 특히 그의 국방 의식과 관련하여 주목되는 것은 북방 국경선을 압록강으로 보지 않고 만주의 개원으로 설정하자는 주장이다. 그의 단군 숭배는 현실적으로 이와 같은 국방 의식 혹은 국경 관념과 밀접하게 연관된 것이었다. 양성지, 정척 등이 만든 지도에 만주가 포함되어 있는 것도 같은 맥락에서 이해된다.

『삼국사절요』는 노사신, 서거정 등이 왕명을 받들고 편찬한 것으로, 그 틀은 세조대에 짜여진 것이다. 즉 이 책은 세조 때 편찬하려던 『동국통감』이 거의 마무리될 단계에서 중단된 것을 성종 7년에 약간 손질하여 간행하였는데, 주요 특징은 단군 관계 기사가 빠지고 기자 관계 기사가 보완되었다는 점이다.

이 책에서 주목되는 점은 세조대에 크게 의식되었던 기자의 '不臣之志' 등이 언급되지 않고 기자의 조선에 대한 교화, 즉 八條敎에 대한 내용이 사상 처음으로 구체적으로 소개된다는 것이다. 이는 성종대에 이르러 기자에 대한 관심이 기존의 '自主建國' 및 '주무왕에게 〈홍범〉을 전수하여 유교의 창시에 공헌' 등으로부터 이제는 주무왕의 책봉을 받은 仁賢의 인물이라는 것이 관심의 초점으로 되었음을 보여준다.

한편 『동국통감』에서는 『史記』의 내용을 발췌하여 기자가 조선에 오기 전의 행적을 소개하고 있으며, 기자조선에 대한 서술을 마친 뒤 편찬자의 사론에서 '涵虛子日'로 『天運紹統』 내용을 첨가하여 기자의 문화적 업적을 높이 평가하고 있다. 즉, 이 책의 요점은 기자는 중국에 사대한 인물이고, 한국 문화의 전반적인 중국화와 유교화, 그리고 시서예악과 인의의 창시자로 부각하고 있다는 점이다. 이는 사림계의 가치관을 그대로 반영한 것인바 이는 특히 사론에서 뚜렷하게 나타난다. 이 부분은 현재 김종직의 문인 최부가 쓴 것으로 알려지고 있다.

특히 『동국통감』에서 주목할 점은 단군조선이 극히 소략하게 취급되고, 단군이 堯와 같은 시기에 국가를 세운 것이 아니라, 그보다

늦은 25년 뒤에 세웠다고 서술하여 '檀君與堯并立'설을 뒤집었으며, 이를 통하여 고대사 체계를 근본적으로 기자 중심으로 바꾸어 놓은 계기를 마련하였다는 점이다.

2) 양국의 요동문제로 인한 갈등

조선이 건국된 후 비록 조·명 양국이 신속하게 '조공-책봉'의 외교 관계를 맺었지만 외교 관계가 한동안 불편했었고, 이는 태종시기에 와서 점차 안정된다. 조선은 명의 내전과 建文帝·永樂帝의 즉위를 활용해 대명관계를 안정시키면서도 북방으로 진출하는 동시에 여진 지역에 대한 영향력을 확대하려고 준비하고 있었다.

그러나 명 역시 여진 지역을 자국의 영역으로 포함시키려 하였는바, 일찍 명태조 시기에는 요동 지역에 遼東都司를 설치하였고, 그 뒤 이 지역의 州縣을 철폐하고 군사조직인 衛所 25개를 세워 遼東都司가 통괄하게 한다. 그 뒤 永樂帝는 흑룡강 하류 지역에 奴兒干都司를 설치하여 遼東都司가 통제하지 못하는 현재의 길림과 흑룡강 유역의 여진을 지배하게 한다. 명은 각 지역에 招撫使를 보내어 여진을 회유를 종용하고 입조하는 여진 추장들에게 관직을 수여함과 동시에 그들의 지역에도 衛所를 개설시킴으로서 여진 각 衛와 명 사이에 형식적인 군신관계가 성립된다.

조선은 비록 항상 사대를 강조하였지만 북방 지역 주도권 문제에서는 종종 명의 의도를 따르지 않았는바, 이는 여진과 '책봉-조공체제'를 건립함과 동시에 여진에 대한 적극적인 정벌을 통해 위력을 행사하는데서 확인할 수 있다. 즉 조선은 명과의 관계를 '사대'로, 일본과 유구 등과의 관계를 '교린'으로 파악했던 것에 비해 여진과의 관계를 사대교린에 포함시키지 않았던 것[117]이다.

조선은 농경지를 찾아 꾸준히 남하하는 여진 세력을 두만강과 압록강을 경계로 저지하고 요동에 대한 명의 진출을 견제하기 위하여, 토착 여진 등 접경한 여진 제족을 藩胡로 삼아 일정한 완충지대를 설정, 관리하는 한편, 여진 부족 兀狄合과 兀良哈의 경쟁적 관계를 교묘하게 이용하여 혹은 무력으로 제압하고 혹은 貨物로써 회유하여, 여진 제족을 조선 중심의 册封朝貢體制로 편입시키는데 성공[118]한다.

그러나 조선의 책봉을 받은 여진 제족은 대부분 명에도 입조하여 책봉 받음으로써, 이른바 조·명 양국에 대한 이중적 양속관계를 성립시킨다. 또한 여진 제족은 초기부터 빈번하게 조선의 영토를 침범하여, 조선과 여진 간에는 대소 규모의 전쟁이 끊이지 않았다.

이에 태종 10년(1410)에 조선은 올적합 정벌을 단행하여 소수의 정예부대로 모련위 지휘 把兒遜 등 야인 추장 및 수백 명을 죽이고 그들의 가옥을 불태운다. 세종대에는 여진에 대한 지배력을 공고히 하기 위하여 파저강지역의 이만주 세력에 대하여 15년(1433), 19년(1437)에 두 차례의 대군을 파견하여 정벌을 단행하며, 또한 조선은

117 이규철, 『조선초기의 對外征伐과 對明意識』, 카톨릭대학교 박사학위논문, 2013, 30면.

118 김구진, 「朝鮮前期 對女眞關係와 女眞社會의 實態」, 『동양학』14, 단국대학교 동양학연구소, 1984, 514~515면.

세종 15년부터 북방에 본격적으로 4군 6진을 설치하기 시작하여 북방의 영토를 확장하여 압록강과 두만강을 조선의 영토 경계선으로 만든다.

바로 세종 31(1449)년, 즉 明 제6대 황제인 英宗 正統 14년(1449) 7월에 세상을 뒤흔드는 '土木之變'[119]이 발생한다. 이때에는 적극적으로 몽골과 만주로의 진출을 도모하던 영락제가 죽고, 宣宗(1426~1435)부터 명나라의 변경 정책은 공세에서 수세로 전환하고 있던 시기였다. 영종이 포로가 되자, 명에는 그해 9월에 이복동생 朱祁鈺이 황제로 즉위하니 그가 바로 景泰帝이다. 이 사변으로 인하여 땅에 떨어진 위망을 회복하고 황제의 정통성을 확보하는 것이 시급한 일로 되어, 명은 그 이듬해인 세종 32년에 文學之士 倪謙을 조선에 파견하여 경태제의 등극조서를 반포하며 그로부터 양국 문신들의 창화시대가 열리게 된다.

세조대에 이르러 여진 지역에 대한 주도권 문제를 둘러싸고 조선과 명의 대립 양상이 더욱 격화된다. 세조는 세종의 북방 정책을 계승해 여진을 초무하고, 세종대까지 확보했던 영토를 확정하려 한다.

이에 명은 세조 5년(1459)에 陳嘉猷[120]를 사신으로 파견하여 조선

---

119 明太祖는 명을 건국한 후 환관이 정치에 참여하지 못하도록 엄격히 규제하였다. 그러나 明成祖대에 환관을 중용하여 감군·감찰·징세·외교 등 여러 방면에 간여하게 함으로 대를 거듭하면서 환관들이 세력화되기 시작했다. '土木之變'도 영종이 환관 王振의 추동 하에 오이라트 추장 也先을 親征하다가 오히려 土木堡에서 상대의 포로로 된 사건이다.

120 조선에 파견된 명사로, 『황화집』 3차 문사.

에 힐문한다. 그가 가져온 칙서에는 '건주 삼위의 도독 이고납합과 동창 등에게 상사를 내려준 일에 대해 질책하는 내용과 外人과의 교통을 끊고, 이들이 스스로 찾아온다 하더라도 마땅히 거절해야 한다.'는 등이 적혀 있었다. 그 원인은 명의 관직을 받은 여진에게 재차 관직을 하사하는 것은 양국의 '조공-책봉' 질서에 따른 관계를 파괴하는 행위이기 때문이다. 그 이듬해인 세조 6년(1460)에 명은 또 조선이 낭발아한을 처형한 일로 張寧[121]을 사신으로 파견하여 힐책하는데, 낭발아한이 이미 명 조정의 책봉을 받았기에, 조선이 함부로 처형하여서는 안 된다는 것이 그 이유였다. 그럼에도 세조는 명의 조선- 모련위 쌍방의 화해 요구를 거부하고 그 해에 모련위 정벌을 단행한다.

이처럼 조선과 명은 여진 문제를 놓고 갈등이 존재하였다. 그러나 조선의 이런 여진 정벌은 세조 13년(1467) 조·명 연합군의 康純征伐 및 성종 10년(1479), 22년(1491)에 2회 더 이루어진 뒤 한동안 종식된다. 그리고 그 뒤 명종 9년(1554)에 이르러서야 비로소 한차례 정벌이 이루어진다. 또한 여진족이 조선에 입조하여 조공한 횟수도 성종 371회로 가장 많았던 것을 정점으로 연산군 15회, 중종 8회 후, 더는 이루어지지 않는다.[122]

---

121 4차 문사.

122 김구진, 「조선 시대 女眞에 대한 정책」, 『백산학보』88, 백산학회, 2010, 292면.

02
唱和詩에 나타나는 기자 인식

1) 箕封에 대한 인식

이미 앞장에서 내용소를 통하여 고찰하다시피 이 시기 명사들의 기자 관련 작품에는 기자의 책봉을 의미하는 箕封이 많이 언급된다. 본 절에서는 우선 명사들의 기봉에서 나타나는 인식을 살피고 이에 대한 조선 문사들의 대응 양상을 살피기로 한다.

첫째, 기봉과 현실 정치와의 연결: 본격적인 창화시대를 연 1차 정사 倪謙은 다음과 같이 〈謁箕子廟〉 및 〈謁箕子墓〉를 지은 목적을 밝히고 있다.

> 옛날 주무왕이 은 태사 기자를 조선에 책봉하여, (기자가) 팔조 교화를 실시하여 백성을 다스렸는데 그 유풍이 오늘날에 이르러서도 여전히 남아있다. 나는 급사중 사마선생과 함께 사명을 받들고 평양을 지나는 길에 사당에서 뵈옵고, 내일은 성문 서쪽으로 나가 다시 묘소를 참배할 것이다. 하여 시 두 수를 지어 敬仰의 뜻을

펼친다.[123]

필자가 주목하는 것은 그가 주무왕이 기자를 조선에 봉했고, 조선에 八條를 실행하여 그 유풍이 아직도 남아있다고 서술하고 있다는 점이다. 이 글에서 예겸은 『사기』의 기록에 의하여 기자동래설을 언급하고 있다. 정작 그의 기봉에 대한 인식은 〈雪霽登樓賦〉에서 더 뚜렷이 드러난다.

> 선생이 나를 보고 웃으며 말하기를 "기자가 책봉을 받은 조선이 편안하고 풍족하게 된 것이 어찌 우리 황제의 두터운 은혜 덕분이 아니겠는가!" 나는 이 말을 듣고 곧 무릎을 치며 탄복하여 노래를 지었다.[124]

이 작품에서 선생은 副使 司馬恂을 가리킨다. 이 작품을 보면 사마순은 기자가 봉함을 받은 조선을 오늘의 정치현실과 접목시켜 조선이 평화와 발전을 이룩한 것이 곧 명나라 황제의 은덕이라고 표현하고 있고, 예겸은 이에 매우 공감하고 있다. 즉, 예겸은 과거의 '箕封'을 현재의 정치 현실과 연계시켜 '조공-책봉체계'를 공고히 하려는 목적으로 사용하고 있다.

---

123 倪謙, 〈謁箕子廟, 謁箕子墓後序〉: 昔周武王封殷太師箕子於朝鮮, 施八條之教以治民, 逮今遺風尚存. 予與給事司馬先生奉使, 道經平壤, 獲拜祠下, 明日路出城西, 復獲展拜丘壟. 遂賦詩二章, 用伸敬仰之意云爾.

124 倪謙, 〈雪霽登樓賦〉: 先生顧余而笑曰: "箕封之藩庶兮, 孰非我皇之渥恩也." 余聞之, 乃擊節而爲之歌.

예겸은 '土木之變'으로 황위에 오른 明景帝의 등극조서를 반포하러 조선에 온 사신인바, 그는 이미 조선의 명에 대한 미묘한 태도 변화를 감지하고 있었다. 조선은 明英宗이 也先을 토벌할 때 10만 精兵 파병 요구[125]를 거절하였고, '土木堡事變'이 발생한 후에도 2·3만 필의 군마를 보내라는 요구에 대하여 겨우 500필[126]을 보내면서 상황을 살피고 있었다. 때문에 예겸은 양국의 '조공-책봉'관계를 공고히 하기 위하여 조선에 '조정에 일이 있다 하여 두 마음을 품어서는 안 될 것'[127]이라는 메시지를 전할 필요성을 느끼고 있었다. 즉 그는 '기봉'에 대한 강조를 통하여 양국의 사대관계를 강조하려 한 것이다.

둘째, 2차 正使 陳鑑은 기자사당을 배알하고 〈六月, 謁箕子也. 周封箕子於朝鮮而不臣之, 東人尊之爲始祖, 而世享厥祀焉(6월에 기자를 배알하였다. 주무왕이 기자를 조선에 봉하고 신하로 삼지 않았기에, 조선에서는 그를 시조로 존대하고 세세대대로 제사를 받든다.)〉라는 제목으로 시를 지었다. 이 제목에서 볼 수 있다시피, 진감은 무왕이 기자를 조선에 책봉한 후 신하로 삼지 않은 예의를 베풀었기에 조선인들이 기자를 시조로 숭앙한다고 인식하고 있다.

제목에서 보다시피, 진감은 몸소 기자사당을 배알하였다. 그렇다면 그는 분명히 기자사당에 세워진 '後朝鮮始祖箕子之位'라는 위패를 보았을 것이다. 명사들이 기자사당을 배알함에 있어서 단군사당도

---

125 『세종실록』125권, 31년(1449) 9월 9일.

126 『세종실록』127권, 32년(1450) 1월 21일.

127 倪謙, 『遼海編·朝鮮紀事』: 毋得因朝廷有事, 輒怀二心.

함께 배향하는 것이 상례였으니, 아마도 단군사당의 위패- '朝鮮始祖檀君之位'도 보았을 것이다. 그는 조선에서 기자를 단군과 대응되는 '後朝鮮始祖'라고 칭하고 있음에도 불구하고 기자를 '朝鮮始祖'라고 표현함은 다분히 의도적이었을 것으로 사료된다. 이러한 인식은 그가 기자의 동래로부터 조선의 역사가 비롯되었다고 보는 관점으로부터 출발한 것으로 볼 수 있다.

위에서 보다시피 명사들의 箕封 관점에는 현실 정치로부터 출발한 사대관계로서의 인식과 조선의 역사를 중국사에 편입시키려는 역사 인식이 내재하고 있었다. 아래에 양국 문사들의 창화 작품을 통하여 그들의 기봉 인식 양상을 구체적으로 살피기로 한다.

(1) 箕封과 不臣

명의 5차 正使 金湜은 〈謁箕子廟〉에서 다음과 같이 읊고 있다.

亡身去國念宗親	몸을 망치고 나라를 떠나서도 종친을 염려했으니
誰說佯狂便辱殷	그 누가 佯狂이 은나라를 욕되게 하였다고 말하랴
周武封來無棄主	주무왕의 책봉을 받고 왔으나 임금을 버리지 않았고
魯儒論後有良臣	공자가 평가한 뒤에 어진 신하로 인정받게 되었도다
山連平壤墳長在	평양에 이어진 산에 무덤이 오래토록 있고
路繞同江廟屢新	대동강 감돈 길에 사당이 여러 번 중수됐네
奉詔經過春似海	조서를 받들고 지나가노라니 봄이 바다와 같은데

千年文物見東人	천년의 문물에서 동국 사람을 보네

이는 김식이 기자사당을 배알하고 지은 시이다. 이 시의 함련에서 그는 기자가 비록 주무왕의 책봉을 받고 조선에 왔지만 이는 원래의 임금[紂]을 배반한 것이 아니라고 읊고, 공자의 평가로 말미암아 비로소 기자의 마음이 알려져 세상으로부터 어진 신하로 인정받게 되었다고 서술하고 있다. 이 구절에서 김식은 은연중 箕封과 不臣을 연계시켜 읊고 있다. 그는 기자가 비록 무왕의 책봉을 받고 동래하였으나, 그의 신하로 되지 않았으니 옛 임금을 버리지 않고 절의를 지켰다는 점, 이는 나중에 공자의 三仁 평가로 그 절의가 세상에 알려지게 되었다고 인식하고 있다. 이에 원접사 박원형은 다음과 같이 차운하고 있다.

興亡與國義兼親	흥망과 나라의 도의는 兼親이니
可柰天心已釋殷	어찌하랴, 天心은 이미 은나라를 버렸구나
卻把禹疇聊授聖	우 임금의 구주를 성인에게 전수하였으나
竟嫌周粟肯爲臣	주나라의 봉록을 싫어하여 신하로 되려 하지 않았네
千年古廟檀煙裊	천년의 사당엔 향 연기 모락거리고
一酌芳尊磵藻新	한 잔의 술에 새 제수가 차려졌네
獨掩陳編吊遺迹	홀로 문 닫고 옛 글을 읽으며 유적을 조문하노니
乾坤寂寞有三人	하늘 땅 적막한데 3명의 仁者가 있네

이 시의 함련에서 박원형은 라고 기자가 비록 〈홍범〉을 무왕에게 전수하였으나, 주나라의 봉록을 싫어하여 신하로 되려 하지 않았다고 不臣의 뜻을 밝히고 있다. 이 구절에서 주나라 곡식을 싫어한다는 것을 의미하는 '嫌周粟'은 주무왕이 商을 멸한 뒤, 주나라 곡식을 먹지 않고 首陽山에 들어가 고사리만 뜯어 먹다가 굶어죽었다는 백이와 숙제의 전고이다.

백이와 숙제는 공자에 의하여 기자와 마찬가지로 賢人으로 평가받는 인물들[128]이며, 이들은 공자의 이러한 평가로 말미암아 대다수의 문인들에게 節義의 상징으로 기억되고 있다.[129]

박원형은 이 구절에서 기자를 절의의 상징인 백이, 숙제에 비견하여 기자가 주나라의 신하로 되지 않은 절의를 높이 평가하고 있다. 사실 기자는 일찍부터 설령 은나라가 멸망하더라도 주나라의 신하로 되지 않겠다는 뜻을 밝힌[130]바 있으며, 박원형은 이 전고를 결합하여 기자가 不臣하였다고 인식하고 있다. 또한 이 시에는 무왕의 책봉을 언급하지 않고 不臣만 강조함으로서 은근히 기자조선의 독립성을 주장함과 동시에 기자의 절의를 높이 평가하고 있다. 이처럼 김식과 박원형은 '箕封'과 '不臣'을 결합하여 기자의 절의를 칭송하고 있다.

---

128 孔子, 『論語·述而』: 冉有曰: "夫子爲衛君乎?" 子貢曰: "諾. 吾將問之." 入, 曰: "伯夷叔齊何人也?" 曰: "古之賢人也." 曰: "怨乎?" 曰: "求仁而得仁, 又何怨?"

129 강혜정, 「백이 숙제 고사의 수용 양상과 그 의미」, 『한민족문화연구』34, 한민족문화학회, 2010, 6면.

130 『尙書·微子』: "商其淪喪, 我罔爲臣僕."

이번에는 7차 부사 王敞의 〈謁箕子廟〉를 보기로 하자. 7언 율시로 된 이 작품은 一題 三首로 그 시상이 각각 분산되어 있다. 왕창이 箕封을 논한 내용은 제3수에서 드러난다.

昧爽前徒忽倒戈　　여명에 아군 선두부대가 갑자기 투항하니
三分天下盡消磨　　삼분한 천하가 모두 통일되었네
新封遠賜朝鮮地　　멀리 조선 땅에 새롭게 봉해져
故國空遺麥秀歌　　고국에는 부질없이 〈맥수가〉만 남았네
青史大名垂汗簡　　청사에 길이 남을 大名이 죽간에 드리우고
碧山古廟偃松蘿　　청산에 옛 사당이 송라 속에 누워있네
勞勞今古多成敗　　슬픈 고금에 성공과 실패가 많았나니
閒看江雲逐逝波　　한가로이 강 위 구름이 流水를 좇고 있는 모습 보고 있네

이 시의 함련에서 왕창은 기자가 무왕에 의하여 머나먼 조선 땅에 봉해져, 중국에는 그가 周에 입조하면서 불렀다는 〈맥수가〉만 남았다고 읊고 있다. 이 시구에서 왕창은 기자가 무왕의 책봉을 받아 조선에 왔다고 읊고 있는 바, 그는 여기에서 『사기』에 기록된 기자의 책봉과 주나라 입조를 긍정하는 인식을 드러내고 있다. 이에 원접사 허종은 차운작 제2수에서 다음과 같이 대응하고 있다.

三仁行迹聳前聞　　三仁의 행적은 예전에 들은 적이 있어,
惻怛應同各愛君　　각자가 임금을 측달하는 마음은 응당 같으리

四海有心歸聖德	천하는 주나라의 성덕에 귀의할 뜻이 있어
一身無力救兵焚	혼자 몸으로는 나라를 전쟁에서 구할 힘이 없네
八條教法能傳世	팔조 교법이 세상에 전해지게 함으로
萬古流風煥有文	만고의 유풍에 문자가 있음으로 빛나게 했네
大道在余寧可泯	大道가 나한테 있으매 어찌 사라지게 하랴
受封非是作周臣	책봉을 받음은 주나라 신하가 되려는 것이 아니었네

이 시의 미련에서 허종은 〈홍범〉이라는 道를 보존하기 위하여 무왕에게 전수 한 것이며, 비록 무왕의 책봉을 받았지만 이는 주나라의 신하로 되려함이 아니라고 '不臣'을 강조하고 있다.

즉 허종은 박원형과 달리 무왕의 책봉을 받은 것을 인정한 기초에서 기자의 不臣을 다루고 있다. 즉 이 시구에서도 기자가 주나라의 신하로 되지 않은 절의를 언급하고 있지만, 박원형보다는 그 정도가 조금 약하다고 볼 수 있다.

명의 8차 正使 艾璞의 경우에는 기자의 주나라 입조를 다음과 같이 인식하고 있다. 그는 〈謁箕子廟偶成一律〉에서

曾記成童讀魯論	기억하건대 어린 나이에 『魯論』을 읽었었는데
每於言外體深仁	매양 言外에 仁을 깊이 느꼈어라
佯狂不去心何主	佯狂하고도 떠나지 않았으니 마음이 어느 임금에게 있었나
興廢無常理在人	흥망과 성쇠는 無常하니 도리는 사람에게 있다네

麥秀忽驚殘故國　　벼 기장은 황폐한 고국의 모습에 홀연 놀라고
鷺飛終見作王賓　　해오라기 날아올라 마침내 왕의 손님이 됨을 보았네
東來奉使經祠下　　동국에 사신으로 와 사당에 들려
一瓣心香默寓神　　한 가닥 마음의 향 사르고 묵묵히 神에게 부치네

이 시의 경련을 보면 '箕封'에 대한 직접적인 언급은 없다. 그러나 이 시의 맥락으로 볼 때, 기자가 무왕의 손님[不臣]으로 주나라에 입조하였다고 해석할 수 있다. 원접사 노공필은 창화작에서 해당 구절에 대하여

西周秉鉞寧爲僕　　서주가 秉鉞을 잡으매 어찌 신복이 되랴
東土分茅永作賓　　동쪽 땅에 분봉 받아 영원한 손님으로 되었네

라고 읊고 있다. 이 구절에서 노공필은 기자가 비록 무왕의 봉함을 받았지만, 신하로 되지 않았[不臣]기에 周의 영원한 손님으로 되었다고 인식하고 있다.

위에서 보다시피 조선 문사들의 대체로 명사들의 箕封에 대하여 不臣으로 대응하고 있는데, 여기에는 기자의 절의를 강조하거나, 무왕의 책봉을 받은 전제 하에서 신하로 되지 않았다는 인식을 드러내고 있다. 이러한 인식은 외교적으로 조선의 독자성을 강조하고 있는 것으로 기반하고 있다.

(2) 서거정의 檀君 강조

서거정의 경우 다른 조선 문사들과 달리 箕封에 대하여 단군을 강조하여, 명사들에게 조선 민족의 정체성을 인식시키려 하는 노력이 돋보인다.

명사와의 수창에서 제일 치열하게 전개된 것이 바로 6차 正使 祈順과 원접사 서거정의 대결이었다. 서거정은 23년간 문형[131]을 담당한 대문호이자, 전형적인 館閣文人이다. 『성종실록』에서는 그들의 문학 대결을 다음과 같이 묘사하고 있다.

> 병신년(1476)에 郎中 祈順과 行人 張瑾이 사신으로 오자, 서거정이 원접사가 되었는데, 기순은 詞林의 大手로서 압록강에서 서울까지 도로와 산천의 경치를 문득 시로 표현해 읊으니, 서거정이 즉석에서 그 韻에 따라 화답하되 붓을 휘두르기를 물 흐르는 듯이 하며, 어려운 운을 만나서도 10여 편을 화답하는데 갈수록 더 기묘해지니, 두 사신이 자신도 모르게 무릎을 꿇었다. 기순이 〈太平館賦〉를 짓자 서거정이 次韻하여 화답하니, 기순이 감탄하기를, "賦는 예전에 차운하는 이가 아직 있지 아니하였으니, 이것도 사람이 하기 어려운 것이다. 공과 같은 재주는 中朝에 찾아도 두세 사람에 불과할 뿐이다."하였다.[132]

이들의 대결은 문장뿐만 아니라, 역사 인식 영역에서도 이루어졌

---

131 비록 이수광이 『芝峯類說·官職部·學士』卷4에서 서거정이 26년간 문형을 맡았다고 기술하였지만, 실제로는 23년이다.

132 『성종실록』 223권, 19년(1488) 12월 24일.

다. 기순은 〈平壤懷古〉, 〈開成小詠〉 제5수, 〈重過大同江〉, 〈重過淸川江〉, 〈鳳凰山〉 등 시에서 秦과 漢의 요동 정벌 및 漢의 四郡 설치, 隋와 唐의 고구려 정벌, 元의 고려 침략 등 양국의 전쟁을 회고하면서 은근히 조선의 자존심을 건드렸다. 이에 서거정은 처음에는 일일이 대꾸하지 않고 일부러 모르는 척 넘어가기도 하고, 또는 차운작에서 과거사는 떠올리지 말자고 점잖게 타이르는 등 신중하게 대응하였었다. 그러다가 기순이 계속해서 과거의 전쟁을 언급하자 그는 태도를 바꾸어 강하게 응수하기에 이른다.[133]

이들의 이러한 역사 인식 영역에서의 대결은 기자 창화를 통하여도 드러내고 있다. 아래에 기순의 작품-〈寄題箕子廟〉의 제4수를 보기로 하자.

東藩制度舊封君	東藩의 제도, 옛날의 封君
千載遺風尙禮文	천 년의 유풍은 예문을 숭상하네
欲弔英靈何處覓	영령을 조상하려니 어느 곳에 찾을꼬
淡煙荒草鎖孤墳	담담한 연기, 우거진 풀이 외로운 무덤을 덮었네

7언 절구로 된 이 시의 1·2구에서 기순은 기자가 조선에 봉해진 후 교화를 시행하여 현재의 문명을 이룩하였음을 읊고 있다. 이에 대한 서거정은 다음과 같이 응수하고 있다.

133 신태영, 같은 책, 108~116면, 참고.

分茅東土後檀君	단군 이후로 우리 동토에 봉해져서
禮樂詩書粲有文	예악과 시서를 닦아 문채가 찬란하여라
萬古朝鮮民受賜	만고에 조선 백성이 큰 은덕 입었으니
一杯聊復酹孤墳	외로운 분묘에 한 잔 술 다시 드리노라

서거정은 1·2구에서 기자는 단군이 나라를 세운 후에 조선에 봉해져, 교화를 이루어 조선의 문명을 이룩하였다고 읊고 있다. 이 시의 제1구에서 서거정은 의도적으로 단군조선을 내세워 기존의 명사들의 기자를 조선의 始祖로 음영하는 것에 대한 부정적인 인식을 드러내고 있다.

서거정은 일찍 명에 가서 응제시를 지은 권근의 외손자이며, 그는 자신이 직접 편찬한 『東國輿地勝覽』에서 단군이 나라를 세우고 기자가 책봉한 이래로 삼국, 고려시대에 넓은 강역을 차지했다고 서술하고 있는, 단군조선을 매우 중시하는 인물이다. 또한 그는 일찍 세종 32년(1450) 1차 명사 예겸, 사마순을 송별하면서 시를 지은 적[134]이 있고, 세조 3년(1457) 2차 명사 진감, 고윤이 왔을 때 직접 교유하고 시를 지었[135]으며, 그 뒤 명사 접대에 관한 일에 참여하기도 한 인물로 명사들의 의식 성향을 잘 파악하고 있었다.

또한 서거정은 『황화집』의 영향력에 대하여도 잘 알고 있었다. 『황

134 그의 『사가집』 권2에는 그가 예겸, 사마순을 송별하면서 지은 시 각각 1수, 代作詩 각각 1수, 모두 4수가 수록되어 있다.

135 비록 해당 『황화집』에 서거정의 이름으로 수록된 작품은 없지만, 그가 진감 등을 접대(『세조 실록』8권, 3년(1457) 6월 7일)하고 이들을 위하여 시를 지었다(『세조 실록』8권, 3년(1457) 6월 16일)다는 기록이 있다.

화집』간행으로 진감의 〈喜晴賦〉에 차운한 김수온이 중국에 갔을 때 많은 선비들이 그를 알아봤다는 사실[136] 및 조선에 온 명 사신이 수차례 『황화집』을 요구한 일 등으로 그는 중국에서의 『황화집』의 영향력을 충분히 짐작했으리라 본다. 이는 그 뒤인 성종 19년(1488)에 최부가 쓴 『표해록』을 통하여 『황화집』이 중국에서 널리 유통되고 있으며, 이를 통해 조선의 문인과 시가 중국에 전파되고 있음을 확인[137]할 수 있다.

즉, 이는 서거정이 『황화집』을 통하여 중국인들의 조선에 대한 그릇된 이해를 바로잡고, 그들에게 조선의 시조는 단군이라는 점을 인식시키기 위하여 일부러 단군을 언급한 것으로 이해된다.

명사들은 기자사당을 배알할 때 예의상 바로 옆에 위치한 단군사당을 함께 배향하였을 것으로 추정되나, 다만 예겸이 『遼海編』에서 평양에서 '공자, 단군, 기자사당을 배알하였다(謁宣聖, 檀君, 箕子三廟)'고 간략하게 언급하였을 뿐이다. 그리고 위에서 이미 언급하였지만 2차 진감 등은 기자사당을 배알하고 위패에 '後朝鮮始祖箕子之位'로 씌어져 있는 것을 보고도 '조선인들이 기자를 시조로 존중한다(東人尊之爲始祖)'고 서술하였었다.

이상의 이유로 서거정은 의식적으로 단군 '홍보'에 적극 나선 것으로 추정된다. 이어 서거정은 부사 장근의 〈謁箕子廟〉[22]의 차운작[23] 경련 및 미련에서 다음과 같이 단군을 내세운다.

136 『성종실록』130권, 12년(1481) 6월 7일.

137 김정녀, 「최부의 [표해록]을 통해 본 15세기 朝鮮과 明朝 문화 교류의 현장」, 『고전과 해석』3, 고전문학한문학연구학회, 2007, 90~91면.

八條美俗檀君後　　八條의 훌륭한 풍속은 단군 이후 처음이요
九尺遺墳浿水陽　　九尺의 남긴 분묘는 대동강의 남쪽에 있도다
丹荔黃蕉千載祀　　붉은 여지 노란 바나나로 천년간 제사 지내니
空令過客爲悲傷　　공연히 지나는 길손의 마음을 슬프게 하네

서거정은 여기에서도 기자의 팔조의 교화는 단군 이후에 이루어졌다는 점을 재차 강조하고 있다. 그는 여기에서 그치지 않고 〈黃州近體十律, 乘雅敎奉酬〉의 차운작에서는 더욱 상세하게 단군을 서술한다. 기순은 원작 제5수에서

箕疆迢遞接新羅　　기자 영역이 아득히 신라와 접했고
眼底皇華次第過　　눈앞에 황화사는 몇 차례나 지나갔다

라고 읊고, 제6수에서는

外域梯航萬國通　　외국으로 배를 타고 만국과 통했으니
朝鮮近在海雲東　　조선은 구름 낀 바다 동쪽에 접해 있도다

라고 하여 조선이 개국 초부터 중국과 교류하였다고 서술하고 있다. 이에 서거정은 차운작 제6수에서

檀王元不與周通　　단군은 원래 주나라와 교류하지 않았고
箕子封來履大東　　기자가 처음 봉해져서 동방을 다스렸다오

라고 읊었고, 그 아래에

朝鮮始祖檀君	조선 시조 단군은
與堯竝立於戊辰	무진년에 요임금과 함께 나란히 나라를 세웠으며
至周武乙卯而終	주 무왕 을묘년에 나라를 마치었다

라는 상세한 주석까지 달았다. 이 글에서 서거정은 단군이 요임금과 시대를 같이하였으며 아울러 조선은 워낙 중국에서 책봉받은 나라가 아니라 하늘의 명을 받은 나라였음을 암시하고 있다.

이처럼 서거정은 적극적으로 단군을 홍보하고 있다.

서거정의 단군 알리기 노력은 곧바로 그 뒤의 사신인 董越의 〈朝鮮賦〉에 반영된다. 동월은 기순이 조선을 다녀간 뒤 12년 후인 성종 19년(1488)에 조선에 파견된 7차 正使이다. 그는 원접사 허종에게서 받은 『풍속첩』 및 副使 王敞의 기록 등 많은 자료를 참고하여 비교적 편견 없이 조선의 실정을 기록한 사행 기록- 〈朝鮮賦〉[138]를 짓는다. 이미 서론에서 밝혔듯이 이 작품은 3년 뒤에 완성되었으며, 출간된 후 한중 양국의 지속적인 관심을 받았다.[139] 다음 내용을 보기로 하자.

---

138 윤재환, 「董越의 〈朝鮮賦〉를 통해 본 中國 使臣의 조선 인식」, 『동방한문학』53, 동방한문학회, 2012, 185~186면.

139 윤호진, 『朝鮮賦』, 도서출판 까치, 1994, 28~30면.

> 正使가 말하기를, '箕子의 墳과 廟이 있습니까? 우리가 배알하려고 합니다.' 하므로, 대답하기를, '분묘는 멀리 성밖에 있어 지금 도달할 수는 없으나, 사당은 성안에 있습니다.' 하니, 말하기를, '그렇다면 마땅히 謁廟하겠습니다.' 하고, 즉시 箕子廟에 나아가 拜禮를 행하였습니다. 廟門을 나와 檀君廟를 가리키며 말하기를, '이는 무슨 사당입니까?' 하므로 말하기를, '檀君廟입니다.' 하니, 말하기를, '檀君이란 누구입니까?' 하기에 '東國에 世傳하기를, 「당唐堯가 卽位한 해인 甲辰歲에 神人이 있어 檀木 아래에 내려오니, 衆人이 추대하여 임금으로 삼았는데 그 뒤 阿斯達山에 들어가 죽은 곳을 알지 못한다.」고 합니다.' 하니, 말하기를, '내 알고 있습니다.'하고, 드디어 걸어서 사당에 이르러 拜禮를 행하였습니다.[140]

위의 기록은 허종이 동월이 평양에서 기자사당 및 단군사당을 배알한 일을 성종에게 치계한 내용이다.

위의 글에서 보다시피 처음에 동월은 기자사당 및 기자무덤의 정확한 위치를 알지 못하고 있었다. 그는 주동적으로 원접사 허종에게 기자 유적지에 대하여 문의하며, 또한 기자사당을 배알한 뒤 단군사당을 가리키며 무슨 곳인지 묻[141]는다. 허종이 단군에 대하여 대략적

---

140 『성종실록』 214권, 19년(1488) 3월 3일: 正使曰: "箕子之墳與廟在乎? 吾等欲拜焉."答曰: "墳則遠在城外, 今不可到, 廟則在城內矣." 曰: "然則當謁廟矣." 卽詣箕子廟, 行拜禮. 出廟門, 指檀君廟曰: "此何廟乎?" 曰: "檀君廟也." 曰: "檀君者何?" 曰: "東國世傳, 唐堯卽位之年甲辰歲, 有神人降於檀木下, 衆推以爲君. 其後入阿斯達山, 不知所終." 曰: "我固知矣." 遂步至廟, 行拜禮.

141 이로부터 기존 연구에서 조선정부에서 명사들이 평양에 오면 반드시 기자사당 및

인 설명을 하자 동월은 '이미 알고 있다(我固知矣)'고 대답한다. 단군이 중국에 처음 소개된 것이 6차 기순의 〈丙申本皇華集〉이니, 이로부터 동월이 이미 해당 작품집을 읽었다고 추정할 수 있는 대목이다. 그는 〈朝鮮賦〉에서 다음과 같이 단군사당을 서술하고 있다.

> 동쪽에는 기자의 사당이 있어 나무 神主주를 禮設하고, 거기에 쓰기를 "朝鮮後代始祖"라 하였다. 이는 단군을 높이어 그 나라를 開倉한 이라 하였으니, 기자가 그 대를 잇고 王統을 전했다고 하는 것이 당연하다.[142]

그리고는 自註에는

> 단군은 堯 임금 갑진년에 여기에 나라를 세웠다가, 뒤에 九月山으로 들어갔는데, 그 후의 일은 알 수 없다. 나라 사람들이 대대로 사당을 세우고 제사지내는 것은 그가 처음으로 나라를 세웠기 때문이다. 지금 그의 사당은 기자 사당의 동쪽에 있는데, 나무 신주를 세우고 쓰기를, "朝鮮始祖檀君位"라 하였다.[143]

단군사당을 배알하도록 하였다는 서술이 잘못됐음을 알 수 있다.

142 董越, 〈朝鮮賦〉: 東有箕祠, 禮設木主 ; 題曰 "朝鮮後代始祖". 蓋尊檀君為其建邦啟土, 宜以箕子為其繼世傳緒也.

143 董越, 〈朝鮮賦〉: 檀君帝堯, 甲辰年開國于此, 後入九月山, 不知所終。國人世立廟祀之者, 以其初開國也. 今廟在箕子祠東, 有木主, 題曰 "朝鮮始祖檀君位".

라고 상세한 설명을 추가하고 있다. 이처럼 동월의 〈朝鮮賦〉를 통하여 단군은 중국의 문헌에 정식적으로 비교적 소상히 소개된다.

위에서 보다시피 15세기 후반에는 『황화집』에 단군 담론이 나타나고 있다. 이는 16세기 전반기 〈平壤勝適〉을 통한 단군 창화가 이루어지게 된 단초라고 볼 수 있다.

2) 〈洪範〉에 대한 인식

이미 앞장에서 언급하였지만 주무왕에게 帝王學인 〈洪範〉을 전수한 기자가 조선으로 왔다는 의미는 곧 조선이 중국과 동등한 道統을 계승하였음을 의미한다. 그러나 이미 살폈다시피 『漢書』등 중국의 고문헌에는 기자가 조선에 와서 다만 八條敎를 시행하였다는 부분만 언급되어 있다.

본 절에서는 이 시기 양국 문사들이 기자의 〈홍범〉에 대한 인식 양상을 살피기로 한다. 본격적인 논술에 앞서 우선 조선의 정부 차원의 〈홍범〉에 대한 인식 변화 양상을 살피기로 한다.

> [1] 기자는 무왕을 위해서 〈洪範〉을 진술하고 조선에 와서 여덟 조목을 만들어서 정치와 교화가 성행하고 풍속이 아름다워져서 조선이라는 명칭이 천하 후세에 드러나게 되었고……[144]
>
> [2] 대개 東方은 기자가 受封한 이후로부터 〈洪範〉의 遺敎가 오래도록

---

144 『세종실록』29권, 7년(1425) 9월 25일.

떨어지지 아니하여, 唐나라에서는 '군자의 나라'라 하고, 宋나라에서는 '禮義의 나라'라 칭하였으니, 文獻의 아름다움은 中華를 侔擬하였으되……[145]

자료 [1]은 세종 7년에 司醞署注簿 鄭陟이 단군사당을 별도로 세울 것을 주청하면서 올린 글이고, 자료 [2]는 세조 2년에 集賢殿直提學 梁誠之가 문묘에 從祀할 것을 주청하는 글이다.

물론 이는 각자 개인의 인식 차이도 있겠지만, 위의 글로부터 세종과 세조시기의 〈홍범〉 인식이 달라지고 있음을 확인할 수 있다. 모두 기자가 교화한 조선을 칭송한 이 글에서 정섭은 무왕에게 〈홍범〉을 전수하고, 조선에 와서 팔조교를 시행하였다는 중국 고문헌에 대한 인식으로 서술하고 있다. 그러나 양성지는 조선이 중국 역대 왕조의 인정을 받는 문명국가로 될 수 있은 이유가 바로 기자의 〈홍범〉으로 교화하였기 때문이라고 인식하고 있다. 아래에 명사들이 과연 기자가 八條教뿐만 아니라 〈홍범〉을 조선에 전수하였다고 인식하고 있는지를 살피고, 이에 대한 조선 문사들의 대응 양상을 고찰하기로 한다.

4차 正使 張寧은 다음과 같이 인식하고 있다.

오직 팔조의 법으로 백성들을 가르쳐 비로소 禮讓을 일으키면서 여유있게 이 東土에 처하기를 마치 본래부터 있었던 것처럼 하였다. 게

---

145 『세조실록』3권, 2년(1456) 3월 28일.

> 다가 그가 처음 봉해졌을 때에 조선이 비로소 중국과 통하여 成王의 시대에 미쳐서는 "서쪽은 정벌하고 동쪽은 귀복한다."는 말이 전해졌으며, 東魯에 이르러서는 성인(聖人 공자) 또한 "군자가 사는 데에 어찌 누추함이 있겠는가!"라는 말이 있었으니, 진실로 선생이 이 땅을 편안히 여겨 백성을 인도한 힘이 아니었다면 그 교화가 어찌 이와 같았겠는가![146]

장녕은 기자가 팔조교로 조선을 교화하여 문명국으로 만들었다고 서술하고 있지만 정작 기자가 조선에 〈홍범〉을 전수하였다는 언급은 일절 없다.

7차 正使 동월은 〈平壤城謁箕子廟〉 제1수의 경련에서

禹範一篇陳大道	우 임금의 〈홍범〉 한편으로 大道를 진술하니
東人千古仰遺音	동국 사람들은 영원히 그의 遺音을 우러러 받드네

라 읊고, 제2수의 함련에서는

高風謾說陵三代	고아한 풍도는 三代를 능가한다 말하고
遺敎猶聞守八條	유교는 아직도 팔조를 지킨다고 하네

146 張寧, 〈辨柳宗元箕子廟碑語〉: 惟條法教民, 聿興禮讓, 裕焉處玆東土, 若固有之者. 且其初封之時, 朝鮮始克通道. 及成王之世, 傳稱"西踐東服", 乃至東魯聖人亦有"君子何陋"之語. 苟非先生安土導民之力, 其化遽能如是哉.

라고 기자가 무왕에게 〈홍범〉을 전수한 사적을 읊고, 기자가 조선에는 八條를 시행하였다고 읊고 있다. 이처럼 명사들은 대체로 기자가 팔조로 조선을 교화하였다고 인식하고 있다.

조선 문사들의 〈홍범〉에 대한 인식도 명사들과 大同小異하다. 이 시기 원접사 중 오직 서거정만 기자가 조선에 〈홍범〉을 전수하였다고 인식할 뿐이다. 아래에 張瑾과 서거정의 창화시를 통하여 구체적인 양상을 살피기로 하자.

6차 副使 張瑾은 다른 명사들과 달리 기자가 원수인 주무왕에게 〈홍범〉을 전수한 일을 두고 문제를 제기하고 있다. 그는 〈謁箕子廟〉에서 다음과 같이 읊고 있다.

當時忠義忤商王　　당시에 충의로서 商王 紂에게 미움받고
隱忍爲奴社稷亡　　隱忍하여 노예로 되었건만 나라는 망하였네
白首有封逢聖武　　늙어서 성군 무왕을 만나 봉지를 얻었으나
黃泉無面見成湯　　황천에선 성탕을 뵐 면목 없으리라
高山黑霧迷同水　　높은 산에 검은 안개 대동강에 서리고
平壤荒墳對夕陽　　평양의 황폐한 무덤은 지는 해를 바라보고 있구나
千古三仁傳不朽　　천고토록 三仁의 명성 사라지지 않으련만
椒漿奠罷使人傷　　제삿술 한 잔 올리고 나니 마음이 서글퍼지네

본고에서 주목하는 점은 이 시의 함련이다. 물론 이 구절에서 장근이 제기한 문제는 2가지이다. 하나는 은나라의 신하로서 무왕의 책봉을 받은 일, 다른 하나는 원수에게 〈홍범〉을 전수한 일인데, 『사

기』에서 기자를 신하로 삼지 않았다[不臣]고 밝혔으니 정작 문제가 되는 것은 원수인 무왕에게 〈홍범〉을 전수한 일이 될 수 있다. 즉 장근은 기자가 원수인 무왕에게 도를 가르쳤으니, 나중에 죽어서 은나라의 先王을 뵈울 면목이 없다고 인식하고 있는 것이다.

그렇다면 이를 조선측에서는 어떻게 대응 및 평가를 하고 있을까? 우선 원접사 서거정의 차운작을 보기로 하자.

白魚當日瑞周王	白魚가 나오던 날 주왕에겐 상서였지만
殷土茫茫社已亡	넓디넓은 은나라는 사직이 이미 망해버렸네
洪範彝倫明日月	〈홍범〉의 떳떳한 법을 일월처럼 밝혀 놓으니
朝鮮茅土有金湯	조선의 모토에 금성탕지가 있게 되었구려
八條美俗檀君後	八條의 훌륭한 풍속은 단군 이후 처음이요
九尺遺墳浿水陽	九尺의 남긴 분묘는 대동강 남쪽에 있도다
丹荔黃蕉千載祀	붉은 여지 노란 바나나로 천년간 제사 지내니
空令過客爲悲傷	공연히 지나는 길손의 마음을 슬프게 하네

이 시에서 주목할 점은 함련 중의 '明日月'이다. 천하에는 일월이 하나씩만 있으니, 〈홍범〉은 조선과 중국에 모두 골고루 밝게 비추는 것이다. 이 구절에서 서거정은 기자가 중국과 조선에 모두 〈홍범〉을 전수하였기에, 조선 땅에서 강성한 국가를 건설하였음을 은근히 시사하고 있다.

물론 서거정의 차운작은 외교적 차원에서 지어졌기에 상대에 대한 비판을 지양할 수밖에 없었을 것으로 사료된다. 그러나 非외교적인 장소에서 張瑾에 대한 비판은 그야말로 신랄하기 그지없다. 다음에는 서거정과 비슷한 시기의 문신인 남효온(1454년~1492)의 『秋江集』수록 〈謁箕子廟庭〉[147]중의 해당 내용을 보기로 하자.

小人張瑾者　　소인 장근이라는 자가
平地生疑謀　　평지에 의심하는 주장을 내어
以師武王事　　기자가 무왕의 스승이 된 것을
指爲黃泉羞　　황천의 수치라고 손가락질하니
蚍蜉撼大樹　　왕개미가 큰 나무를 뒤흔들 듯
蟪蛄昧春秋　　혜고가 봄가을을 모르는 꼴이네

이는 해당 시 중의 7~9구이다. 이 시에서 남효온은 張瑾을 소인배라고 칭하고 그가 '기자가 원수인 무왕에게 〈홍범〉을 전수하여 그의 스승으로 되었기에, 죽은 뒤에 성탕을 뵐 면목이 없을 것'이라는 말을 비판하면서 이러한 관점은 '왕개미가 큰 나무를 흔들 듯'이 세인의 기자에 대한 인식을 전혀 바꿀 수 없는 부질없는 짓이고, 또한 '수명이 짧은 매미가 봄과 가을을 모르는 격'으로 견식이 짧다고 통책하고 있다.

또한 그 뒤의 기록을 보면 선조가 張瑾을 혹평하는 구절이 보인다.

상이 이르기를, "어느 중국 사신이 箕子廟에 알현하고, 시를 짓기를

147 출처: 한국고전번역원.

'白首에 무왕 만나 봉지를 얻었으나, 황천 가서 성탕 볼 낯이 없구나(白首有封逢聖武, 黃泉無面見成湯)' 하였는데, 이것은 참으로 무식한 말이니, 따질 것도 없다."[148]

선조는 張瑾의 이 구절을 논하면서 장근이 무식하기 그지없다고 통책한다. 즉, 선조는 기자가 주무왕에게 〈홍범〉을 전수한 것에 토를 다는 것은 무지한 행위라는 점을 강조한 것이다.

이처럼 양국 문사들은 대체로 기자가 조선에 팔조교를 전수하였다고 인식하고 있었고, 오직 서거정 등 일부 문사들이 기자가 〈홍범〉 조선에 전수하였다고 인식하고 있을 뿐이다. 또한 기자가 원수인 주무왕에게 〈홍범〉을 전수한 일에 대하여 섣부르게 문제를 제기하는 행위는 외교상 결례가 될 수 있음을 발견할 수 있다.

3) 佯狂에 대한 인식

이 시기 명사들은 기자의 佯狂에 대하여 꽤 관심을 가지는 바, 나름대로 이를 인식하고 그 이유를 밝히려 하고 있다. 이미 앞장의 내용소 분포도에서 보다시피 이 시기 명사들이 '佯狂'을 언급한 것은 모두 17차례이고 箕子 題詠 창화가 이루어진 5~8차에도 12차례에 이르지만 조선 문사들이 언급은 단 2차례로, 이 양자는 현격한 차이를 보인다.

---

148 『선조실록』 165권, 36년(1603) 8월 13일.

명사들의 양광에 대한 언급은 대체로 3가지로 종합할 수 있다.

첫째, 기자 佯狂에 이유에 대한 의문: 3차 正使 陳嘉猷는 〈謁箕子廟〉에서 '炮烙의 시뻘건 연기 나자 王氣가 쇠퇴하니, 거짓으로 미친 마음을 거문고가 알고 있네'[149]라고 기자의 佯狂 이유를 거문고가 알고 있다고 주장하고 있다. 즉, 그 이유는 거문고만 알고 있을 뿐 사람들은 모른다는 뜻이다. 또한 같은 맥락으로 6차 祁順이 '明夷의 마음을 그 누가 알랴?'[150]고 한 것처럼, 기자가 '佯狂'한 진짜 속내는 그 누구도 알 수 없는 것이다. 참고로 이 경우 明夷는 기자의 佯狂을 은밀히 표현하는, 같은 뜻으로 쓰이고 있다.

둘째, 典故에 대한 재구성: 1차 사신 예겸은 〈謁箕子廟〉의 함련에서 '肯因淪喪爲臣僕, 甘忍佯狂作繫囚'으로 읊고 있다. 앞의 구절은 『尙書·微子』에서 기자가 미자에게 '商나라가 멸망한다면 다른 사람의 신복이 되지 않을 것이다.'[151]라고 말한 것을 인용하였고, 뒤의 구절은 『史記· 宋微子世家』의 기록을 인용하여 紂王이 악행을 거듭하고 간언을 듣지 않자 佯狂하여 노예로 된 갇힌 사적을 인용하고 있다.

즉 이 시구는 "기자가 주나라의 신하로 되기 싫어서, 거짓으로 미친체하여 죄수로 갇혔다'고 이해하여야 하는데, 이는 『史記』의 기록과 위배된다. 즉, 예겸은 기자의 佯狂을 해석할 방법이 없어서 기존의 역사 기록을 전도시켜 읊은 것이다. 사실 기자의 佯狂 이유를 『史記·殷本紀』에서의 '기자가 두려워서 미친 척 하였다(箕子懼, 乃佯狂)'

149 陳嘉猷 〈謁箕子廟〉: 炮烙煙飛王氣衰, 佯狂心事有琴知.

150 祈順 〈寄題箕子廟〉其三: 直諫無能悟獨夫, 明夷心事有誰知?

151 孔子, 『尙書·微子』: 商其淪喪, 我罔爲臣僕.

을 떠나 공자의 仁賢 평가로 해석하기 어려운바 앞장에서 이미 살폈지만, 주희도 佯狂을 『史記』의 기록에서 앞뒤를 전도시켜 기자가 옥에 갇힌 후 슬픈 마음에 佯狂하였다고 해석하였던 것이다.

셋째, 결과론 적인 해석: 4차 正使 張寧은 〈辨柳宗元箕子廟碑語〉에서 다음과 같이 해석하고 있다.

> 三仁이 서로 고하고 말할 즈음에 속속들이 속마음을 환하게 서로 펴 놓았으되, 선생이 幾微조차 일찍이 여기에서 조금도 보이지 않았으니, 이로써 보건대, 거짓 미친 체하여 諫하지 않은 마음에는 확실히 이미 定見이 있었던 것이다! [중략] 대저 商나라가 망한 것은 하늘의 뜻이요, 주나라가 흥한 것도 하늘의 뜻이다. 〈홍범〉의 도가 거의 끊어질 뻔 하다가 다시 전하고 이미 막혔다가 다시 통한 것도 하늘이요, 모든 것이 하늘에 달려 있음을 알면서도 또 몸을 숨겨 스스로 욕되게 하면서 주나라의 신하가 되지 않은 것, 이 또한 하늘의 뜻이다. 대개 하늘이란 것은 理일 뿐이니, 聖賢의 언어와 動靜이 다 이를 어기지 않거늘 하물며 큰 것에 있어서랴. 이 이치를 온전히 다하여 處하매 반드시 마땅하고 씀에 사사로움이 없고 베풂에 곧 준칙에 맞음, 이것이 성인이 이른 仁이다.[152]

---

152 張寧, 〈辨柳宗元箕子廟碑語〉: 矧三仁告語之際, 腎腸心腹皎然相敷. 而先生之幾微曾不少見於此, 是其佯狂不諫之心, 固已審有定見矣. ! 即其終之事, 可以知其始之心矣. 然則先生豈將果於忘殷, 而樂於從周耶? 是不然. 商之亡, 天也. 周之興, 天也. 〈洪範〉之道幾絕而復傳, 已塞而復通, 亦天也. 知其在天, 而且晦身以自辱, 不爲周臣者, 斯亦天也. 蓋天者, 理而已. 聖賢之言語動靜皆所不違, 況其大者乎? 全盡此理而處之, 必當用無私, 施之即準, 此聖人所謂仁也.

이처럼 장녕은 기자의 佯狂을 하늘의 뜻으로 해석하고 있는바, 이는 결국에는 공자의 仁賢 평가로 귀결되고 있다.

반면, 조선 문사들은 기자의 佯狂에 대한 언급을 가급적으로 피하고 있다. 그 이유는 알 수 없지만 대체적으로 佯狂 행위는 중국에서 발생한 일이고, 또한 조선에 있어서 기자는 선진문화를 전수한 은인이기 때문에 중국인들 앞에서 이 행위에 대하여 왈가불가하기가 어려웠을 것으로 사료된다.

허종은 차운작 제1수[40]에서 다음과 같이 서술하고 있다.

處身皆是厭卑汚　　행실이 모두 혐오할 만큼 비루하고 더러워서
可惜佯狂作匹夫　　아쉽게도 미친 체하고 필부가 되었네
隱忍苟存非愛死　　꾹 참고 구차스럽게 사는 것은 죽기를 싫어해서 가 아니고
彷徨不去任囚奴　　방황하여 떠나지 않고 그냥 노예로 몸을 맡겠네
明夷在易成爻象　　明夷는 『周易』에서 爻象으로 되니
皇極終天炳聖謨　　皇極은 영원히 성인의 지략을 빛내리라
餘業未能傳萬代　　여업은 만대를 전하지 못했고
江山空自說西都　　강산은 부질없이 스스로 평양을 말하네

허종은 기자가 佯狂한 것은 紂王의 더러운 행실 즉 폭정에서 비롯된 것이라고 설명하고 있다. 그리고 기자가 비간처럼 간언하다 죽지도, 미자처럼 나라를 떠나지 않은 이유를 『周易』의 明夷로 해석하고 있다. 비록 소략하게 언급되었지만, 그나마 허종은 기자가 방황

하였음으로 인식하여 仁賢으로서의 기자의 인간적인 면을 드러내고 있다.

8차 원접사 노공필은 〈次謁箕子廟偶成一律韻〉 중의 수련과 함련에서 다음과 같이 읊고 있다.

三人趣向不相倫	세 사람의 취향은 각자가 다르나
畢竟同歸一箇仁	필경은 모두 같은 '仁'으로 귀결되노라
菹醢豈應時有補	살육하면 어찌 인재가 때에 맞게 보충이 될까
囚奴終恐國無人	노예로 갇혔어도 나라에 인재가 없어질까 두려워 했네

노공필은 공자가 평가한 '三仁'을 들어 기자, 미자, 비간 세 사람 모두가 仁者이며, 기자가 노예로 갇힌 것 역시 은에 인재가 없어질까 걱정하는 우국충정으로 비롯되었다고 읊고 있다.

종합하면 대체로 이 시기에 명사들은 기자의 佯狂 이유를 공자의 三仁 평가에 기초하여 적극적인 해명을 시도한 반면, 조선의 문사들은 이에 대하여 언급하지 않거나 설령 언급하더라도 다만 三仁과 『周易』의 明夷로 해석하는 등 소극적인 양상을 드러내고 있다.

03
唱和賦에 나타나는 서거정과 기순의 기자 인식

『황화집』의 작품 배열 순서를 보면 서문·賦·辭·詩·文 순으로 배치되었고, 작품집 全文에는 모두 22편의 賦가 수록되어 있다. 주목할 점은 같은 『황화집』에 여러 수의 賦가 있을 경우 箕子賦를 첫머리에 배치[153]하였다는 것이다.

賦는 『漢書』에서 '登高能賦, 可以爲大夫'라 이를 정도로 그 형성과 근원에서 외교와 관계가 깊다.[154] 또한 權赫子는 辭賦 문체의 편폭이 자유롭고, 體物鋪排 등 특징을 지적하면서 이러한 작품이 '箕子 題詠'에서 多層적인 내용을 표현하기에 다른 문체보다 더 적합하다고 밝히고 있다.[155]

또한 해당 작품들은 모두 騷體賦에 속한다. 騷體賦란 첫째, 楚의 離騷를 문체로 한 것, 즉 '兮'를 기본으로 하는 句型, 둘째, 반드시 명확

153 아래에 다룰 기순과 서거정의 賦가 바로 이런 경우이다.
154 김성수, 『한국 辭賦의 이해』, 국학자료원, 1996, 13면.
155 權赫子, 같은 논문, 9면.

하게 '賦'로 이름한 작품[156]들을 가리킨다.

전형적인 賦는 '3단 구성'을 가진다. 즉 賦는 '序-本-亂'으로 구성된다. 이중 序는 并序라고도 하는데, 여기에는 賦를 짓게 된 동기, 시기, 배경, 主旨, 해설 등을 밝히며 서두에 놓인다. 결말 부분은 亂 혹은 '亂曰'로 대표[157]되는데 '亂'의 字義는 오히려 '理'로 해석되고 있고, 文尾에서 요약, 정리, 마무리, 총괄 등의 의미로 일컬어지고 있다.[158] 이 작품에서는 결말 부분 즉 '亂曰'가 생략되어 있고, '序'의 유무에 대하여 검토가 필요하다.

아래에 '序-本'순으로 해당 작품을 고찰하기로 한다.

1) '序詞'의 양상

이 賦에는 并序가 붙여있지 않다. 그 이유는 祁順이 같은 날에 평양에서 기자사당을 배알하고 다시 태평관 누각에 올라 경관을 구경한 뒤에, 먼저 〈太平館登樓賦〉[159]를 짓고 그 다음에 〈謁箕子廟賦〉를 지었기에 并序를 생략하였을 것으로 판단된다. 그 이유는 서거정의 『四佳集』에는 작품을 지은 〈太平館登樓賦〉-〈謁箕子廟賦〉 순으로 수록되었지만 『황화집』에는 정반대로 배열되었다는 점이다. 또한 이 점

156 郭建勋, 『先唐辞赋研究』, 人民文学出版社, 2004, 95면: 其一是采用楚骚的文体形式, 也就是以"兮"字句作为其基本的句型；其二是明确地用"赋"作为作品的名称.

157 亂曰 외 重曰, 歌曰, 告曰 등 명칭이 있지만 기능 상 전혀 차이가 없다.

158 김성수, 같은 책, 55~56면 및 324면.

159 기순의 『太平館登樓賦』에는 '기자를 배알하였다(拜謁箕子於平壤)'는 문구가 있으며, 해당 작품을 짓게 된 연유를 밝히는 并序도 있다.

으로부터 당시 조선에서 箕子 題詠을 중시한 일면도 보아낼 수 있다.

賦에서 并序가 중요한 이유는 이를 통하여 작가의 창작 의도를 알 수 있기 때문이다. 하여 본격적으로 논의를 전개하기 전에 서거정의 〈太平館登樓賦〉 次韻賦의 并序를 보기로 한다.

> 예로부터 시에는 和韻은 있었어도 次韻은 없었으니 차운은 후에 시작되었고 辭賦의 경우에는 일찍이 차운한 선대 문인이 없었다. 짐작컨대 사부에는 압운이 많고 압운이 까다로우면 무리가 따르고, 운이 강하면 수단이 따르지 못하고, 그렇게 되면 뜻을 제대로 펴지 못하게 되어 글이 억지스럽고 자연스럽지 못한 흠이 있으매 예로부터 차운을 하지 않은 것이다.
>
> 이제 선생이 〈謁箕子祠賦〉, 〈江之水辭〉, 〈登大平館樓賦〉를 지으매 거정이 재주 없음을 가리지 못하고 이렇게 차운하니 이는 실로 선배들에게 죄를 짓는 일이며 선생으로부터 용납 받지 못할 일이다. 그러나 거정이 변방의 서생으로 고루하고 과문함에도 불구하고 선생은 천히 여기지 않고 영광스럽게 訓唱을 하여 주시어 그 가르침이 많았다. 그런데 사부에 이르러서는 그 수단을 따져 訓唱을 하지 않으니 그 뜻을 저버림이 아닌가? 이로하여 거정이 재주 없음을 살피지 못하고 감히 선배들이 하지 않았던 짓을 하는 것이니 너그러운 군자께서 반드시 말씀이 있을 것이다.[160]

---

160 徐居正, 〈次太平館登樓賦序〉: 古者詩有和, 無次韻, 次韻起於後世, 至如詞賦, 前輩未嘗

이 글에서 次韻賦를 짓는 서거정의 강한 자긍심을 볼 수 있다. 여기에서 짚고 넘어가야할 대목은 '예로부터 차운을 하지 않았다'는 것인데, 이는 사실이 아니다. 앞장에서 이미 살폈지만, 일찍 예겸의 『雪霽登樓賦』에 신숙주가 次韻賦를 지어 예겸의 인정을 받았기 때문이며, 더욱이 서거정이 이를 이미 알고 있고 신숙주의 차운에 대하여 평가[161]한 적이 있기 때문이다. 때문에 위의 내용은 다만 서거정이 자신을 재능을 홍보하기 목적으로 이해해야 마땅할 것이다.

2) '本詞'의 전개 양상

본격적인 논의에 앞서 우선 두 작품 全文을 비교[162]하여 고찰하기로 한다.

有次韻者. 盖詞賦押韻必多, 多則韻強, 韻強則才窘, 才窘則不能騁其步驟, 有牽強拘澁之病, 此古作者所以避而不居也. 今先生有〈謁箕子祠賦〉, 〈江之水辭〉, 〈登大平館樓賦〉, 居正不揆鄙拙, 輒次其韻, 此實前輩之罪人而先生之所不取也. 然居正海外書生, 孤陋寡聞, 先生不鄙夷之, 旹與昌詶, 受賜多矣. 獨於詞賦, 計其工拙, 不詶答以負盛意也哉. 此居正所以敢爲前輩所弗爲, 弗諱其短拙者也. 大雅君子, 必有言矣.

161 徐居正, 『筆苑雜記』卷二: 如侍講〈雪霽登樓賦〉雖佳, 而申文忠公叔舟次韻賦, 文從字順, 翩翩有楚聲. 亦可以伯仲侍講矣.(예 시강의 〈雪霽登樓賦〉 같은 것은 비록 아름답긴 하나, 신문충공(申文忠公 신숙주)이 차운한 辭賦 역시 문리가 순하고 구성이 알맞아서 楚聲과 같은 운치가 있으니, 역시 시강과 백중이라 할 만할 것이다)

162 기순의 해당 작품은 번역문을 찾을 수 없어 필자가 직접 번역하였는데, 많은 오류를 범했을 것으로 사료된다. 서거정의 次韻賦는 다른 번역본도 참고하였으나, 주로 〈서거정의 사부문학1〉(김성수) 및 〈국역 사가집〉(임정기 옮김) 중의 역문을 참고하여 필요에 따라 고쳐 썼음을 밝혀둔다.

기순	서거정
(1) 有商之哀兮, 大道沈淪 商이 쇠하니 大道가 몰락하고	(1) 有周方興兮, 有殷其淪 周가 일어나니 殷이 몰락하고
(2) 女戎煽處兮, 積粟成塵 요부가 화를 부채질하니 쌓인 곡식이 먼지가 되었네	(2) 伊豔妻之蠱惑兮, 鉅橋粟塵 여자에 미혹되니 鉅橋의 곡식도 재가 되었네
(3) 荒亡敗度兮, 虐焰肆氛 주색에 빠져 법도를 무너뜨리니 포학한 불길이 기승부리네	(3) 嘻噫夫子之不時兮, 紂惡其氛 슬프다, 부자의 불운이여, 紂의 미움을 받았도다
(4) 藐天威之弗戒兮, 遠忠言而莫聞 하늘의 위엄 하찮게 여겨 경계치 않고 忠言을 멀리하고 듣지 않았네	(4) 夫何蹇蹇之忠誠兮, 荃藐藐予無聞 어찌 충성을 버리지 못했는가 그 모습도 아련한데
(5) 嗟哉! 夫子兮遭時孔疚 아아! 선생은 이 궂은 때를 만나 마음이 몹시 아프네	(5) 比干死諫兮, 一何時運之疚也 비간이 죽음으로써 간함을 어찌 운명으로만 돌릴 것인가
(6) 義爲大臣兮, 親則諸父 의로서 신하요 친분으로는 숙부네	(6) 微子去之兮, 獨申詰乎日師日父也 미자마저 떠나가니 홀로 남아 師라 父라 불리웠네
(7) 視祖烈其至重兮, 敢恝然而安處 조상의 공적을 至重하게 보니 어찌 감히 근심 없이 편안하게 지내랴	(7) 羌隱晦而自存兮, 子寧不於此而善處也 숨어서 自存함이여 여기 아니고 어디에서 살리오
(8) 方象箸之始造兮, 憂末流之莫支 상아 젓가락을 처음 만들 때 나중에 지탱하지 못할까 걱정했네	(8) 嗟大廈之旣傾兮, 豈弱木之可支也 나라가 이미 기울었으니 어찌 약한 힘으로 지킬 것인가
(9) 進藥石於俞緩兮, 冀沈痼之可醫 약 같은 간언을 드려 고질병을 고칠 수 있기를 바랬건만	(9) 日膏肓其已深兮, 又焉用夫良醫也 병이 이미 고황에 깊었으니 명의가 온들 무슨 소용이 있으리오
(10) 羌狡童其不悟兮, 嗜堇蘗而如飴 교활한 아이가 깨닫지 못하여 쓴 독한 풀을 단 엿처럼 즐겼네	(10) 邦之躋可立竢兮, 甘鴆毒其如飴 나라가 다시 일어나기를 기다리느니 기꺼이 毒杯를 마시리
(11) 哀余衷之激切兮, 獨遑遑乎何之 격절한 나의 충심을 슬퍼하며 홀로 허둥지둥 어디로 가리	(11) 憫宗祀之不血兮, 吾復捨此而何之 宗祀를 잇지 못함을 슬퍼하노니 내 이를 버리고 어디로 가리오?

(12) 顧微子之遠去兮, 余安忍復背其君也
미자가 멀리 간 지난 일을 돌아보지만
내 어찌 차마 다시 그 임금을 등지리

(13) 歎比干之已死兮, 余安可徒隕其身也
비간이 이미 죽었음을 탄식하지만
내 어찌 부질없이 목숨을 끊으리

(14) 甘隱忍以晦遯兮, 乃佯狂而爲奴
달갑게 꾹 눌러 참고 은둔하여
거짓 미친 체하여 종이 되었네

(15) 傷宗社之覆墜兮, 抱鳴琴而歎吁
종묘사직이 무너짐을 서러워하여
거문고를 안고 탄식했네

(16) 夷羊滿野兮, 麥秀故都
夷羊이 들에 가득하고
옛 도읍엔 보리가 팼네

(17) 非夫子之不力兮, 良天運之已徂
夫子가 힘쓰지 않은 것이 아니라
진실로 天運이 이미 가버렸네

(18) 維朝鮮僻在東土兮, 實夫子之封國
오직 조선이 궁벽한 東土에 있으니
夫子가 책봉 받은 나라라네

(19) 祠宇久而彌新兮儼清風之如昨
祠宇가 오래되었으되 더욱 더 새로워
맑은 기풍 엄연히 어제 것인 듯싶네

(20) 服八條之教令兮, 安蠶織而耕鑿
백성들이 八條의 教令에 복종하여
편안히 길쌈하고 밭 갈고 우물 파네

(21) 信德盛以流光兮, 足廉頑而敦薄
信德을 길이 전하니
廉頑하게 하고 박한 풍속 후하게 했네

(12) 迺不臣乎有周兮獨吾君其君也
끝내 周의 신하되기를 거부했으니
오직 내 君만이 있음이었네

(13) 敷洪範而錫君民兮, 曾何獨善其身也
〈홍범〉을 백성에 베풂이여
나 혼자만을 편안할 수 없었네

(14) 義可圖存其祀兮, 盍忍爲其奴也
義를 지켜 社稷을 보존하기에
어찌 노예가 됨을 마다하리오

(15) 雖然胙土而分茅兮, 寧不爲宗國而一吁也
비록 봉토를 받았다 하나
어찌 조국을 위해 한번 탄식하지 않으리

(16) 有截平壤, 有儼其都
말끔히 정제된 평양이
엄연한 그 도읍이었으니

(17) 我受我封, 我東日徂
내가 나의 封함을 받아
나의 동방에 이르도다

(18) 八條爲教兮, 亦何有於爲國也
八條의 법을 펴 백성을 가르쳤으니
나라를 다스림에 무슨 어려움이 있었으랴

(19) 民到今受其賜兮, 宛遺風其如昨
지금도 백성이 그 은혜를 받아
아름다운 유풍이 어제 같아라

(20) 家禮讓而俗雍熙兮, 以耕以鑿
백성의 풍속이 아름다움이여
열심히 땀흘려 일하도다

(21) 伊三仁之去就兮, 孰重輕而厚薄
세 충신의 거취를 두고
누가 낫다 하리오

(22) 吾生數千載之下兮, 偶奉使而過玆 내가 몇 천 년 뒤에 태어나 우연히 사신으로 이곳을 지나다가	(22) 人自靖而自獻兮, 安所遇其若玆 사람이 스스로 본분을 다하거늘 어찌 이와 같을 수 있는가
(23) 想儀刑以起敬兮, 懷不盡之遐思 선생의 풍모를 생각하여 공경심이 일어 끝없는 생각에 젖어있네	(23) 覩夫子之遺祠兮, 起千載之遐思 夫子의 유사를 보니 천년의 흠모가 살아 오르네
(24) 書有九疇兮, 易有明夷 『書經』에는 九疇가 있고 『周易』엔 明夷卦가 있나니	(24) 倘非夫子之在吾東兮, 孔聖何以曰居夷 夫子께서 동방에 오지 않았다면 공자께서 어찌 東夷에서 산다고 하시리오
(25) 仲尼有贊兮, 宗元有碑 공자가 칭찬하고 유종원이 碑文을 썼도다	(25) 順其志同歸仁兮, 吾信夫太白之碑也 그 뜻에 따라 仁에 돌아감이여 나는 태백의 비문을 믿노
(26) 斯夫子之道大兮, 又奚用贅乎一辭 夫子의 大道를 다시 군말을 덧붙여 무엇하리	(26) 猗歟先生之有賦兮, 吾將求之黃絹幼婦之辭也 아아 선생이 부를 지으니 나는 장차 절묘한 글을 구하노라

이는 '淪, 塵, 氛, 聞, 疢, 父, 處, 支, 醫, 飴, 之, 君, 身, 奴, 吁, 都, 徂, 國, 昨, 鑿, 薄, 玆, 思, 夷, 碑, 辭' 26韻으로 기자를 읊은 작품이다. 아래에 이 두 작품을 비교하여 살펴보기로 한다.

(1) 형식적 측면

양자를 비교해 보면 기순의 작품은 전편에 걸쳐 '兮'를 규칙적으로 사용하는 반면, 서거정의 작품은 16, 17행에서 '兮'를 사용하지 않았고, 韻脚만 차운하였을 뿐 句式도 전자와 같지 않다. 그 원인은 次韻賦는 워낙 어렵고 또한 구체적인 규범적 요구가 없었기 때문이다. 이 두 작품이 모두 騷體로 비교적 긴 편폭으로 풍부한 서정 서사 내용과 정서를 담고 있다고 볼 때 '兮'를 적게 사용한 것은 그만큼 서정성이 조금 약화되어 있고, 한편 전자의 규칙적으로 구사되는 '兮'는 음악성과 관계있을 것이라고 봐야 할 것[163]이다.

또한 이 두 騷辭體 작품이 모두 韻脚 뒤에 '也'를 쓴 것이 특징적이다. 다른 점은 전자는 2개 붙였고, 후자는 11개를 사용하고 있다. 이로서 총체적으로 서정성이 약화되는 반면 서사성이 강화되고 있다.

사실 漢字의 音律的 미감에 대한 이해의 한계성으로 인해 조선 문사들은 명사들의 詞에 창화하기 어려운 점이 있었으니, 이 문제는 바로 기순과 서거정이 한강루에서 대결을 펼칠 때 본격적으로 드러난다. 이때 기순은 〈滿江紅調二関〉를 塡詞하는데 이는 定格的인 詞로 전문의 平仄에 대한 요구가 엄격하다. 서거정은 이러한 점을 알[164]면서도 '쓸데없이 남의 흉내를 내어 세상의 웃음거리가 됨'을 비유하는 〈效顰〉으로 이름하고 塡詞하였다. 비록 서거정의 해당 차운작은 韻脚은 맞췄고, 뜻은 나타냈으나 음절이 맞지 않아 기순이 의아[165]해했다고 한다.

> 歌詞를 지으려면 반드시 글자의 淸濁과 律은 高下를 분간해야 하는데, 우리나라 音律은 중국과 달라서, 가사를 짓는 이가 없다. 襲用

163 김성수, 같은 책, 51면.

164 서거정은 『東人詩話』에서 '樂府字字皆協律, 古之能詩者尙難之'로 塡詞의 어려움을 표현하고 있다.

165 해당 내용은 김덕수, 杜惠月 등도 언급하였으나 류기수(「『황화집』 간행과 수록된 明詞에 관한 고찰」, 『중국학 연구』47, 중국학연구회, 2009)가 비교적 소상히 분석하고 있다.

> 卿과 吳希孟이 왔을 때, 湖陰(정사룡의 호)이 차운하지 않자, 세상에서는 체면을 유지했다고들 하였다. 그 후에 蘇退休(소세양)가 华侍講의 운에 차운한 시에, '마음이 서글픈 이 발 걷고 다시 보니, 꽃다운 풀빛 위에 눈길이 멈추네"라는 구절은 華公이 여러 차례 칭찬하였으니, 모두 음률에 맞아서인지, 아니면 다만 그 말씨의 아름다움을 취한 것인지?[166]

이는 후대의 허균이 조선 문사들의 詞 차운에 대한 논술이다. 그 뜻은 조선과 중국이 音律이 다르기에 서거정 이후로는 명사들의 사에 차운하지 않음을 체면을 유지하는 방편으로 삼았다는 인식[167]이다. 그 뒤 11차 정사 龔用卿은 詞 7수, 부사 吳希孟이 1수를 짓는데 원접사 정사룡은 '詞는 율시와 비교할 것이 아닙니다. 조선의 聲韻은 중국과 자못 달라서 억지로 본뜬다면 그 체제를 이루지 못하므로 짓지 않겠습니다'라고 말하며 창화를 포기했다고 한다.[168] 그 뒤 12차 정사 華察이 와서 詞 6수, 부사 薛廷寵이 6수를 짓는데, 이때의 원접사 소세양은 이에 모두 차운한다. 참고로 화찰의 경우 모두 공용경의 작품에 차운하였다. 소세양의 경우 공용경이 올 때 원접사로 내

---

166 허균, 『국역 惺所覆瓿稿』Ⅲ 부록, 민족문화추진회, 1989, 98면. "歌词之作, 必分字之清浊, 律之高下, 我国音律不同中原, 故无作歌词者. 龚, 吴之来 湖阴不次之, 世谓得体. 其后苏退之次华侍讲之韵 有'傷心人復卷簾看, 目斷凄凄芳草色'之句, 华公赞赏不一. 抑皆中於律邪, 抑只取其藻丽而然也？"

167 반대로 놓고 말하면 서거정이 무리한 사 차운으로 체면을 잃었다는 뜻으로도 이해할 수 있다.

168 魚叔權, 『稗官雜記』卷二: 湖陰答曰: "歌詞非律詩之比. 小邦聲韻迥別, 若强效則不成其體, 故不敢作也."

정되었지만 수창 능력이 떨어진다고 우려되어 반강제적으로 원접사 자리를 정사룡에게 양보하여야만 했던 일[169]이 있었다.

허균이 언급한 것은 그중 화찰이 공용경의 〈玉樓春〉 詞牌에에 차운한 작품 중의 한 구절이다. 또한 淸代의 沈雄이 『古今詞話』에서 소세양의 〈憶王孫·賤殘春〉을 칭찬[170]하고 있는바, 이로부터 소세양이 미리 전기의 『황화집』을 보고 詞 창화를 잘 준비했을 것으로 보여진다.

이처럼 조선문사들의 음율적 한계성으로 음악성이 제약을 받는 것이 사실이지만, 본고에서 정작 주목하려는 것은 이들 두 작품에서 모두 나타나는 '也'이다. 사실 기순의 경우에는 다른 두 賦-〈登大平館樓賦〉 및 〈鳳山賦〉에서도 모두 '也'를 조금씩 사용하였다. 그러나 騷體에서 '也'를 과도하게 사용하는 것은 분명 문맥의 서정성을 약화시키고, 서술성을 강화하는 결과를 초래한 것으로 사료된다.

(2) 내용적 측면

이 두 작품을 비교하여 단락을 나누면 다음과 같다.

169 이긍익, 『국역 燃藜室記述』IX, 민족문화추진회, 1977, 686면, 참고.

170 沈雄, 『詞話叢編』: 朝鲜苏世让与华使君有倡和集, 其〈忆王孙赋残春〉云: "无端花絮晓随风, 送尽春归我又东. 雨後岚光翠欲浓. 寄征鸿, 家在千山万柳中……" 亦可见文教之远矣.

기순	서거정
1段: 기자의 중국에서의 행적: 殷末: (1~17구)	1段: 기자의 중국에서의 행적: 殷末: (1~11구) 周初(12~14구)
2段: 受封東來(18구)	2段: 受封東來(15~17구)
3段: 시인의 기자사당에 대한 인상(19구)	3段: 기자의 조선에서의 치적(18~20구)
4段: 기자의 조선에서의 치적(20~21구)	4段: 시인이 기자사당을 배알하는 과정에서의 감회(20~25구)
5段: 시인이 조선에 와서 기자사당을 배알하는 과정에서의 감회(22~26구)	5段: 명사와의 문장 대결 의식(26구)

위의 단락에 근거하여 공통적으로 음영되는 부분에서 나타나는 작가 의식을 고찰하기로 한다.

〈1〉 중국에서의 행적

기순은 기자가 紂王에게 간언하였지만 상대가 받아들이지 않았고, 미자처럼 떠나지도, 비간처럼 간언하다 죽지도 않고 거짓으로 미친 척하여 노예가 된 사적을 읊고 있다. 그리고 殷의 멸망은 하늘의 뜻이니, 기자로서는 별 수 없음을 밝히고 있다. 이 단락에서 기순은 『史記』에 기록된 象箸, 狡童, 微子, 比干, 佯狂, 抱琴, 麥秀 등을 사용하여 기자의 심경을 읊는데 중점을 두고 있다.

그러나 서거정의 경우 비록 殷의 멸망을 탄식하고 있으나, 기자를 무너지는 '大厦'에 있는 '弱木', 불치병에 걸린 환자 앞에서 속수무책인 '良醫'에 비유해 殷의 멸망을 하늘의 뜻으로 합리화하고 있다. 그리고 기자가 佯狂한 행위를 간접적으로 '隱晦自存'으로 표현하였고, 毒杯를 마시는 것에 비유하고 있다.

그리고 기순과 달리 서거정은 殷이 멸망한 뒤에 기자가 주무왕에게 〈홍범〉을 전수, 周에 不臣 등 행적을 읊고 있고 있으며, 미친척하여 노예로 된 것이 殷의 사직을 보존하기 위함을 강조하고 있다.

본고에서 중시하는 것이 바로 기순과 양상을 달리하는 이 부분이다. 사실 서거정은 단군조선뿐만 아니라 기자의 교화를 매우 중시하는 문인이다. 그는 『三國史節要』를 올리는 箋文에서

> 해 뜨는 동방의 우리나라는 실로 天作의 땅으로 단군이 요 임금과 나란히 즉위하여 처음 천년의 기반을 세웠고, 기자가 주나라의 봉국으로 받아 八條의 교화를 크게 천명하였습니다.[171]

라고 八教를 언급하고 있다. 사실 八教는 〈홍범〉에서 부연된 산물로, 이미 위에서 언급하였지만 『史記』에 따르면 기자는 이것을 원수인 주무왕에게 전수하고, 그 공으로 조선에 책봉을 받았다. 이러한 의식은 서거정의 〈箕子祠〉[172]에서도 잘 드러난다.

嘆息殷王子　　한탄스러워라 은의 왕자님이
荒涼獨此祠　　쓸쓸히 홀로 이 사당에 계시다니
西周陳範後　　서주에 〈홍범〉을 진술한 이후요
東國化民時　　동국의 백성을 교화하던 때로다
荔子春秋謹　　여지는 춘추로 삼가 봉행하는데

---

171 徐居正, 『四佳文集補遺』卷二: 惟我日出之邦, 實是天作之地, 檀君並堯立, 肇建千載之基, 箕子受周封, 丕闡八條之化.

172 徐居正, 『四佳集』卷三.

碑文日月垂	비문은 해와 달처럼 드리웠도다
由來多慷慨	내 본디 강개한 생각이 많았기에
耿耿酹芳巵	정성껏 향기론 술잔을 올리노라

이 시는 서거정이 일찍 세종 34년(1452)에 수양대군의 종사관으로 明에 가다가 모친상을 당하여 중도에 돌아온 적이 있는데, 그때 그가 평양에서 기자사당을 배알하고 지은 것으로 사료된다. 외교시와는 관계없이 지어진 시로, 서거정의 개인적인 기자 의식을 볼 수 있는 작품이다.

이 시의 함련에서 서거정은 기자가 주나라에 〈홍범〉을 전수하고, 조선에 와서 백성들을 교화하였다고 읊고 있다. 또한 미련에서는 자신이 기자에 대한 감회가 평소에도 많았다고 표현하고 있다.

서거정이 자신감에 넘쳐 기순과 문학 대결을 펼칠 수 있었던 제일 중요한 이유가 조선의 한문학이 결코 중국에 뒤지지 않는다는 자신감이다. 이러한 자신감은 조선의 한문학의 역사가 유구하다는 것으로 이해할 수도 있는바, 그 원류를 기자로부터 찾을 수 있는 것이다. 또한 서거정은 周에 不臣한 사적을 읊으며, 조선의 자주성을 강조하고 있다.

〈2〉 受封東來

기순은 '오직 조선이 궁벽한 東土에 있으니, 夫子가 책봉 받은 나라라네(維朝鮮僻在東土兮, 實夫子之封國)'라고 1구로 간략히 읊은 반면, 서거정은 3구로 비교적 소상히 읊고 있다.

서거정은 우선 15구에서 비록 '주나라의 봉함을 받았지만, 멸망된 조국을 위해 탄식하지 않을 수 없다'고 기자의 심경을 밝히고, 16구에서는 '말끔히 정제된 평양이 엄연한 그 도읍이었'다 하고, 17구에서는 '내가 나의 封함을 받아 나의 동방에 이르렀'다고 읊고 있다.

우선 서거정의 16구의 '말끔히 정제된 평양'은 기순의 '궁벽한 東土'와 상반되는 의식을 보이고 있다. 사신인 기순이 조선을 궁벽한 곳에 위치하고 있다고 폄하하고 있으니, 서거정으로서는 당연히 대응하여야 하는 것이다.

그리고 17구에서는 당당하게 내가 응당 받아야 할 책봉을 받고 조선에 왔다고 표현하고 있다. 위에서 이미 서술하다시피, 무왕에게 〈홍범〉 즉 중화의 道統을 전수하였으니 그 공로로 책봉을 받는 것은 당연지사라는 뜻이다.

여기에서 서거정의 관점이 잘 드러나는 구절은 '我東曰徂(나의 동방에 이르도다)'이다. 이 표현은 『용비어천가』의 한역본 제38장의 '四征無敵, 來則活己, 我東曰徂, 西夷苦徯(四征無敵 하사 오셔야 살리실쌔 東에 가시면 西夷 바라니)'에서 차용한 것이다. 이는 殷의 湯王이 천하를 정벌할 때 동쪽을 정벌하면 서쪽의 오랑캐가 '왜 우리를 뒤로 미루는고?'하고 원망했다는 전고[173]를 표현한 한글 원문을 한역한 구절이다. 이 구절을 통하여 기자가 조선에 이른 것은 조선 백성들이 크나큰 소망이었다고 표현했음으로 이해할 수 있다.

---

173 『孟子·梁惠王下』: 書曰: 湯一征, 自葛始, 天下信之. 東面而征, 西夷怨; 南面而征, 北狄怨, 曰: "奚爲後我?" 民望之若大, 旱之望雲霓也.

〈3〉 조선에서의 치적

기순은 20·21구에서 기자가 조선에 온 뒤의 치적을 간단히 읊고 있다. 여기에서는 기자가 八敎로 백성들을 다스려 교화를 이루었다고 서술하고 있는 바, 21구에서는 『孟子·萬章下』의 '伯夷之風者, 頑夫廉, 懦夫有立志(伯夷의 풍도를 들은 자는 완악한 이는 청렴해지고 나약한 이는 흥기하게 된다〕'는 구절 중의 頑廉를 사용하여, 기자의 교화 공로를 칭송하고 있다.

서거정은 18~20구에서 기자의 조선에서의 치적을 다루고 있는데, 기자의 교화로 조선의 풍속이 아름다워졌다고 읊고 있다.

앞에서 이미 서술하다시피 성종대에 사림파들이 『동국통감』 편찬에 간여하였는데, 그들은 涵虛子의 『天運紹統』관점을 수용하였었다. 그러나 서거정은 이에 대하여 근거가 없는 것으로 판단하고 있다.

> ○『天運紹統』을 상고해 보니, 涵虛子가 말하기를 "조선은 安東國 동쪽에 있는데 옛 肅愼氏의 땅이다. 무왕이 기자를 봉하여 제후를 삼아서 殷은 뒤를 이어 중국의 藩邦으로 삼았는데, 周가 망함으로부터 後漢까지 천여 년을 지나서 公孫康에게 찬탈당하여 기자의 전통이 끊어졌다." 하였다. 또, "기자가 중국의 5천 명을 거느리고 조선에 들어갈 때에, 詩·書·禮·樂·醫·巫·陰陽卜筮 등속과 온갖 工人과 技藝들이 모두 따라갔기 때문에, 半萬의 殷人들이 遼水를 건넜다 한 것이 이것이다." 하였는데, 지금 상고해 보건대, 공손강의 찬탈이란 것은 근거가 없고, 5천의 은나라 사람들이 요수를 건너갔다는 것은 어느 글에서 나온 것인지 알지 못하겠다.

○ 涵虛子가 또 말하기를, "기자가 조선에 이르니, 말이 통하지 아니하여 통역으로 말을 알았고, 詩書를 가르쳐서 중국의 제도를 알게 하였다. 그 결과 부자와 군신의 도리가 비로소 행해지고, 五常의 예의가 비로소 갖추어졌으며, 백공의 기예를 가르쳐서 의원·무당·음양복서의 술법이 비로소 있게 되었다. 예의와 농사짓고 누에치는 일로써 여덟 가지 법을 제정해서 백성을 교화하니, 한 해가 지나자 백성이 스스로 교화되었다. 사람을 죽인 자는 재물로써 贖罪하고, 傷害한 자는 곡식으로 속죄하며, 도둑질한 자는 남자는 노예가 되고, 여자는 계집종이 되게 하니, 3년이 못 되어 사람들이 모두 교화되었다. 그리하여, 信儀를 숭상하고 儒學을 독실히 하여 중국의 풍속을 이룩하였으니, 성인의 교화라 이를 만하다. 兵器로써 싸우지 말기를 가르치기를, '하루의 난리는 10년이 지나도 안정되지 못하여 생민이 도탄에 빠져서 생업을 편안히 할 수 없다.' 하였다. 이리하여 덕으로써 강포함을 감복시키니, 이웃나라에서 그 義를 사모하고 서로 친하였으며 중국의 藩邦이 될 것을 맹세하였다. 이에 역대로 중국을 친히 하고 신임하여 封爵을 받고 朝貢을 끊이지 아니하였으며, 예의의 道가 없어지지 않아서 의관과 제도가 모두 중국 각대의 제도와 같기 때문에, 詩書禮樂의 나라요, 仁義의 나라라 말하게 된 것은 기자가 창시한 것이다." 하였다.

나는 생각하기를, 涵虛子의 논술이 『漢書』와 대략 같은데 우리 동국의 풍속에 세밀하였다. <u>역대의 여러 역사서와 國朝의 『渾一誌』에 논술한 바는 그릇되고 근거가 없으니, 모두 잘못 들은 데에서 나온 것이다</u>.[174]

174 徐居正, 『筆苑雜記』卷一: 按『天運紹統』, 涵虛子曰: "朝鮮在安東國之東, 古肅愼氏之地.

이는 『필원잡기』에 드러난 서거정의 관점이다. 그는 기자가 조선에 온 뒤의 사적을 기록한 『天運紹統』을 포함한 모든 역사서는 근거가 없고, 그릇된 것이라고 주장하고 있다.

그럼 서거정이 지적한 조선시대에 편찬되었다는 『渾一誌』는 어떤 책일까? 사실 서거정 以前 및 그 시기에 편찬된 사서는 다만 『동국사절요』와 『동국통감』뿐이고, 위에서 보다시피 후자가 『天運紹統』중의 기록을 수용하였다.

『동국통감』은 서거정이 성종 14년(1483)에 재차 편찬하기 시작했고, 2년 뒤에 편찬을 완료하였다. 그러나 성종과 사림파들이 적극 개입하여 이 사서에는 성종과 사림파들의 역사의식이 크게 반영되었는데, 서거정은 아마 이 책의 사론에서 『天運紹統』의 관점을 수용한 것이 못마땅하게 여긴 것으로 추론된다.

그리하여 성종 17년(1486)년에 저술한 『필원잡기』에서 『天運紹統』의 관점을 비판하되, 『동국통감』을 직접 겨냥하지 못하고 『渾一誌』

武王封箕子爲諸侯, 以奉殷祀, 爲中國藩邦, 自周亡至後漢千餘年爲公孫康所簒, 箕子之統緖失傳焉." 又云: "箕子率中國五千人入朝鮮, 其詩·書·禮·樂·醫·巫·陰陽卜筮之流, 百工技藝, 皆從而往焉, 故曰半萬殷人渡遼水者是也." 今考公孫康所簒者無據, 其曰半萬殷人渡遼水者, 又不知出於何書也.
涵虛子又曰:"箕子至朝鮮, 言語不能通, 譯而亦知之, 教以詩書, 使知中國禮樂之制. 父子君臣之道始行, 五常之禮始備, 教以百工技藝, 醫巫陰陽卜筮之術始有焉. 以禮義田蠶, 制八條之教而化之, 逾年而民自化. 相殺者以財償, 相傷者以穀償, 盜者男沒爲奴, 女子爲婢, 不三年人皆向化. 崇尙信義而篤儒術, 醸成中國之風, 可謂聖化. 教以勿尙兵鬪, 謂:'一日之亂, 十年不定生民塗炭, 不能安其業.' 故以德服强暴, 隣國皆慕其義而相親之, 爲中國之蕃邦. 故歷代親信於中國, 受封爵, 朝貢不絶, 禮義之道不缺, 衣冠制度, 悉同乎中國各代之制. 故曰詩書禮樂之邦仁義之國也, 而箕子始之也."
居正以爲, 涵虛子論與『漢書』畧同, 深悉我東國風俗. 歷代諸史及國朝『渾一誌』所論, 紕繆無據, 皆出於所聞之誤耳.

로 대체하여 빗대어 비판한 것으로 사료된다.

그렇다면 서거정의 기자 인식은 어떠한지 살펴볼 필요가 있다.

> 우리나라는, 檀君이 나라를 세운 일은 아득하여 알 수가 없고, 箕子가 周로부터 책봉을 받아서는 八條法禁으로 교화하여 存神의 오묘함이 있었습니다. 당시에 필시 역사를 담당하는 관리가 있어서 언행을 기록했을 터인데 지금 남아 있는 것이 없으니, 참으로 한탄스러울 뿐입니다.[175]

위의 글은 서거정의 『삼국사절요』를 위하여 쓴 서문이다. 이 글에서 드러나다시피, 서거정은 비록 아득하여 고증할 수 없지만 단군조선은 분명 존재한다는 것, 그리고 기자의 조선 교화는 분명하지만 해당 역사 기록이 없다고 주장하고 있다.

이로부터 서거정이 소략적으로 기자의 교화 치적을 읊은 이유를 알 수 있다. 또한 차운작은 원작의 편폭 및 原韻의 제약을 받음으로 기자의 치적을 상세히 읊을 수도 없는 실정이다.

〈4〉 시인의 감회

기순은 22·23구에서 자신이 조선에 와서 기자사당을 배알하게 된 감흥을 소략히 서술하고, 24·25구에서는 『書經』에 〈홍범〉이 실리고

---

175 徐居正, 『四佳文集·三國史節要序』卷四: 吾東方檀君立國, 鴻荒莫追. 箕子受周封, 八條之教, 有存神之妙. 當時必有掌故之官, 記動記言矣. 而今無所存, 良可嘆.

『周易』에 明夷卦가 있는 문헌과, 공자가 三仁이라 칭찬하고 유종원이 기자를 위해 碑文을 쓴 사실을 열거하며 기자를 찬양하고 있다.

서거정은 21구에서 공자의 삼인 평가를 인용하였고, 22구에서는 『尙書·微子』중의 미자가 기자, 비간에게 한 말-'스스로 의리에 편안하게 하여 사람마다 스스로 선왕에게 뜻을 바쳐야 한다(自靖, 人自獻于先王)'를 변용하였다.

그리고 24구에서는 공자가 말한 '居九夷'[176] 발언을 인용하여 '夫子께서 동방에 오지 않았다면, 공자께서 어찌 東夷에서 산다고 하시리오(倘非夫子之在吾東兮, 孔聖何以曰居夷)'라고 읊고 있다. 그리고 25구에서는 李白이 비간을 위하여 쓴 〈忠烈祠碑文〉 중의 일부 내용을 축약하여 표현하고 있다.

> 부자께서 殷에 세 어진이가 있다고 칭하였으니, 여기에 어찌 은미한 뜻이 없겠는가. …… 그 몸을 보존하고 종을 보존한 것도 인이요, 그 이름을 보존하고 제사를 보존한 것도 인이요, 그 몸을 죽여서 나라를 도모한 것도 인이다. …… 다 함께 인으로 돌아가서 각각 그 뜻을 순히 하였으니, 서로 길은 달랐으나 법칙은 하나였고, 행위는 달랐으나 이룬 것은 똑같았다.[177]

---

176 孔子, 『論語·子罕』: 子欲居九夷, 或曰: "陋,如之何?" 子曰: "君子居之, 何陋之有?" (공자가 九夷에 가서 살려고 하자, 혹자가 말하기를, "누추한 곳인데, 어떻게 살겠습니까?" 하니, 공자가 이르기를, "군자가 살고 있는데 무슨 누추함이 있겠는가?"라고 하였다.)

177 李白, 〈忠烈祠碑文〉: 夫子稱殷有三仁, 是豈無微旨……存其身存其宗亦仁矣. 存其名存其祀亦仁矣, 亡其身圖其國亦仁矣……同歸諸仁, 各順其志, 殊塗而一揆, 異行而齊致.

이미 서술하다시피, 공자의 기자에 대한 三仁 평가는 공자의 佯狂을 합리화하고, 그의 인현의 인격상을 정립하는데 중요한 근거로 되고 있다. 그리고 서거정이 위에서 인용한 공자의 '居夷' 평가는 조·명 양국에 있어서 조선의 자긍심을 나타내는데 중요한 역할을 담당하고 있는바, 그 뒤 『황화집』서문에서 이 평가가 인용된 내용을 살피기로 하자.

> [1] 우리나라가 비록 누추하지만 공자께서 살고 싶어하신 곳이며 기자께서도 봉함을 받은 곳이고 또 皇朝도 돌봐주신 곳이다. 그러므로 이전에 황화대부로 온 이들은 모두 편안히 느긋하게 쉬면서 누각에 오르면 賦를 짓고, 객관에 들어서는 시를 지었으며, 스스로 타향에 있음을 알지 못한다고 여기었다.[178]
>
> [2] 신이 적이 생각하건대, 우리 동국은 하늘이 땅을 나누어 줄 때 멀리 바닷가에 두었습니다. 그러나 기자가 봉해진 곳이며 공자께서도 살고 싶어하신 곳이고 예의와 문헌의 칭송으로 전래부터 숭상되던 곳입니다.[179]

[1]은 홍귀달이 8차 사신 艾璞의 〈壬子本皇華集〉(1492년)에 쓴 서문의 내용이고, [2]는 이황이 17차 사신 成憲의 〈戊辰本皇華集〉(1568)에

---

178 吾邦雖陋, 然仲尼之所欲居, 箕子之所受封, 亦皇朝之所眷注. 故前乎此皇華大夫之來遊者, 皆從容寬假. 至於登樓有賦, 樓壁有詩, 自以為不知身在他鄉也.

179 臣竊惟我東國, 天畫壤地, 邈在海表. 然而箕子之所受封, 孔聖之所欲居,禮義文獻之稱, 其來尚矣.

쓴 서문의 일부이다. 이처럼 공자의 조선에 대한 '居夷' 평가는, 양국 외교에서 조선의 자긍심을 드러내는 중요한 근거로 작용하고 있다.

〈5〉 서거정의 문장 대결 의식

이 작품의 마지막 26구에서 서거정은 기순의 작품을 언급하고 있다. '아아, 선생이 賦를 지으니 나는 장차 절묘한 글을 구하노라(猗歟先生之有賦兮, 吾將求之黃絹幼婦之辭也)' 이 구절에서 특이한 점은 기순의 賦에 대한 평가가 드러나지 않는 반면, 자신은 더 좋은 글을 짓겠다고 말하고 있다.

적당히 명사의 글을 칭찬하는 것은 조선 문사들의 창화에서의 상투적인 수법이다. 이러한 수법을 서거정도 다른 작품들에서 표현[180] 하고 있다.

사실 서거정은 기순과 창화하면서 줄곧 그의 작품이 평이하다고 여겼다고 한다. 서거정이 기순에게 걸작을 한 번 지어보라고 했으나 기순의 시가 이에 미치지 못한 것은 사실이었으니 서거정의 이러한 생각도 당연하다고 할 수 있는 것[181]이다.

---

180 서거정이 기순의 작품을 차운한 〈伏承盛作, 将诱踰分, 不胜惶愧. 谨步韵錄似 冀赐一粲〉에서 "高才應不數劉叉, 伯仲蘇黃儘可誇. 妙句已追吟柳絮, 鐵腸曾解賦梅花. 臨風玉樹多新態, 出壑銀氷絶點瑕. 喜識中朝有麟鳳, 要將題詠碧籠紗(뛰어난 재주는 응당 유차를 꼽지 않고 말고, 소황과 어깨 겨루어 참으로 과시할 만하네. 절묘한 시구는 유서의 읊조림을 추급했고, 철석간장은 〈매화부〉를 지을 줄도 알았었네. 바람 앞의 옥수인 양 깨끗한 자태 훌륭하고, 골짝 나온 얼음에 한 점 티끌도 없는 듯해라. 중조의 기린 봉황 같은 이를 안 것이 기뻐라, 반드시 그 시를 푸른 깁에 싸서 보호해야지)"라고 기순의 시를 훌륭하다고 칭찬한 것이 그 일례이다.

181 신태영, 같은 책, 93면.

서거정은 이 구절에서 '黃絹幼婦'라는 전고를 차용하였는데, 이는 『世說新語·捷悟』중의 이야기를 인용한 것이다. 後漢의 蔡邕이 '黃絹幼婦外孫齏臼'라고 쓴 것을 曹操의 참모인 楊修가 풀이하면서, '黃絹은 色絲이니 이를 합치면 絕이 되고 幼婦는 小女이니 이를 합치면 妙가 된다'고 분석하여, '絕妙好辭'라고 해설했던 고사이다. 서거정은 이 전고를 차용하여 자신이 기순보다 더 좋은 글을 지을 수 있다는 자부심을 드러낸 것이다.

04 소결

본 장에서는 15세기 후반 한중 양국 문사들의 기자 인식 양상을 살펴보았다. 이 시기 명나라는 적극적으로 몽고와 만주로의 진출을 도모하던 永樂帝가 죽고 후임 황제들이 변경정책을 기존의 공세에서 수세로 전환하고 있었던 반면, 조선은 세종, 세조대를 거치며 적극적인 북방정책을 펴고 있었다. 그 일례로 여진에 대한 '조공-책봉체제'의 확립이니, 이는 명이 자국을 중심으로 각 변방국들과의 '조공-책봉체제'를 통하여 상대국들이 서로 견제하게 하는 '以夷制夷'에 위배되는 정책으로, 명은 해당 사안으로 칙사를 2차례(3차 진가유, 4차 장녕)나 파견하여 힐문할 정도로 민감한 반응을 보이고 있었다.

또한 이 시기 조선 조정에서는 기자의 자주성-'不臣'의 중시 및 '先檀君-後箕子' 인식에 기반한 기자존숭 의식을 갖고 있었고, 의도적으로 단군을 중국에 홍보하려 노력하고 있었다. 또한 세조대에는 세종대 후반에 폐지한 祭天禮를 복원하여 정례화하게 하였는데, 그 목적은 민족의식 고양 및 왕권 강화[182]에 있었다.

성종대에 들어서 사림이 정계에 진출하면서 기자에 대한 인식은 변하기 시작하며 이 시기 편찬된 중요한 사서인 『삼국사절요』 및 『동국통감』에는 단군 관련기록이 삭제된다. 그러나 관각파 문신들의 역사에 대한 인식은 국왕이 교체되었다고 하여 바꾸지 않았는바, 박원형, 허종의 기자 不臣 및 서거정의 단군에 대한 강조를 통하여 이를 확인할 수 있었다.

이 시기의 양국 문사들의 기자 인식은 대체로 다음과 같은 양상을 드러내고 있다.

우선 명사들이 '조공-책봉'관계를 의미하는 '箕封'에 대하여 아주 중시하고 있었고, 조선의 다수 문사들은 '箕子不臣說'에 입각한 '不臣'으로 적극 대응하여 조선의 자주성 및 기자의 절의를 강조하고 있었다. 그리고 서거정은 '先 단군- 後 기자'에 입각하여 단군을 적극 부각시켜 대응하고 있음을 발견할 수 있었다.

〈洪範〉 담론에서는 명사들은 기자가 조선에 와서 팔교조로 조선을 교화시킨 것에 대하여 강조하였고, 조선 문사들도 대체로 이에 공감하고 있었다. 다만 서거정 등 일부 문사들이 기자가 조선에 〈홍범〉을 전수하였다고 인식하여 중국과 道統을 공유하였다는 인식이 있었다. 특례로 張瑾의 경우 기자가 원수인 무왕에게 〈홍범〉을 전수한 일을 문제 삼음으로 인하여 나중에 조선으로부터 혹평을 받은 경우도 있었음을 알 수 있다.

182 한형주, 「朝鮮 世祖代의 祭天禮에 대한 硏究」, 『진단학보』81, 진단학회, 1996, 81면.

'佯狂' 담론에서는 명사들이 적극적으로 기자의 被髮佯狂 행위를 변호하려는 경향을 보인 반면, 조선 문사들은 이에 대하여 기본적으로 소극적으로 대응하고 있음을 발견할 수 있었다. 그러나 명사들의 佯狂 해명도 결국에는 宋代에 이미 해석된 범주를 벗어나지 못하고 있었다.

창화부에서는 서거정과 기순, 이 두 사람의 문장 대결 의식과 기자에 대한 인식을 고찰할 수 있었다. 기순은『史記』의 기록에 근거하여 賦를 지은 반면, 서거정은 자신의 기자의 인식-『天運紹統』중의 기자가 조선백성을 교화한 기록에 대한 부정, 기자의 조선 책봉에 대한 당당함 등을 글로 표현하고 있다. 즉 서거정의 창화부에서는 기순과의 대결 의식이 뚜렷이 드러나고, 기자에 대한 서로의 상이한 인식을 표현한 것이 특징적이다.

제4장

16세기 전개 양상

조선과 명나라 문사들의 기자 담론의 전개

—『황화집』 연구—

01
시대 배경

본고에서는 16세기 시대 배경에 대하여 역시 국내와 국외 두 요소로 나눠 고찰하고자 한다. 전자는 조선의 기자에 대한 인식 양상이고, 후자는 양국의 종계변무를 둘러싼 외교 전개 양상이다. 그 이유는 이 두 요소가 양국 외교 관계의 방향에 큰 영향을 주기 때문이다.

1) 조선의 기자 인식 변화 양상

앞장에서는 대략적으로 세종부터 성종에 이르는 시기의 조선의 기자 인식 양상을 살폈다. 이번에는 16세기의 기자 인식 변화 양상을 살피기로 한다.

사림은 비록 성종대에 이르러 言官職에 진출하면서 훈구파를 견제하는 정치세력으로 부상하게 되지만, 16세기 전반에는 사화로 부침을 겪다가 선조대에 이르러서야 비로소 정권을 장악하게 된다.

한영우[183]에 따르면, 16세기 전반기에는 비록 국가차원에서는 기자가 크게 관심을 끌지 못하였으나, 기자사당에 대한 제사는 계속됐을 것이며 그 제사와 관련된 箕子像은 세종 때 작성된 변계량의 기자사당 비문이 표준이 되었을 것으로 예상된다. 그 이유로는 명종 17년(1562) 2월에 조정에서 기자의 〈홍범구주〉와 武王에 대한 不臣이 논의[184]되고 있는 것을 보면 이때의 箕子像이 이러한 자료에 근거하고 있음을 짐작케 한다.

그러나 이 시기 在野 사림 문인들이 지은 『東國史略』 및 『標題音註東國史略』에서의 기자 인식은 정부차원과 성격을 달리하고 있다.

박상(1474~1530)이 지은 『東國史略』(1519~1530년경)은 중종대 재야 사림의 기자 인식 일면을 반영할 수 있다고 할 수 있는데, 이 책에서 주목되는 점은 기자가 조선에 온 뒤 무왕의 책봉을 받았다는 서술이다. 이는 앞선 『東國通鑑』에서 '武王封于朝鮮, 都平壤'으로 막연하게 무왕의 책봉만 언급한 것과 다른바, 여기에서는 '先立國, 後受封' 說을 따름으로 기자의 독립성을 은근히 내세우고 있다. 또한 그는 기자의 치적을 '仁賢之化'의 측면에서만 평가하고 절개 혹은 〈홍범〉 등에 대하여 언급하지 않은 점이 특이하다. 이는 박상이 기호사림의 일인으로 그의 역사 및 문화의식이 영남사림과는 약간 다르다는 점에서 이해할 수 있으며, 또한 사림이 추구하는 정치방향이 군

---

183 한영우, 「고려-조선 전기의 기자 인식」, 『한국문화』3호, 서울대학교 규장각 한국학연구원, 1982, 45면.

184 『명종실록』 28권, 17년(1562) 2월 25일. 惟吉曰: "武王見箕子, 問何事耶?" 啓賢曰: "〈洪範〉九疇, 是也." 樑曰: "比干死, 微子逃, 箕子傳道於武王, 何耶?" 毅中曰: "不傳之武王, 則相傳之道絶矣. 雖不臣事, 萬世公道, 不可以此而絶之."

주의 도덕성과 관련된 왕도에 역점을 두었기에 기자 인식에 있어서 節義보다는 仁賢에 비중을 크게 두었다는 점으로 이해할 수 있다. 그가 쓴 『東國史略』에서 기자의 '仁賢之化'에 주목한 이유도 이러한 王道 이념의 투영일 것으로 보인다.

그리고 유희령(1480~1552)의 『標題音註東國史略』(1530~1552경)은 명종대 사림의 역사 인식을 반영하였다고 할 수 있는데, 이 책에서 독특한 점은 기자의 성이 子氏, 이름은 須臾라고 이름하고 그가 중국인들을 데리고 조선에 온 뒤에 무왕이 그를 조선에 봉하여 殷의 祭祀를 받들게 하였다는 새로운 내용을 밝히고 있다는 점이다. 또한 그는 이 책에서 기자의 '仁賢之化'로 인하여 '人民歡悅, 以大同江比黃河作歌頌禱其君'이라는 새로운 내용을 첨가하고 있다. 전반적으로 볼 때, 이 책의 기자 서술은 여느 사서보다 기자의 행적에 관한 내용이 상세할 뿐만 아니라 조선에서의 행적에 큰 비중을 둔 특점이 있다. 또한 이 책에서는 『東國史略』과 마찬가지로 무왕에게 〈홍범〉을 전수하였다는 내용을 삭제하였고, 기자가 자발적으로 조선에 온 뒤 주무왕이 그를 책봉하였는데, 그 목적은 신하로 삼으려는 것이 아니라 은나라 제사를 받들게 하기 위한 것이라고 서술하고 있다. 그리고 이 책에서는 단군조선에 대한 서술도 새로운 내용을 많이 담고 있는바, 예전 사서에 없는 桓因, 桓雄, 檀君, 扶婁 등 4代의 역사를 기술하고, 단군의 아들 扶婁가 제후모임에 참석하여 禹임금에게 조회했다는 내용을 서술하고 있다. 그의 이런 특이한 기자 인식과 조선 고대사에 대한 이해는 그의 선조가 세조대의 훈신이라는 점과 관련이 있을 것으로 여겨지나, 한편으로는 16세기 중엽의 기자에 대한 일반적 이해를 반영하였을 수도 있다.

위의 두 사서는 사적으로 편찬된 것이고, 주로 향촌 자제의 역사 교육을 목적으로 한 교재였다는 점에서 국가 차원의 인식과는 다르다. 따라서 이 시기 사림의 기자 인식은 통일된 것이라고 보기에는 무리가 따른다.

16세기 후기에는 사림이 본격적으로 집권하면서 기자에 대한 인식은 보다 전면화 되고 강조된다. 이 시기는 단군과 비길 때 기자 문화에 대하여 도학적 분위기를 바탕으로 일변도적인 평가로 기울어지는 시기라고 볼 수 있다.

윤두수(1533~1601)는 기자에 대한 조·중 양국의 방대한 관계 자료를 뽑아 『箕子志』를 편찬하는데, 그 원인은 그가 선조 10년(1577)에 명에 謝恩使로 갔다가 중국인으로부터 기자에 대한 질문을 받고 제대로 답변하지 못함[185]으로 비롯된다. 그러나 정작 그의 기자 인식을 잘 보여주는 자료는 그가 쓴 〈平壤志序〉이다.

> 평양은 箕子의 옛 도읍이다. 성의 남쪽에 井田을 시행한 지역이 있으니, 구획이 분명하고 도랑이 방정하여 천 년이 지났어도 오히려 三代 때의 제도를 볼 수 있다.…… 『書傳』에 이르기를, "기자는 주나라가 석방시켜 주는 것을 차마 견딜 수 없어서 조선으로 도망쳤다. 武王이 그

185 李珥, 〈箕子實記〉: 尹公斗壽曾奉使朝天, 中朝士人多問箕子之爲, 尹公病不能專對. 旣還, 乃廣考經史子書, 裒集事實及聖賢之論, 下至騷人之詠, 撫而成書, 名曰『箕子志』.

> 소식을 듣고서 朝鮮侯에 봉하였다." 하였고, 涵虛子가 이르기를, "기자는 중국인 5천을 이끌고 조선에 들어갔는데, 시서·예악·의술·음양술·점술을 익힌 무리와 온갖 장인들이 모두 따라서 갔다." 하였다. 그렇다면 지난날의 백성들은 모두가 殷나라의 지배층과 주나라의 頑民들로서 이곳으로 피해 와 정착한 것이니, 首陽의 淸節과 같고 島上의 義士와 흡사하다고 할 수 있다.[186]

그는 여기에서 '기자가 조선으로 도망친 후 책봉을 받은' 기록을 받아들이고, 涵虛子의 '중국인 5천명을 거느리고 입국'하였다는 관점을 수용하고 있다. 특히 그는 이들을 백이와 숙제 및 한나라 초에 田橫을 따라 자살한 500인의 의사 등에 비견하여 높이 평가하고 있다. 그리고 이 글에서는 기자가 주나라에 입조하였다는 서술이 보이지 않는다.

비록 윤두수의 『箕子志』는 그 여느 사서보다도 기자의 사적을 많이 수집하였으나, 저자의 일관된 관점이 드러나지 않는다. 이 점을 극복하기 위하여 편찬된 것이 바로 이이의 〈箕子實記〉이다.

이이는 『箕子志』의 자료를 기초로 기자가 동래하기 전의 행적- 기자의 조선 건국- 멸망 과정 순으로 서술하고, 그 뒤에 기자조선의 世系와 曆年數를 개괄적으로 밝히고 있다. 이 글에서는 '주무왕에게 〈홍범〉 전수', '不臣하고 조선에 동래하여 건국', '무왕이 기자를 조선

186 尹斗壽, 『梧陰遺稿·平壤志序』卷三: 平壤, 箕子之舊都. 城之南, 有井地, 區畫分明, 溝塍方正, 千載以下, 猶可見其三代之制焉…… 『書傳』曰: "箕子不忍周之釋,走之朝鮮. 武王聞之, 因以朝鮮封之." 涵虛子曰: "箕子率中國五千人入朝鮮, 其詩·書·禮樂·醫巫·陰陽·卜筮之流, 百工技藝, 皆從而往焉云爾." 則曩日之黎庶盡是殷之啤冠, 周之頑民, 避地于此, 爰得我直, 同首陽之淸節, 似島上之義士.

에 봉하였으나 不臣', '기자가 주나라에 입조' 등 說을 수용하고 있다. 그리고 기자의 조선에서의 행적은 대체로 『天運紹統』의 자료로 구성하고 있다.

이 글에서 이이의 기자 인식을 잘 보여주는 부분은 '按說', 즉 결론 부분이다.

> 하늘이 뭇 백성을 내심에 반드시 성현을 내리시어 다스리게 하는 법인데……우리나라에서는 단군이 최초로 출현하였으나 문헌을 알 수 없다. 다만 기자가 조선에 온 뒤로……濟·魯의 나라가 되었으며, 공자가 바다를 건너와 살고싶어하는 뜻을 갖게 되었다. 기자의 업적 중 가장 큰 것은 〈홍범〉을 무왕에게 전수하고 그 나머지를 우리나라에 전하여 천여년 간 그 공적이 빛났으니…… 이는 元聖이 아니고는 될 수 없는 일이다.…… 제나라 사람들은 管仲이나 晏子만을 알고 있으니, 이는 우물 안에 앉아 있는 것이나 다름없다. 洙泗의 儒는 공자의 微言만을 깊이 추구하며, 洛閩의 士는 程朱의 가르침만을 치우치게 전하고 있으니, 이치가 그러할 수밖에 없다. 우리나라는 기자의 망극한 은혜를 입었음으로 마땅히 그의 실적을 집마다 사람마다 익히 알고 있어야 하나 그렇지 못한 것은 群書가 산만하고 배움이 넓지 못한 까닭이라고 한다.[187]

---

187 李珥, 『栗谷全書·箕子實記』卷14: 天生蒸民, 必降聖賢以主之……檀君首出, 文獻罔稽. 恭惟箕子誕莅朝鮮……濟·濟不替, 至於夫子, 有浮海欲居之志. 大哉箕子, 旣陳『洪範』於武王, 道明于華夏, 推其緖餘, 化洽于三韓, 子孫傳祚千有餘年……苟非元聖, 烏能致此……齊人只知有管·晏, 此固不免坐井. 至於洙泗之儒, 深繹夫子微言, 洛閩之士, 偏傳程朱遺敎, 亦其理宜也. 我東受箕子罔極之恩, 其於實迹, 宜家誦而人熟也. 然今之士, 被人猝問, 鮮能條答, 蓋由羣書散漫, 學之不博也.

이 글에서 이이는 기자를 管仲, 晏子, 孔子, 程朱와 대등한 영향을 미친 성인으로 추앙하고 있다. 그리고 이이가 일찍 선조 2년(1569)에 지은 〈東湖問答〉[188]에서 기자를 王道 정치의 최초 구현자로 인식하고 있는 점을 고려한다면, 이이는 〈기자실기〉를 통하여 기자를 孔孟·程朱에 비견되는 동방 도학의 시조로 인식하고 있다고 볼 수 있다.

2) 대명외교 전개 양상

16세기 초에 건국 이래 처음으로 반정을 통하여 연산군을 몰아내고 왕위에 오른 중종이 자신의 정통성을 확보하기 위하여 명에 책봉외교를 전개하여 2년여 만에 명의 승인을 받은 것 외에, 양국의 주요한 외교 사안은 '宗系辨誣'였다.

중종 13년(1518) 4월, 조선 조정에서는 正朝使 이지방이 중국에서 새로 사온 『大明會典』을 본[189] 뒤에야 100여 년 전인 태종대에 이미 명의 허락을 받아 해결된 줄로 알았던 宗系 문제가 해결되지 않았음을 알게 되며, 이로부터 '宗系辨誣' 외교를 개시한다.

그해 조선은 이성계의 出處本末뿐만 아니라 四王弑害의 顚末도 기록하여 주청사 남곤과 이자를 파견하여 종계변무를 진행[190]하지만,

---

188 李珥, 『栗谷全書·東湖問答·論東方道學不行』卷15: 客曰: "吾東方亦有以王道治世者乎?" 主人曰: "文獻不足, 無可攷者. 但想箕子之君于吾東也, 井田之制, 八條之敎, 必粹然一出於王道矣."

189 『중종실록』 32권, 13년(1518) 4월 26일.

190 『중종실록』 34권, 13년(1518) 7월 14일.

그들이 귀환 도중에 치계한 칙서 내용[191]에는 황제가 다만 종계에 대하여 개정을 윤허한다는 내용만 있을 뿐, 四王弑害에 대한 언급은 없었다.

이로부터 조선에서는 종계 문제는 해명된 것으로 보았으나 명이 四王弑害에 대하여 명확한 답변을 주지 않았음으로 또다시 변무주청사의 파견 여부를 놓고 논의가 벌어졌으나, 많은 대신들은 사왕시해 내용 개정이 쉽지 않을 것이라 판단하여 재주청을 반대[192]하여 변무 문제는 더 이상 진척되지 못한다.

바로 이때 명은 한림원 수찬 唐皐를 정사로, 병과급사중 史道를 頒登極詔使로 조선에 파견하는바, 이로서 사장에 대한 중요성이 다시금 부각[193]된다.

이 시기를 보면, 앞선 定德帝 시기에 명에서는 주로 환관을 사신으로 파견하였고, 국내적으로는 조광조 등 사림의 등장으로 도학이 중시되는 분위기가 팽배[194]되어 관리들의 詞章 실력이 크게 쇠퇴한 상황이었다.

---

191 『중종실록』 35권, 14년(1519) 3월 15일.

192 『중종실록』 35권, 14년(1519) 3월 24일.

193 명 조정에서도 가정제가 등극하자, 신하들은 예의의 나라인 조선에 환관으로 사신을 보내어 국가의 위엄이 손상되었으니, 앞으로는 문직 중 진사 출신자를 택하여 보내야 한다고 주청한다. (『明世宗實錄』卷5 正德16年, 辛巳: 巡按山東監察禦史楊百之言: "……今朝廷於諸番國如占城安南及滿剌加等處遇有遣使皆用翰林官或給事中行人銜命以往.況朝鮮比之諸國尤為秉禮之邦, 乃獨遣內臣奉使其辱國損威甚矣!'……"乞今後遣使朝鮮皆於文職中擇進士出身者充之.")

194 『중종실록』29권, 12년(1517) 9월 9일. 史臣曰: "國朝古事, 節日賜酒食、珍膳于近臣, 有時命題製詩. 成廟尤好之, 上亦屢爲之. 時, 趙光祖等, 貴理學, 賤詞章, 每於經筵, 論人主不可作詩, 亦不可令臣下製進, 故節日雖依故事賜酒羞, 而不令作詩."

조선에서는 그 以前인 중종 14년(1519)에 훈구파들이 남곤 등을 중심으로 사림파를 축출하고 세력을 잡으면서 관각문인 이행이 홍문관 부제학으로 소환되고, 그 이듬해에는 홍문관, 예문관의 대제학이 되어 남곤의 뒤를 이어 문형을 잡게 된다.

이행은 대제학으로 된 후 남곤과 함께 사장을 진흥시키는데 힘을 기울였는바, 조광조의 도학정치로 인해 사람들이 경전을 배우는 데만 힘쓰고 문장을 닦지 않았던 풍조를 염려하여 유생은 물론 이미 과거를 거쳐 벼슬에 오른 사람들에게도 문학 실력을 키우도록 한다.

또한 그는 이번 10차 唐皐의 원접사로 임명되어 정사룡, 신광한을 종사관으로 삼고 접반한다. 그 뒤 11차 龔用卿의 원접사로는 정사룡, 12차 華察의 원접사로는 소세양, 13차 張承憲의 원접사로는 신광한, 14차 王鶴의 원접사로는 또다시 정사룡으로, 16세기 전기에는 모두 16세기 관각 시단을 대표하던 문인[195]들이 원접사 직을 수행하게 된다.

한편, 중종은 唐皐의 사행을 매우 중시하였으나, 서울에 마땅한 적임자가 없어 지방 수령들 중 사장 잘하는 인사를 급작스럽게 뽑아 올려 대응하게 한다.[196] 그 뒤 중종은 詞章 勉勵에 적극적으로 나서[197]

---

195 윤채근, 「소세양론: 16세기 사장파의 형식지향적 국면」, 『한국한시작가연구』 4집, 한국한시학회, 1999, 135면.

196 『중종실록』43권, 16년(1521) 12월 12일.

197 『중종실록』17년(1522) 1년) 2월 28일 및 『중종실록』54권, 20년(1525) 5월 19일 기사 참고.

는데, 그 목적은 명과의 외교를 고려한 것이었다. 김안로는 사장을 진흥시켜야 할 필요성을 다음과 같이 지적한다.

> 중국이 우리나라를 귀하게 여기는 것은 문장과 학문이 있기 때문인데, 설사 문신인 祁順 같은 이가 奉命使臣으로 온다면, 이따금 한가롭게 쉬는 장소에서 혹은 놀이를 즐기는 곳에서 應口輒對로 시를 읊고 붓을 잡게 될 것인데 그 필봉을 당해낼 자 그 누구겠습니까. 한두 명 가능한 사람이 있더라도 조정에 가득한 宰臣과 접촉할 때에 장편 대작을 섞어 가며 앞에서 진술해야 하는데, 옆에서 찬조할 수 있는 자는 몇 사람이나 됩니까. 이것뿐만 아니라 지금은 태평 무사하여 참으로 아무 일이 없지만, 간혹 중국에 가서 변명할 일이 있다면 언어가 통하지 않으므로 그 뜻을 다 펴지 못하게 되니, 반드시 문자로 그 뜻을 전달해야 할 것인데 모름지기 그 文辭가 간절한 뒤에라야 족히 마음을 감동시킬 수 있는 것입니다.[198]

중종 24년(1529) 6월에 진위사 이환이 『大明會典』이 재편수 된다는 소식을 듣고 명 예부에 呈文한 내용을 보고[199] 하였는 바, 이후부터 중종은 수차 명에 파견하는 사신에게 『大明會典』개수를 청하거나 개찬에 대한 정보를 알아오라고 명한다.

그리고 중종 32년(1537)에 皇太子誕生詔使 공용경(11차)이 '同修大

---

198 『중종실록』 77권, 29년(1534) 윤2월 24일.

199 『중종실록』 65권, 24년(1529) 6월 3일.

明會典'이란 직함을 가지고 오자, 이들에게 종계 개정을 부탁하기도 하고, 또한 2년 뒤에 화찰(12차)과 설정총이 조선에 오자 종계 단자와 선물을 주어 『大明會典』수정을 주청하는 등 명사들을 상대로 적극적인 외교 활동을 전개한다.

또한 중종 34년 윤7월에 동지사 임권으로 하여금 명에 주청하게 하는데, 그는 '종계 개정을 허락한다'는 칙서[200]를 가지고 온다. 그러나 『大明會典』의 반사가 이루어지지 않아 결국 중종대에는 결과를 볼 수 없었다.

조선에서는 명종, 선조대에도 지속적으로 변무 외교를 전개하여 선조 22년(1589)에야 비로소 명으로부터 상기 오류 바로잡는 내용을 해당 문항에 細注로 附記한 『大明會典』全卷을 받아옴으로서 변무 외교는 막을 내리게 된다.[201]

이 시기 명사들의 특징은 여러모로 종계변무에 간여한 것인데, 이미 언급한 공용경, 화찰 외 15차 사신 許國[202] 등도 도움을 준 것으로 사료된다.

---

200 『중종실록』 92권, 35년(1540) 1월 5일.

201 박성주, 「조선전기 조·명 관계에서의 종계 문제」, 『경주사학』22, 경주사학회, 2003, 참고.

202 『광해군일기』 21권, 1년(1609) 10월 7일: 如許閣老以宗系改正事, 着力周旋.

02
唱和詩에 나타난 기자 인식

1) 〈平壤勝迹〉에서 나타나는 단군·기자 인식

16세기의 기자 담론에서 명사들의 箕封 담론은 뚜렷한 소강상태를 보이고 있다. 15세기 후기의 명사들의 작품 30수[편]에서 箕封이 17차례 언급된 반면, 이 16세기에는 48수에 5차례 언급될 정도로 미미한 편이다. 또한 이들은 다만 '箕封'을 역사를 회고하는 시각에서 다룰 뿐 15세기 후반처럼 현실 정치와는 연계시키지 않고 있다.[203]

물론 이 시기에 중국에서는 양명학자들과 교유하였던 史桂芳(1518~1598)이 소위 기자의 傳授心法의 입장에서 『書瘧補說』을 지었는데, 그는 중국인으로서 처음으로 기자를 조선에 봉했다는 것을 부정하고 있다. 그는 기자가 무왕에게 〈홍범〉을 전수한 뒤에 사라졌

203 10차 正使 唐皐는 〈弔箕子詞〉에서 '裂朝鮮以啓封兮, 均日月之照臨兮. 盖爲賓而不臣兮, 又豈乏毛革之與璆琳兮'라고 읊었고, 11차 正使 龔用卿은 '溪窈窈兮山深兮, 城矗矗兮樹陰兮. 瞻墓門兮有棘兮, 廣封土兮三尋兮'로 읊고 있다. 또한 14차 원접사 정사룡도 '周命維新商運終, 纍囚纔釋即分封兮'는 등 '不臣'으로 대응하지 않는다.

으며 또한 조선은 아주 먼 곳이어서 무왕조차도 봉하기 어려웠을 것이라고 추측하였으며, 나아가 무왕이 조선에 봉하였다는 설을 다만 戰國시기의 망설에 불과하다고 주장하였다.[204] 그러나 이 학설이 당시에 얼마나 영향력이 있었는지는 고증할 방법이 없고, 또한 楊光輝의 고증[205]에 의하면 이 『書瘂補說』은 그가 죽은 뒤 62년만인 淸 順治 16년(1659)에야 증손에 의하여 간행되었다고 하니 당시의 영향력은 한정적인 것 같다.

16세기에 들어서서 명사들이 箕封을 별로 강조하지 않게 되는 이유는 조선이 親明 외교 노선을 견지함으로 인하여 양국이 '조공-책봉'에 기반한 우호관계가 더욱 깊어지고, 또한 요동문제로 인한 영토분쟁이 종식되었기 때문으로 비롯된 것으로 보인다. 양국이 우호관계를 지속적으로 유지하고 있었기에 조선에 온 명사들은 倪謙, 陳嘉猷, 張寧 등처럼 조선의 동향에 촉각을 곤두세울 필요가 없었고, 새삼스레 '기자의 책봉'을 빌어 현실에서의 양국의 '조공-책봉'관계를 강조할 필요성이 없었던 것이다.

---

204 史桂芳, 『四庫全書存目叢書』, 集部, 第127册, 『皇明史惺堂先生遺稿』, 附錄, 『書瘂補說』, 「西伯戡黎說」: 天不能秘斯道, 而洩之河焉, 伏羲神會而書八卦, 然天地精英, 不能盡洩, 又洩之洛龜, 禹神會斯道而敘九疇. 文王、箕子同囚同處, 明夷之地, 靜極理明, 文王演〈易〉, 箕子作〈洪範〉, 河圖、洛書始合. 是箕子之身, 不徒繼羲黃之統, 實繼天地統；不徒為羲黃繼統之身, 實天地繼統之身. 既為羲黃繼統之身, 則歷代之身, 非壹代之身也, 而敢為一代之私耶？既為天地繼統之身, 則天之身, 非我之身也, 而我敢自私其身耶？直待〈洪範〉有托, 而河洛精英, 萬古常明, 是時箕子之身, 乃飄然九霄之上. 朝鮮遠夷, 雖武王不得知, 安得而封之？所云：封于朝鮮而不臣, 此戰國策士之言, 謬甚妄甚！蔡先生(蔡沈)引之為集註, 不亦誤乎！

205 楊光輝, 「『皇明史惺堂先生遺稿』」, 『古籍正理硏究學刊』2, 东北师范大学古籍整理研究所, 2001.

그리고 이미 앞장에서 살폈지만 1~6차 명사들은 기자조선만 강조하고 단군조선(혹 단군)에 대하여 무관심한 태도를 보이는 면이 많았다. 6차 원접사 서거정이 이에 반발하여 기자 관련 차운작에서 단군을 소개하였고, 이는 7차 정사 董越의 〈朝鮮賦〉에서 단군이 소개되는 결과를 낳았다.

이 시기의 기자 창화에서의 하나의 뚜렷한 특징은 10~12차에 걸쳐 양국 문사들이 〈平壤勝迹〉에 기자사당, 기자무덤 및 단군사당을 포함시켜 함께 읊었다는 점이다.

사실 15세기 후반에 조선에 온 1~8차 명사들은 평양에서 별로 관광하지 않은 것으로 보인다.[206] 그러나 16세기에 들어선 후 10차 唐皐로부터 평양 명승지에 대한 관광 코스가 증가되고, 이로부터 그들이 평양 명승을 읊은 작품이 많이 지어진다.

당고는 사행 임무가 있는지라 서울로 가는 길에는 다만 대동강을 간단히 유람하고, 돌아오는 길에 평양에서 본격적으로 관광한다. 그는 七言律詩 〈登練光樓〉, 五言長詩 〈平壤登眺〉, 五言律詩 〈登浮碧樓〉, 五言絕句連作 〈平壤勝迹〉 및 文 〈練光亭記〉를 짓는다.

당고의 〈平壤勝迹〉에는 錦繡山, 牧丹峰, 大同江, 德巖, 酒巖, 綾羅島, 白銀灘, 麒麟窟, 朝天石, 井田遺制, 乙密臺, 練光亭, 快哉亭, 風月樓, 浮碧

206 1차 倪謙은 서울로 다녀오는 길에 평양에 들려 각각 1박하였을 뿐 관광하지 않았고(『遼海編』중 日誌 참고); 2차 陳鑑은 부벽루를 관광(詩作 남김); 3차 陳嘉猷도 부벽루를 관광(詩作 남김); 4차 張寧은 확인 불가(작품 없음); 5차 金湜은 부벽루 관광(詩作 남김); 6차 祁順은 부벽루 관광(詩作 남김); 7차 董越은 부벽루 관광(詩作 남김); 8차 艾璞은 부벽루 관광(詩作 남김) 등, 그들은 평양에서 별반 관광하지 않은 것으로 사료된다.

樓, 箕子墓, 文廟, 檀君祠, 箕子祠, 東明王祠 등 20개 자연 및 인문 경물을 음영 대상으로 설정하였으며, 이로부터 〈平壤勝迹〉 계열의 작품이 한동안 지속적으로 창작된다.

그러나 〈平壤勝迹〉 중의 題詠 대상은 고정 불변한 것이 아니[207]었는 바, 특히 13차 張承憲은 바로 앞서 온 사신 화찰이 '문묘'를 뺀[208] 것에 주목하여, '단군사, 기자사, 기자묘, 동명왕사'를 제외시키고 16詠을 읊[209]는다. 그 뒤 〈平壤勝迹〉은 소강상태를 보이다가 21차 명사 朱之蕃과 梁有年에 의하여 16詠으로 지어졌고, 23차 劉鴻訓, 楊道寅에 의하여 일부 승적[210]이 음영되었을 뿐이다.

본고에서는 〈平壤勝迹〉 연작시에 실린 해당 계열의 작품에 다하여 살펴보고자 한다. 해당 작품은 아래의 도표와 같다.

---

207 副使 史道의 경우 〈平壤勝迹〉에서 箕子墓를 제외한 19詠, 11차 龔用卿은 挹灝樓를 추가하여 21詠, 副使 吳希孟은 挹灝樓와 乘碧亭을 추가하여 22詠을 읊었다. 그리고 12차 華察은 공용경의 21景에서 文廟를 삭제하여 20詠을 읊었다.

208 화찰은 '予謂文廟不宜混入'라며 문묘를 〈평양승석〉 대상에서 제외시켰다.

209 〈平壤勝迹舊二十一詠. 鴻山太史謂文廟不宜混入, 爲二十詠. 予謂雖檀君, 箕子, 東明王宜如文廟例, 作十六詠, 仍次雲岡韻.〉 장승헌은 사행 임무를 마치고, 조선이 國喪中이라는 이유로 한강 관광을 사절(『인종실록』 2권, 1년(1545) 24년) 5월 2일 기사 참고)하였으며, 평양 유람도 하지 않았다. 그는 다만 전임 사절들의 〈平壤勝迹〉 시를 보고 차운하여 지었을 뿐이다.

210 이들의 경우에는 〈平壤勝迹〉 연작시로서가 아니라 〈浮碧樓〉, 〈井田〉, 〈酒巖〉, 〈白銀灘〉, 〈麒麟窟〉, 〈乙密臺〉, 〈綾羅島〉, 〈德巖〉등으로 각각 지었다.

〈平壤勝迹〉 箕子·檀君 작품표

<table>
<tr><th>회</th><th>창작자</th><th>문체</th><th>작품명</th><th>계</th></tr>
<tr><td rowspan="4">10차</td><td>당고(正使)</td><td rowspan="8">五絕</td><td>〈檀君祠〉, 〈箕子墓〉, 〈箕子祠〉(각 1수)</td><td rowspan="4">〈檀君祠〉 4수
〈箕子墓〉 2수
〈箕子祠〉 4수</td></tr>
<tr><td>이행(원접사)</td><td>次韻 각 1수</td></tr>
<tr><td>사도(副使)</td><td>〈檀君祠〉, 〈箕子祠〉(각 1수)</td></tr>
<tr><td>이행</td><td>次韻 각 1수</td></tr>
<tr><td rowspan="2">11차</td><td>공용경(正使)</td><td>〈檀君祠〉, 〈箕子墓〉, 〈箕子祠〉(각 1수)</td><td rowspan="2">〈檀君祠〉 2수
〈箕子墓〉 2수
〈箕子祠〉 2수</td></tr>
<tr><td>오희맹(副使)</td><td>〈檀君祠〉, 〈箕子墓〉, 〈箕子祠〉(각 1수)</td></tr>
<tr><td rowspan="4">12차</td><td>화찰(正使)</td><td>〈檀君祠〉, 〈箕子墓〉, 〈箕子祠〉(각 1수)</td><td rowspan="4">〈檀君祠〉 4수
〈箕子墓〉 4수
〈箕子祠〉 4수</td></tr>
<tr><td>소세양(원접사)</td><td>次韻 각 1수</td></tr>
<tr><td>설정총(副使)</td><td rowspan="2">七絕</td><td>〈檀君祠〉, 〈箕子墓〉, 〈箕子祠〉(각 1수)</td></tr>
<tr><td>소세양</td><td>次韻 각 1수</td></tr>
<tr><td>합계</td><td colspan="4">〈箕子墓〉 8수, 〈箕子祠〉 10수, 〈檀君祠〉 10수.</td></tr>
</table>

아래에 양국 문사들이 지은 〈平壤勝迹〉 연작시를 통하여 그들이 단군과 기자 인식에 어떤 미묘한 차이를 드러내고 있는지 살펴보기로 한다.

일단 명사들은 단군을 조선의 始祖라고 인식하고 있다. 11차 正使 龔用卿은 〈檀君祠〉에서 다음과 같이 읊고 있다.

檀君開國土　　단군이 국토를 개척하여
誅茅樹區宇　　터를 닦고 나라를 세웠네.
至今邦之人　　지금토록 이 나라 백성들은
稱爲朝鮮祖　　조선의 시조라고 부른다오.

이 시에서 공용경은 단군의 사적을 담담히 읊고 있다. 그러나 〈箕子祠〉에서는 사뭇 다른 심경을 드러내고 있다.

古墓蔓藤蘿　　등 넝쿨 뻗은 옛 무덤은
屹立檀君右　　단군의 오른 쪽에 우뚝 서있네.
丹青儼如故　　丹青은 엄연히 옛날과 똑 같은데
春秋薦椒酒.　　봄과 가을에 椒酒를 올리네.

이 양자를 비교해보면 공용경의 단군과 기자에 대한 의식 성향은 뚜렷이 드러난다. 그는 〈箕子祠〉에서는 기자사당에 오늘날에도 조선인들이 해마다 기자사당에 술을 올려 제사지낸다는 표현으로 은근히 기자에 대한 존숭을 높이 평가하고 있다.

참고로 공용경은 조선에 많은 관심을 갖고 董越의 〈朝鮮賦〉의 뒤를 이어 〈續朝鮮賦〉를 지으려고 계획했던 인물이다.

> 상사(공용경)가 말하기를, "모든 州·府·郡·縣의 관작·제도와 풍속, 산천의 명승지를 하나하나 써 주시기 바랍니다. 〈續朝鮮賦〉를 짓고 싶습니다."하므로, 상이 말하기를, "말씀대로 하겠습니다."하니, 상사가 말하기를, "董先生이 일찍이 〈朝鮮賦〉를 지었습니다마는, 단지 서쪽 지방 일대의 것만 기록했을 뿐입니다. 그러나 나는 온 사방의 것을 다 알고 싶습니다. 일찍이 옛 역사를 통하여 고려의 일은 대강 알고 있습니다. 그러나 時王의 일은 세태에 따라 禮樂과 文物을 잘 조정하였으므로 찬란하게 잘 갖추어지기가 이때와 같은 적이 없었습니다. 바라건대 빠

> 짐없이 모두 기록하여 우리들에게 주신다면 한 편의 賦를 지어 그 훌륭함을 기록하겠습니다."[211]

그는 비록 조선 전국을 소개하는 〈續朝鮮賦〉를 지으려 계획하고 조선 조정에 해당 자료를 요청하였으나, 나중에 『使朝鮮錄』만 짓는다. 그는 주동적으로 단군사당, 기자사당을 배알[212]하였고, 『使朝鮮錄』에 '出使의 예'와 '邦交의 예'를 규정하여, 차기 사신들이 의례 규범을 갖추도록 전범[213]을 마련한다.

즉, 요점은 명사가 아무리 단군에 대하여 잘 알고 있을지라도 외교적 의례로 단군사당을 배향할 수는 있지만, 남다른 감회가 생기기는 어려운 것이라는 점이다. 중국과 그리고 단군과 기자와의 비교 속에서 은근히 기자를 우위에 놓으려는 의식도 잠재되어 있음을 발견할 수 있다. 공용경의 경우, 그들이 서울에 도착한 뒤에 연도에 지은 작품들을 내놓았기에, 조선 문사들은 해당 작품에 차운하지 않았음으로 이에 대한 조선 문사들의 대응 및 인식을 살필 수 없다. 다음에는 양국 문사들이 창화가 이루어진 작품을 비교하여 고찰하기로 한다.

---

211 『중종실록』 84권, 32년(1537) 3월 15일.

212 『중종실록』84권, 32년(1537) 3월 4일.

213 일례로 공용경의 '出使의 예'에는 사신이 반드시 성균관 문묘를 알현하도록 규정하였는데, 전임인 10차 당고, 사도 일행이 서울에 와서 문묘를 알현하지 않고 돌아감으로 인하여 조선에서 물의를 일으켰던(『중종실록』 43권, 17년(1522) 1월 8일) 일이 재현되지 않도록 미리 제약하고 있다.

10차 正使 唐皐는 〈檀君祠〉에서 다음과 같이 읊고 있다.

開國何茫然	나라를 연 것이 얼마나 아득한가?
朝鮮此鼻祖	이분이 조선의 비조이시다.
荊棘非剪除	가시나무를 자르지 않았던들
伊誰樂東土	그 누가 동토를 낙원으로 만들 수 있었겠나!

1·2구에서 당고는 단군이 나라를 세운 것이 얼마나 오래된 일이냐고 묻고 그를 조선의 시조라고 긍정하고 있다. 물론 단군이 요 임금과 같은 시대의 인물로 소개되고 있으니, 아득히 먼 과거가 아닐 수 없다.

정작 이 시에서 좀 더 세밀하게 뜻을 음미해야 할 점은 3·4구이다. 당고는 이 구절들에서 단군이 가시밭을 헤치는 어려움을 이겨내며 나라를 세웠기에, '그 누'가 이 나라 조선을 낙원으로 만들 수 있었다고 읊고 있다. '그 누구'는 곧바로 이어지는 〈箕子祠〉에서 나타난다.

崇祀近檀君	제사 드리는 사당이 단군사와 가까워
春秋擊牛豕	봄가을에 소와 돼지를 잡는구나.
八條今幾存	八條가 지금 몇이나 남았는고
東國尊化理	동국에서는 교화를 존숭하네.

이는 조선에서 내세우는 '朝鮮始祖檀君' 및 '後朝鮮始祖箕子'의 위상과 맞물리는 것으로, 당고는 이 양자를 '開國'과 '敎化'로 시상을 배

분하여 읊고 있다.

'開國' 공로가 크냐? 아니면 '敎化' 공로가 크냐? 시인은 선뜻 답을 주지 않았다. 그러나 단군의 '開國'은 아득한 먼 시대의 일이고, 기자의 '八條 敎化' 는 현실적(?)으로 그 흔적이 아직도 남아있으니 그 답은 자명한 것이다. 또한 그도 '동국에서는 교화를 존숭하고 있다'는 표현으로 은근히 기자를 우위에 놓고 있다.

다음에는 이에 대한 원접사 이행의 대응을 보기로 하자.

〈次檀君祠韻〉

生與陶唐竝	요 임금과 같은 시대에 살아
東邦爲始祖	이 나라 동방의 시조로 되시었네.
保祐我蒸民	우리 백성들을 보우하고
萬世享玆土	만세토록 이 땅의 제사를 받고 있네.

陶唐氏는 요 임금의 호이니, 이행은 단군이 그와 같은 시대에 조선을 창건하여 이 나라의 시조로 되었다고 읊고 있다. 그리고 조선의 시조인 단군이 영원토록 이 나라 백성들을 보살펴주시고 또한 존숭받고 있다고 읊고 있다. 그리고 그는 곧 이어지는 〈次箕子祠韻〉에서

春秋修祀事	봄가을로 늘 올리는 제사에
豈無羊與豕	어이 양과 돼지가 없을소냐
永世思無斁	영원토록 변함없이 사모하리라
洪疇明至理	〈홍범구주〉는 지극한 이치 밝혔느니

라고 읊고 있다. 기자도 〈홍범〉으로 조선에 교화를 끼쳤으니, 단군과 마찬가지로 영원토록 존숭할 대상임은 틀림없다. 그러나 이행은 이 나라 조선을 영원토록 보우할 이는 단군이라고 강조하고 있다.

당고와 이행의 작품을 비교해보면 그들 각자의 지향성이 드러난다. 그들은 각각 '자국인'과 '외국인'이라는 관점에서 단군 및 기자에 대한 순위 평가가 달라지고 있음을 발견할 수 있다.

이번에는 12차 正使 華察과 원접사 소세양의 창화를 살펴보기로 하자.

〈箕子祠〉

檀君昔分土	단군은 옛적에 땅을 나누어
東方聿胥宇	동방에 나라를 세웠다네
永垂開國勳	개국한 공훈은 영원히 전해져
百世稱宗祖	百世토록 시조로 불리우네

화찰은 단군의 행적을 사적에 근거하여 간단히 읊고 있다. 그리고 곧바로 이어지는 〈箕子墓〉에서는 다음과 같이 읊고 있다.

春茆刺綠苔	봄의 순채가 푸른 이끼를 찌르고
短碣倚荒臺	낮은 비석이 황량한 누대에 기대어 있네
九原如可作	구천에서 어찌 다시 일어나리오
清風百世來	청풍은 百世에서 불어오네

이 시에서도 역시 담담하게 기자 무덤을 읊고 있다. 화찰은 조선인들의 민족적 정서를 비교적 잘 이해하는 의식이 여러 작품에서 발견된다. 그는 〈同盧河次雲岡韻〉에서 '同盧河 강물은 깊어서 바닥이 보이지 않고, 들리는 말에 기자 때부터 봉함을 받았다 하네(同盧河水深無底, 見說分封自箕子).'로 읊고 있고, 또한 산문 〈遊漢江記〉에서는 통사의 말을 인용하여 '조선은 기자 때로부터 봉함을 받아, 왕조가 수차 바뀌었다(朝鮮自箕子始封, 凡幾易世矣).'고 서술하고 있다. 즉, 이러한 글에는 단군조선이 먼저 있었고, 나중에 기자가 봉함을 받았다는 조선의 역사 인식에 공감하는 입장을 취하고 있는 것이다.

다음에는 소세양의 차운작을 보기로 하자.

精靈閟達山	精靈은 아달산에 숨었고
千古儼祠宇	천고에 사당이 엄연하구나
香火禮不衍	제사를 드리는 예에 어김없으니
永爲東方祖	영원히 동방의 시조이시네

소세양은 단군이 나중에 아달산에 몸을 숨겼다는 전고를 사용하여 그의 행적을 밝혔고, 조선의 숭앙을 받는 영원한 시조라고 칭송하고 있다. 그는 또한 곧바로 이어지는 〈次箕子墓韻〉에서

象箸既不戒	상저를 경계하지 않았으니
誰能諫瑤臺	그 누가 瑤臺를 간언할 수 있나

黍離無限恨　　　기장의 한이 끝없는데
玉馬又東來　　　옥마 또한 동국으로 왔구나

紂王이 신하들의 충언을 듣지 않은 사적을 이용하여 기자가 간언할 수 없는 이유를 밝히고, 은나라 폐허를 보고 느끼는 한은 끝없지만 기자는 동국으로 왔다고 읊고 있다. 바로 기자가 조선에 왔기에 조선은 중국으로부터 인정받는 문명국으로 될 수 있음으로, 소세양은 긍정적으로 기자의 동래를 인식하고 있는 것이다. 은근히 기자의 동래를 칭송하는 분위기가 드러나고 있다. 그나마 이들에게는 단군과 기자를 우위를 비교하는 경향이 적게 나타나고 있다.

이처럼 양국 문사들은 단군 및 기자 창화를 통하여 내심 이 양자에 대한 우위를 은근히 평가하기도 하는 면도 나타나고 있지만, 해당 창화를 통하여 중국인들이 단군에 대한 인식을 넓혀감에 있어서 긍정적인 역할을 하고 있다.

2) 〈洪範〉에 대한 인식

앞선 내용소에 대한 통계를 통하여 이 시기에 〈홍범〉에 대한 담론이 활발하게 진행되고 있음을 발견할 수 있었다. 그러나 이런 명사들의 해당 담론들은 기자가 〈홍범〉을 중국에만 전수하였고, 조선에는 다만 八條敎만 시행했다는 인식이 주류를 차지하고 있다.

16세기에 이르러 조선에서도 성리학에 대한 이해가 깊어져 기자가 조선에 전수한 〈홍범〉이 후대에 전해지지 않았다는 관념[214]이 주류 인식으로 자리 잡기 시작한다. 이와 비슷한 인식은 조금 늦은 뒤의 인물인 최립(1539~1612)의 글에서 더욱 뚜렷이 드러난다.

> 기자가 殷나라 紂王의 시대를 당하여 조선으로 몸을 피할 적에, 무왕이 그의 뜻에 따라 조선에 그를 봉해 주었으니, 그러고 보면 그 道라는 것도 이미 동방으로 옮겨 왔다고 해야 옳을 것이다.
>
> 그렇긴 하지만 기자가 조선을 다스릴 적에 설정해 놓은 八條의 규약이라는 것을 보면, 중국의 선진 문화를 가지고 뒤떨어진 변방의 민족을 변화시켜 보려는 뜻만을 조금쯤 볼 수 있을 따름이요, 요컨대 洪範九疇 속에 서술되어 있는 彝倫과 典訓 등에 대해서는 아예 언급할 엄두조차 내지 못한 것 같은 인상을 갖게 되는 것은 어찌 된 일인가?……
>
> 조선의 경우는 檀君과 堯가 같은 시대에 군림하고 있었던 때가 비록 그 이전에 있었다고 말할지라도, 세상이 아직도 질서가 잡히지 않은 혼돈 상태였기 때문에, 書契에 대해서 듣지 못했을 뿐만이 아니라 結繩의 정사를 백성들에게 펼쳐 새롭게 해 주는 기회조차도 갖지 못하고 있던 처지였다. 이러한 상황에서는 기자가 무턱대고 天道를 보여 줄 수가 없었을 것이니, 백성들이 알아듣기 쉬운 방법을 사용해서 이끌어 주려고 했던 것은 바로 수준의 大小에 따른 적절한 조치였다고 말할 수도 있을 것이다.[215]

214 이황, 『退溪集·戊辰六條疏』卷6: 矧我東方僻在海隅, 箕範失傳, 歷世茫茫. 至于麗氏之末, 程朱之書始至, 而道學可明.

215 崔岦, 『簡易集·洪範學記』卷九: 箕子當紂之時, 避地朝鮮, 而武王因以封之, 則所謂道者

즉, 이 시기 조선에서는 15세기와 달리 기자가 조선에 〈홍범〉을 전수하였지만 失傳 또는 기자가 아예 〈홍범〉을 전수하지 않았다는 인식이 형성되고 있었다.

아래에 우선 보편적인 인식을 보기로 하자. 11차 副使 오희맹은 〈弔箕子墓〉에서 다음과 같이 〈홍범〉과 팔조를 인식하고 있다.

嗚呼! 九疇有範, 八條無窮	오호라! 구주에는 〈홍범〉이 있고 팔조는 무궁하니
變夷爲華, 伊誰之功	오랑캐를 변화시켜 중화로 만들었으니 이는 누구의 공이던가!

그는 기자가 〈홍범〉 중의 八條로 조선을 교화하여 중국과 같은 문화를 공유하게 되었다고 감개무량하여 칭송하고 있다. 이에 원접사 정사룡은 차운작에서 다음과 같이 공감을 표한다.

道在我兮罔僕	도가 나에게 있으니 신복이 되지 않았고
竟胙土兮居東	胙土를 받아 동국에서 사노라
九疇兮敷八條	구주를 진술하고 팔조를 폈고
推吾民兮胞同	우리 백성을 변천시켜 중화와 같게 하였노라.

當亦已柬矣. 然箕子之治朝鮮也, 所設八條之約, 爲稍可以用夏變夷而已, 要於九疇之敍, 彝倫典訓則不啻其不遑, 何哉? ……其在朝鮮, 則雖曰檀君與堯竝立在於其先, 而世尙鴻荒, 非唯書契不聞, 并與結繩之政而未之與更也. 於是箕子不得遽示天道, 而用其籲民之易. 卽大小有宜也.

기자에게는 〈홍범〉이 있었기에 무왕의 신복이 되지 않았고, 무왕으로부터 책봉을 받아 동국에서 살고 있다. 무왕에게는 〈홍범〉을 전했고, 조선에서는 八條로 조선 백성을 교화하여 중화와 같은 문명을 이룩하였다는 인식이다.

14차 사신 王鶴은 〈過箕子廟〉에서

中原道統推傳受	중원의 도통을 전수하시니
絕域民風賴肅雍	변방의 민풍이 숙옹에 힘입었네

라고 기자가 조선에 중원의 道統를 전수했다고 읊고, 곧 이어지는 〈謁箕子墓〉에서는

教澤東人祖	교화와 은택을 내려 동국의 시조가 되었고
書疇周武師	『書經』의 〈홍범구주〉로 주무왕의 스승이 되었네

라고 읊고 있다. 첫 작품에서 기자가 중국의 道統은 전수하여 조선을 교화하여 文明의 시조가 되었다고 하였지만, 그 도통이 〈홍범〉인지 아니면 八條인지는 분명치 않다. 그러나 두 번째 작품에서 對句로 된 내용으로 보면 조선에는 팔조를, 무왕에게는 〈홍범〉을 전수했다는 인식이 자리잡고 있다고 볼 수 있다.

이에 정사룡은 왕학의 〈次過箕子廟韻〉에서 다음과 같이 읊고 있다.

八條秖得開荒僻	팔조로는 황벽한 땅 개척하였지만

九類何曾見變雍　　九類는 그 언제 화목하게 변해짐을 보였던고?

기자가 팔조로 황벽한 조선을 개척하였지만, 그가 무왕에게 전수한 〈홍범〉은 결코 중국의 평화를 도모하지 못하였다고 인식하고 있는 것이다. 여기에서 九類는 각각 五行, 五事, 八政, 五紀, 皇極, 三德, 稽疑, 庶徵, 五福으로 〈홍범〉의 핵심 내용이다. 즉, 왕학이 기자가 道(팔조)로 조선의 민풍을 변화시켰다고 읊은 것에 반해, 정사룡은 기자가 비록 〈홍범〉의 모든 내용을 무왕에게 전수하였지만 중국의 안정을 도모하지 못하였고, 기자가 八條만으로도 조선을 변화시킬 수 있다고 대조하여 읊고 있는 것이다.

다음에는 양국 문사들의 창화시 중 그나마 독특한 인식을 살피기로 하자. 13차 副使 張承憲의 〈謁箕子墓〉은 3·4구에서 다음과 같이 읊고 있다.

陳範他時事　　〈홍범〉을 진술한 것은 훗날의 일이고
開疆聖主貤　　땅을 열어 성스러운 임금으로부터 추증 받았네
公非先着意　　공은 먼저 뜻을 둔 것이 아니고
道自有存時　　도는 간직할 때가 따로 있다네

이 구절에서 장승헌은 기존의 사신들과 달리 기자가 〈홍범〉을 무왕에게 전수한 시기를 東來하여 조선에서 나라를 세운 책봉을 받은 뒤의 일로 인식하고 있다. 즉 그의 인식은 『尙書大傳』의 기록에 근거하고 있는 것이다. 이에 원접사 신광한은 다음과 같이 읊고 있다.

未應思授聖	도를 성인에게 전수하는 일을 고려하지 않았다면
非故欲居夷	왜 구이에서 살고자 하였겠는가?

신광한은 장승헌의 해당 인식에 공감하며, 기자가 동래한 이유를 나중에 聖人인 무왕에게 〈홍범〉을 전수하기 위함이라고 해석하고 있다.

이 시기 15세기와 다른 인식은 기자가 원수인 무왕에게 〈홍범〉을 전수한 이유에 대한 인식이다. 10차 副使 史道는 〈箕子樂府二章擬古體〉 제2수 〈洪範對〉에서 다음과 같이 인식하고 있다.

囚子身, 是子主	죄수의 몸이나 당신은 나의 주인,
谏可行, 身亦可死	간언은 할 수 있으나 몸도 죽어야 하네.
釋子囚, 是子讐	죄수에서 풀어주나 당신은 나의 원수,
道可與言, 心則不可求	道는 말할 수 있으나 마음은 얻을 수 없다네.
武王初下車, 問道非問紂	무왕이 금방 수레에서 내려,
	道를 물었지 紂를 물은 건 아니었네.
知子自是夷齊流,	당신이 夷齊와 같음을 알고 있기에
直爲傳心一開口	다만 마음을 전하고자 입을 열었네.

이 작품에서 사도는 기자가 원수인 주무왕일지라도 道는 전수할 수 있다는 관점을 드러내고 있다. 여기에서 夷齊는 伯夷와 叔齊를 가리킨다. 이미 앞장에서 서술하였지만 이들 둘은 주나라가 은을 멸망시킨 뒤, 주나라의 곡식을 먹지 않겠다고 수양산에 들어가 고사리를

캐먹다 굶어죽은 사람으로 역시 공자로부터 仁者라는 평가를 받은 사람들이다.

무왕은 기자의 절의를 잘 알고 있기에 그의 뜻을 존중하여 道만을 물었다는 것이다. 더 소급하여 해석하면 이는 무왕이 기자의 不臣의 뜻을 존중하여 조선에 봉하고도 신하로 삼지 않았다는 인식에 기반하고 있다. 같은 시기의 正使 唐皐는 이에 앞서 지은 시-〈拜箕子墓〉 제2수에서도 같은 인식을 드러낸다.

謾道歸周未齒任　　周에 귀의함이 직임에 맞지 않다 말하지 마소
一篇洪範已傳心　　한 편의 〈홍범〉으로 마음을 전했을 뿐이라네
不臣自是周王禮　　신하삼지 않음은 주왕의 예의건만
虛被頑名直至今　　잘못 뒤집어 쓴 오명이 지금까지 이르는구나

당고는 이 시에서 기자가 무왕에게 다만 〈홍범〉으로 자신의 마음을 전달한 것일 뿐 결코 주나라의 신하로 되기 위함이 아니었으며, 또한 무왕도 기자의 절의를 알고 예를 베풀어 그를 신하로 삼지 않았다고 인식하고 있다. 그럼에도 세상 사람들이 이를 잘못 알고 기자에게 오명을 씌워 여태껏 잘못 전해져오고 있다고 답답해하고 있다.

이 작품이 먼저 지어졌고 그 뒤 얼마 안 되어 副使 사도가 〈洪範對〉를 지은 점은 고려한다면 이들이 말하고자 하는 점은 모두 기자가 원수인 주무왕에게 〈홍범〉을 전한 목적은 다만 도를 전하기 위함이라는 공동 인식을 갖고 있다고 볼 수 있다.

그러나 원접사 이행은 〈次拜箕子墓韻〉 제2수에서

洪範彝倫已自任	홍범의 이륜을 이미 스스로 떠맡은 터
佯狂當日若爲心	거짓 미친 척하던 당시 마음 어떠했더뇨
東方元是不臣地	동방은 원래 신하 노릇 아니한 나라
忠義遺風留至今	충의의 유풍이 여태껏 남아 있도다

라고 읊고 있다. 이행은 〈홍범〉을 전수하기 위하여 거짓으로 미친 척 하였다고, 비록 道인 〈홍범〉을 무왕에게 전수하였지만 신하로 되지 않았고 그 절의가 현재까지 조선에 남아 있다고 읊고 있다.

사실 이와 비슷한 시기에 조선 조정에서도 기자가 무왕에게 〈홍범〉을 전한 이유에 대한 담론이 전개된다.

> 정유길이 묻기를, "무왕이 箕子를 보고 무엇을 물었는가?"하니, 박계현이 답하기를, "洪範九疇에 대해서였습니다."하였다. 이양이 묻기를, "比干은 죽고 微子는 도망갔는데, 기자가 道를 무왕에게 전한 것은 무엇 때문이었는가?"하니, 윤의중이 답하기를, "만약 무왕에게 전하지 않는다면 역대 제왕들이 서로 전해 왔던 道가 끊어지게 될 것입니다. 비록 신하로서 그를 섬기지는 않는다 해도, 萬歲의 公道를 이 때문에 끊어지게 할 수는 없었던 것입니다."[216]

216 『명종실록』 28권, 17년(1562) 2월 25일.

즉 조선에서도 세상에서 道脉이 끊어지게 할 수 없기에 기자가 원수인 무왕에게 〈홍범〉을 전수하였다고 인식하고 있는 것이다. 이러한 인식은 최립의 〈洪範學記〉에서도 잘 드러나고 있다.

> 道는 洛書에 드러나 있다. 만약 禹에게 낙서를 보여 주지 않았다면, 도 자체를 하늘이 폐한 것이 될 것이니, 하늘이 그런 일은 원래 할 수가 없었을 것이다. 도는 〈홍범〉에 갖추어져 있다. 그런데 그 〈홍범〉의 내용을 들은 사람은 바로 箕子이다. 기자 역시 도를 폐할 수는 없었을 것이니, 그 내용을 周나라 武王에게 전해 준 것 역시 부득이한 일이었을 것이다. 그렇기 때문에 『史記』를 보면 무왕이 기자를 찾아와 물을 때에도, 단도직입적으로 "天道를 밝히기 위함이다."라고 말했던 것이다. 기자가 소유한 도는 천도이니, 이 도는 기자 일개인에 국한된 도가 결코 아니다.[217]

이행으로 놓고 말하면, 당시 조선에서는 기자가 무왕에게 〈홍범〉을 전수한 이유에 대한 기본 인식이 자리 잡고 있었기에, 명사들의 인식에 동조하여 새삼스레 '갑갑해'할 필요가 없었던 것이다.

위의 논의를 종합하면 이 시기에 〈홍범〉에 대한 인식에서 15세기의 기존의 인식 외에 일부 명사들이 기자가 무왕에게 〈홍범〉을 전수한 시점 및 이 이유에 대하여 새로운 인식이 나타나고 있음을 발견

---

217 최립, 같은 글: 道形於洛書, 而不以畀禹, 則道自天廢, 而天固不能也. 道在於『洪範』, 而聞範者箕子也. 箕子不能廢道而傳諸武王, 亦不得已也. 故『史記』武王訪問箕子而直曰: "以天道明" 箕子所有道者天道, 而非亶箕子之道也.

할 수 있다.

3) 佯狂에 대한 인식

이 시기에 '佯狂' 담론의 특징은 직설적인 '佯狂'이 적게 언급되고 은밀한 표현인 '明夷' '隱忍', '被髮' 등의 비중이 크게 늘어나고 있다. 물론 이 때에도 15세기에 나타났던 기자의 양광은 그 이유를 알 수 없다는 견해가 지속적으로 나타난다.

11차 正使 龔用卿은 〈謁箕子廟〉에서 다음과 같이 읊고 있다.

人知周室下車訪	사람들은 무왕이 수레에서 내려 방문한 것은 알고 있으나
誰識當時被髮心	누가 기자가 당시 머리를 풀어헤친 마음을 알 수 있으리오

사람들은 무왕이 기자를 방문하여 가르침을 청하여 〈홍범〉을 전수한 사실은 알고 있으나, 그 누구도 기자가 머리를 풀어헤치고 거짓으로 미친 척한 이유는 모르고 있다. 12차 正使 華察은 이를 발전시켜 〈謁箕子廟次雲岡韻〉에서 이를 다음과 같이 읊고 있다.

若爲隱忍不同死	만약 隱忍하기 위하여 같이 죽지 않았다면
須信佯狂獨苦心	佯狂하여 혼자서 노삼초사한 마음을 믿어야 한다네

화찰은 공용경의 韻字를 빌어 기자가 비간과 달리 죽지 않고 꾹 참고 거짓으로 미친 척한 그 마음을 의심치 말고 믿어야 한다고 주장하고 있다. 즉 기자의 마음을 알 수 없지만, 그가 佯狂한 이유가 있으니 의심치 말고 믿어야 한다는 인식을 바탕으로 하고 있다. 아마 이는 많은 사람들의 마음을 대변하였을지도 모른다.

이에 원접사 소세양도 차운작에서 공감하고 있다.

可憐宗社圖存日	가엾도다, 종묘사직의 보존을 도모하던 때에
誰識先生不去心	뉘가 선생이 떠나지 않은 마음을 알았으리

소세양은 기자는 결국에는 사직을 보존하기 위하여 거짓으로 미친 척 하면서도 떠나지 않았다고 인식하고 있다. 후세에 많은 사람들이 그의 佯狂을 해석하려 하였으나, 결국에는 공자의 仁賢 평가를 벗어난 재해석을 시도할 수는 없었던 것이다.

때문에 기자의 양광에 대한 해석은 仁賢의 테두리 안에서 해석될 수 밖에 없고, 다른 二仁과의 비교를 통하여 기자의 佯狂을 해석하는 것이 그 이유를 밝히는 방편이 될 수도 있는 것이다. 10차 正使 唐皐는 〈弔箕子詞〉 14~16구에서 다음과 같이 읊고 있다.

豈無器之可抱兮	어이 안고 갈 祭器가 없었고
與可剖維此心	쪼개어 보일 마음이 없었을쏘냐
奈象箸之不可諫兮	象箸를 보고 간언할 수 없었고
又何有乎于王之箴	王에 대한 箴言도 소용이 없었네

明夷于火之伏地兮　　明夷는 밝은 지혜를 감추어
道始顯於周王之虛衿　도가 비로소 주무왕의 허심에서 나타났네

이 구절에서 당고는 기자를 공자가 평한 三仁 중의 다른 두 인물인 미자와 비간을 언급하며, 기자도 그들이 이미 각각 행한 행위를 할 수는 있지만 그러지 않았다고 주장하고 있다. 또한 주왕에게 간언 및 일깨워주는 말을 하여도 부질없었음으로 지혜를 감추어 거짓으로 미친 척 하였고, 이로서 허심하게 가르침을 청한 무왕에게 〈홍범〉을 전수할 수 있었다고 읊고 있다. 이 시에서 당고는 기자의 佯狂한 행위를 『周易』의 明夷로 해석하고 있다.

이러한 해석은 이 시기의 조선의 문신 김인후(1510~1560)에게도 나타난다. 그는 〈佯狂爲奴論〉에서 다음과 같이 주장하고 있다.

어찌 차라리 죽어서 은나라 망하는 꼴을 보지 아니하고, 차라리 떠나가서 화가 몸에 미치지 아니할 것을 헤아리지 아니했으리오만, 죽어도 무익한 죽음이라면 죽는 것만이 제일은 아닐 것이요, 떠나가도 명분이 없다면 떠나가는 것을 조촐하다고만 아니할 것이다. 길이 생각하고 돌아보곤 하여 그 權을 얻어 그 中을 씀에 있어서는 마땅히 도로써 몸에 따르게 하고 의로써 명에 처하게 하여, 放曠으로 形을 잊고 厮賤으로 일을 하되 오직 처하기를 편안히 하고 욕되지 않은 바가 있게 하는 것만 같지 못하다.

이렇게 하는 것은 몸을 욕되게 하는 것이 아니라 바로 몸을 보전하는 것이요, 그 몸을 보전하는 것은 바로 그 도와 의를 보전하는 것인 동

> 시에 끝내는 그 국가를 보전하고자 한 것이며, 일이 반드시 이루어지지 못하고 때가 회복될 수 없다는 점에 이르러는 미리 염려할 바가 아닌 것이니, 일이란 혹 그렇게 되는 수도 있고 때란 마침 이르러 오는 수도 있는 것인즉 죽지 않고 떠나지 않고 천하고 욕되는 데에 甘心한 것은 어찌 다른 일이 있어서랴.
>
> 세상 사람들이 혹은 다만 몸 보전하는 것만으로 지극하다 하며, 도와 의가 존재하고 편안한 것은 살피지 못한다면 어찌 족히 선현을 논할 수 있으랴. 『역경』에서 이르기를 "안은 어려우되 능히 그 뜻을 바로 한다" 또는 "기자의 명이이니 정하고 이롭다."라 했으니 이로써 지극하다 하겠다.[218]

김인후의 이 해석도 실은 공자의 三仁論에 근거하여 그것을 자신의 논리로써 부연 설명하여 제시하고 있을 뿐이다.

주희의 再傳弟子이자, 남송 말기 理學의 大儒로 불리는 眞德秀(1178~1235)는 일찍 『西山讀書記』에서 공자의 三仁 평가를 기술한 뒤 그 다음에 주희의 주석을 첨부하고, 맨 나중에는 '『사기』에서 세 사람의 일과 공자께서 말씀하신 것과 선후가 다른데 그 이유는 무엇입니까?'라는 물음에 다음과 같이 답하고 있다.

---

218 김인후, 『河西全集·佯狂爲奴論』: 豈不料其寧死而不見商之淪喪也, 寧去而不待禍之及己也. 死而無益, 則不以死爲是也; 去而無名, 則不以去爲屑也. 長思却顧. 得其權而用其中, 宜莫若以道徇身; 以義處命, 忘形於放曠, 服役於厮賤, 而惟處之安, 有所不辱. 此非以辱身也, 乃以全身也. 全其身, 乃所以全其道與義, 而終欲以全其國家也. 至於事之不必濟, 時之不可復者, 非其所豫慮也. 事有或然, 而時有適至, 則不死不去, 而甘心於賤且辱者, 豈其他哉. 世之人, 或只以全身爲至, 而不察於道與義之所存所安. 則何足以論聖賢哉. 『易』曰:"內難而能正其志", 又曰"箕子之明夷利貞", 其至矣乎?

> 『사기』에서 기록한 것은 일의 실상이며, 여기에서는 일의 어렵고 쉬운 것으로 선후의 차례를 삼았기 때문이다.[219]

이미 2장에서 살폈듯이 공자는 『論語·微子』에서 '미자-기자-비간' 순으로 서술하였다. 그러나 『史記』중 〈宋微子世家〉에서는 '기자-비간-미자' 순으로 된 반면, 〈殷本紀〉에서는 '미자-비간-기자' 순으로 되었으며, 〈周本紀〉 '비간-기자'로 배열되었을 뿐 이 부분에서는 미자에 대한 언급은 없다. 때문에 여기에서 가리키는 것은 〈宋微子世家〉라는 추론이 가능하다. 그리고 일의 어렵고 쉬운 순으로 차례를 삼았다는 것은 비간의 死諫을 제일 어려운 일로 보았다고 해석할 수 있다. 때문에 일부 명사들은 기자의 佯狂을 비간과 비교하는 인식도 나타나고 있다.

19차 正使 黃洪憲은 〈箕子廟〉 제1수에서 다음과 같이 읊고 있다.

憂國忍甘先遯迹	나라 걱정에 달갑게 참고 먼저 숨어 살았고
剖心何益更批鱗	심장을 쪼개본들 더욱 임금을 노엽힐 뿐 무슨 이익 있으랴

그리고 이어 제2수에서는

忍死力難回白日	참고 죽지 않아도 힘으로 밝은 세상 돌릴 수 없으나

219 史所書者事之實, 此所記者以事之難易為先後耳!

佯狂心可質皇天	佯狂한 마음은 가히 하늘에 물을 수 있다네

기자가 나라 걱정에 달갑게 거짓으로 미친 척하여 숨어 산 이유는 비간처럼 간언하다가 죽어도 임금만 노엽힐 뿐 그 어떤 이익도 없기 때문이다. 그럼에도 그의 힘으로는 은나라 세상으로 되돌릴 수가 없고, 간하다 죽어도 임금만 더 노엽힐 뿐 쓸모없으니, 나라를 걱정하여 숨어 살았다. 그렇지만 자신의 힘으로는 밝은 세상으로 돌릴 수 없었다. 그럼에도 우국충정이 있었으니 佯狂한 마음은 하늘에 물어도 떳떳하다는 것이다. 그럼에도 이 인식에는 비간의 死諫이 제일 어렵하는 인식을 전제로 하고 있다.

이에 원접사 이이는 〈차운작〉에서 다음과 같이 답한다.

敢將韜晦爲身地	어찌 감히 자취 감춰 자신 처지만 위하랴
秖是艱貞不愧天	어려움 속을 바르게 살아 하늘에 부끄럽지 않았네

비록 자신을 감추어 명철보신하였지만 바르게 살았기에 하늘에 부끄럽지 않다는 것, 明夷는 공자의 三仁과 더불어 기자의 佯狂을 합리화 하는 또 다른 이론적 무기로 되고 있다.

이 시기 기자의 佯狂 인식은 기존의 사람들은 그의 마음을 이해할 수 없다는 해석 외에, 『論語』타 2명의 仁賢과 비교하여 인식하는 현상이 나타나고 있다. 그러나 이 시기 역시 15세기와 마찬가지로 공자의 三仁 평가 위에서 인식되고 있다.

03
唱和賦에 나타난 李珥와 王敬民의 인식

16세기 후기에 19차 副使 王敬民이 〈謁箕廟賦〉 1수를 지었고, 이에 이이가 창화한다. 해당 두 작품은 모두 전형적인 3단 구성을 갖고 있는바, 아래에 '序-本-亂'의 순서로 고찰하기로 한다.

1) '序詞'의 양상

우선 왕경민의 〈謁箕廟賦〉 중의 서문을 보기로 한다.

> 나는 河南 華西 사람으로, 이르기를 화서는 옛날 기자의 封地라 한다. 처음에 성인 殷太師가 箕지역을 采邑으로 하였음으로, 箕子라 불렀다. 오늘날 읍에는 기자대가 드높은 學宮의 뒤에 있다. 臺의 끝에 洪範堂이 지어져 있고, 그곳에는 木主가 설치되어 있다. 봄가을에 제수를 올리니, 그 시기는 長遠하다. 나는 弱冠의 나이에 그곳에서 독서하였는데, 매번 〈九疇〉의 뜻을 풀이할 때면 번번이 머리 숙여 천 년 전의 일에 감개무량하며 생각이 남아 말하기를 "이곳은 성인 은태사의 첫 封國이니

> 라."고 하였다. 곧 그 뒤에 조선에 봉해져 멀리 만 리나 떨어져 있었으나, 옛 나뭇가지, 고향으로 신령이 이 사이를 왕래하여 방불히 나의 羹墻에 뜻을 밝혔을지도 모른다. 실로 말하지 않아도 황명을 받들고 오늘날 東藩에 몸소 와서 조서와 칙서를 반포하고 직접 사당의 모습을 뵈니, 마치 진짜 인물을 보는 듯하다. 氣가 서로 감응한다고 이른다면 결코 우연이 아니라고 헤아릴 수 있다. 뿐더러 끼친 덕화가 아직 남아 있어, 그 나라의 임금과 신하들이 가히 예를 갖추고 신임을 돈독히 할 수 있기에 대를 이어 東藩이 되고, 이 또한 내가 즐겨 말하는 것이다. 하여 〈箕廟賦〉를 짓노라.[220]

이 글에서 왕경민은 해당 작품을 짓게 된 연유를 밝히고 있다. 전술하였듯이 그는 기자의 옛 封地인 화서에서 태어난 인물로, 기자에 대하여 무척 관심을 갖고 있다.

다음에는 이이의 서문을 보기로 하자.

> 평양은 기자의 옛 도읍이라, 사당을 세워 혼령을 봉안하고 춘추로 제사를 받들고 있으며, 西華[221]는 기자가 처음 봉해진 땅이라, 역시

---

220 蓋余爲河南西華人, 云西華故箕地. 初, 聖師食采於箕, 故稱箕子. 今邑中有箕子臺, 巍然學宮之後. 臺之端建洪範堂, 木主設焉. 春秋實俎豆之, 其所從來長遠矣. 余弱冠讀書其中, 每繹〈疇〉旨, 輒低徊興感於千百載之前而有餘思, 曰: "此聖師初封國也." 即其後封朝鮮, 縣隔萬里, 然故枝首丘, 神將往來其間, 而彷彿志吾羹墻, 未可知也. 實不謂奉上命如今日躬詣東藩, 以播诏勅而獲瞻竚其廟貌, 如親見之. 謂爲氣之相感, 而數之不偶非邪. 且遺化猶存, 其國之君臣率能秉禮惇信, 而世爲東藩, 又余所樂道者. 於是〈箕廟賦〉作焉.

221 중국 하남성 일대를 가리킨다.

> 사당을 두어 치성을 하고 있으니, 해내와 해외의 간격이 없는 것이다. 명나라 萬曆 10년(1582) 겨울에 給事中인 王儆五 王선생이 황제의 명을 받들고 우리나라에 와서 조서를 선포하였다. 선생은 바로 서화 사람으로서 소시에 홍범당에서 학문을 닦아 그 주법의 뜻을 탐구하고 인성의 은택에 젖어 온지 오래이다. 이제 마침 만 리 바깥 기자의 나라에 이르러 사당을 우러러 보고는, 주위를 배회하면서 감흔한 나머지 드디어 그 사실을 일필로 진술하되 마치 구슬을 돌리듯 하여, 조금도 수식함이 없다. 그러나 말은 풍부하고 의미는 심원하여, 성현을 높이고 옛 도를 추모하는 뜻이 말 밖에 넘친다. 하물며 우리 동방 사람은 성사의 망극한 은혜를 받았고 그 남긴 기풍과 오래된 습속이 어제 일처럼 방불한데 그 아름다운 공렬을 찬양하는 말이 없을 수 있겠는가. 이에 감히 황졸함을 헤아리지 않고 차운하여 올리는 바이다.[222]

이 글에서 이이 역시 차운부를 짓게 된 연유를 밝히고 있다. 이 글에서 우선 王敬民의 글을 찬미하고 있으니, 이는 역시 양국 문사들의 상투적인 수법으로 이해하여야 할 것이다. 총체적으로 볼 때 이이와 黃洪憲, 王敬民의 문학적 교류는 비교적 즐겁게 진행되었다고 보아도 무방할 것이다.

---

222 平壤是箕子故都, 立廟安靈, 春秋毖祀. 而西華是箕子始封之地, 亦有祠揭虔, 無間海內外焉. 皇明萬曆十年冬, 給事中儆吾王先生奉命宣詔于我國. 先生是西華人, 少時鍊玉于洪範堂, 紬繹疇範之旨, 薰沐仁聖之澤素矣. 今於萬里之外, 適到箕子之邦, 瞻仰廟貌, 徘徊興感, 遂賦陳其事. 一筆轉環, 不加點綴, 而辭富旨遠, 尊賢感古之意溢於言表. 況我東人受聖師罔極之恩, 遺風舊俗髣髴猶昨, 其可無辭以揚休烈乎? 玆敢不揆荒拙, 次韻以呈.

{1} 조사와 공이 賓主로 성대하게 만나 서로들 敬畏하는 가운데 한껏 즐거워하며 만족스러운 시간을 보내게 되었으니, 이는 容齋와 湖陰이 조사와 수창한 일을 두고 아직도 사람들이 일컫고 있는 近古의 故事를 훨씬 능가하는 것이었다고 하겠다.[223]

{2} 이해 겨울에 黃洪憲, 王敬民 두 詔使가 나오므로, 명을 받고 원접사가 되어 境上에 나가서 그들을 영접했는데, 향연을 베풀고 술잔을 나눌 때에 미쳐 공이 스스로 멀리 떨어져 올라가서 拜禮를 하니, 황 조사가 공을 가리켜 譯官에게 묻기를, "어쩌면 저리도 山林의 기상이 있단 말인가. 혹 우리들을 위하여 산림의 선비를 억지로 불러들인 것이 아닌가?"하자, 역관이 말하기를, "三場壯元으로 오랫동안 玉堂에 몸담아 있었고, 중년에는 비록 고향에 물러가 있었으나, 相府의 찬성으로 들어온 지도 또한 수년이 되었습니다." 하니, 두 조사가 경의를 표하여 심지어는 율곡이라 칭하고 이름을 부르지 않았다.[224]

{3} 명나라 사신 黃洪憲과 王敬民이 올 때에, 공이 遠接使로서 도중에서 시를 酬唱하였는데 붓을 잡으면 바로 완성했는데도 말과 뜻이 모두 아름다웠다. 이에 사신이 탄복하여, "고수다, 고수!" 하며 몹시 禮敬하여 반드시 율곡 선생이라고 불렀다. 작별하게 되자 손을 잡고 간절히 사모하여 눈물까지 흘리기에 이르니 사람들이 말하기

---

223 崔岦, 『簡易集·稀年錄·栗谷文集跋』卷九: 旣而賓主間聳然相敬, 驩然得得, 遠勝近古容齋湖陰時事之在人耳口者, 斯亦足以觀公之未嘗有詩.

224 李恒福, 『白沙集·栗谷先生碑銘』卷4: 黃·王兩詔使來, 命儐于境, 及饗牢修爵, 公自懸間登成拜, 黃問: "是何有山野氣? 得無爲皇華起耕釣耶?" 譯人曰: "壯元三場, 盛之玉堂久矣. 中歲雖退處鄉園,入贊黃扉, 亦有年矣." 兩使起敬, 至稱栗谷而不名.

를, "詔使가 儐相을 사랑하고 존경한 일은 전고에 없던 일이다." 하였다.[225]

자료[1]은 최립(1539~1612)의 『栗谷文集』을 위하여 쓴 발문이고, 자료[2]는 이항복(1556년~1618)이 이미 작고한 이이를 위하여 쓴 묘지명이다. 물론 이 두 문장은 모두 율곡을 미화, 칭송하는 성격을 띠지만 대체적으로 참고할 수 있다. 자료[3]은 후대의 실학자 이긍익(1736~1806)의 글이다. 그가 실증적인 방법으로 찬술한 『燃藜室記述』은 객관성, 공정성 등[226]을 확보하고 있어 참고할 가치가 있다. 즉 위의 자료들을 살펴보면 당시 이들의 수창이 비교적 즐겁게 이루어졌다고 볼 수 있다.

2) '本詞'와 '亂曰'의 전개 양상

본격적인 논의에 앞서 우선 두 작품 全文을 비교[227]하여 고찰하기로 한다.

---

225 이긍익, 『燃藜室記述·宣祖朝故事本末』卷18. 한국고전번역원.

226 이존희, 「연려실기술(燃藜室記述)의 분석적 고찰 - 이긍익의 역사의식을 중심으로」, 『한국학보』7, 일지사, 1981, 150면.

227 왕경민의 해당 작품은 번역문을 찾을 수 없어 필자가 직접 번역하였는데, 많은 오류를 범했을 것으로 사료된다. 이이의 次韻賦는 다른 번역본도 참고하였으나, 주로 『국역 율곡전서』(이진영 역) 중의 역문을 참고하여 필요에 따라 고쳐 썼음을 밝혀둔다.

왕경민	이이
(1) 恭承天辟之休命兮, 播尺一於朝鮮 황제의 아름다운 명을 삼가 받들어 조선에 전하러 오게 되었노라	(1) 夫何明宮之岌嶪兮, 耀朝暉而色鮮 저 명궁은 어찌 그리도 높은가 아침 햇살이 비추어 선명하구나
(2) 震符啓而解澤流兮, 曆東徼而究宣 震符를 열고 은택을 베푸시니 만력황제께서 동방으로 순행하게 하여 펼치누나	(2) 肅將禮而敷衽兮, 人文之始宣 엄숙히 예모를 갖추어 옷깃을 여미고 인문이 비로소 베풀어지던 때를 소급해 본다
(3) 紛道俗不殊函夏兮, 郁爲華其綿延 道俗이 어지럽기는 중국이 다르지 않아 그 찬란함을 이어가지 못하여 답답하네	(3) 昔玄鳥之啓商兮, 迄帝乙而祚延 옛날 현조가 상나라를 탄생시켰더니 제을에 이르기까지 그 국운이 뻗쳤네
(4) 即沐大造而砥礪兮, 遺教實遵乎仁賢 천지와 같이 갈고 닦아 遺教를 실로 좇아 仁賢으로 되었네	(4) 咸明德而愼罰兮, 君六七兮聖賢 모두 덕을 밝히고 형업을 삼갔으니 6-7명의 임금이 성현이었네.
(5) 用是追大人之遐軌兮, 忽感乎蒙難而迍邅 때문에 大人의 자취를 좇아가니 홀연히 환난을 당하여 어렵게 되었네	(5) 何期獨夫之恃命兮, 謇君子兮道邅 어찌 예측하였으랴. 獨夫가 천명을 믿자 정직한 군자의 말 길이 막힐 줄을
(6) 當狡童悖亂此大道兮, 謂生不有命在天 狡童이 이 大道를 어지럽히고 나의 명은 하늘에 달려 있지 않은가 하였네	(6) 結怨毒兮謂無傷, 曾不念獲戾于上天 怨毒을 맺는 것을 예사로 여기고 하늘 죄 얻음을 생각하지 않았네
(7) 既昌披而不用聖言兮, 珍異好四方其益堅 昌披를 하고 성인의 말씀을 듣지 않았고 사방의 진기한 명물을 좋아함이 더욱 굳어졌네	(7) 噫! 太師遭此明夷兮, 抱艱貞而彌堅 아! 태사가 이런 명이 시대를 만나 어려운 때에 바른 도리를 더욱 굳게 지켰다
(8) 傷進死併命而無益祀兮,又奚忍蹈興亡吾國之 愆목숨 바쳐 간함은 宗祀에 도움이 안 되고,	(8) 豈不知反覆而熟諫兮, 恐我辟之彰愆 어찌 되풀이하여 익히 간할 줄 모르랴만 자기 임금의 허물을 드러낼까 염

또한 어찌 우리나라를 망하게 한 잘못을 다시 범하는 것을 참을 수 있으랴

(9) 恐不祥之爲我累兮, 適梅伯醢而足憐
不祥한 행위는 아마 나의 죄일 것이니
마침 매백이 젓 담겨져 슬퍼했네

(10) 保明哲與之俯仰兮, 被髮佯狂而爲之奴
명철함을 보전하여 현실에 부앙하였고
머리를 풀어 헤지고 佯狂하여 노예로 되었네

(11) 昏無邪而隤不息兮, 大易之明夷而莫之渝
어두우나 사특함이 없었고, 고달팠으나 쉬지 않았으며
正大한 『역경』의 明夷를 변치 않았네

(12) 終不揆余之中情兮, 時托琴以自吁
끝까지 내 맘속의 회포를 헤아리지 않아
늘 거문고에 의탁하여 스스로 탄식했네

(13) 及天命之既改而訪於周武兮, 將序倫立法之是圖
天命이 이미 바뀌었기에 무왕을 방문하여
서술하여 立法을 도모하였네

(14) 陳洪範而皇極建兮, 與大禹之所敘而同符
〈홍범〉을 서술하여 황극을 세워
우 임금의 서술과 꼭 부합되었네

(15) 闡幽微宏深之經言兮, 固授聖而以謨
은미하고 숨겨진 경서의 말을 드러내고 밝혀

려하였다

(9) 豈不知高逝而行遯兮, 憫靈修兮誰憐
어찌 훨훨 떠나가 숨을 줄 몰랐으랴마는,
영수를 가엾게 여겼던 것이다.

(10) 肆內明而外晦兮, 甘隱忍而爲奴
그러므로 안으로는 밝은 마음을 가지고
밖으로는 어두운 모습을 하고서
달갑게 꾹 참고 종노릇을 하였다.

(11) 炳丹心兮獻于先王, 勖自靖兮之死不渝
빛나는 일편단심은 선왕에게 바치었고,
스스로 지키는 깨끗한 절개는 죽어도 변할 수 없었다

(12) 如林之衆一散于牧野兮, 羌自絕兮云何
숲처럼 많은 군중이 목야에서 흩어지자,
아! 이제는 그만이로다 슬퍼한들 무엇하랴

(13) 吁! 覽武烈于湯有光兮, 不授法而何圖
무왕의 공렬이 탕왕보다 더 빛남을 보고
법을 전수하지 않고 무엇을 도모하랴

(14) 諄諄洪範之既陳兮, 前後聖兮一符
순순히 〈홍범〉을 진술하니,
전후의 성인이 하나로 부합되었다

(15) 夫孰知八百之姬業兮, 寔鞏基於嘉謨
그 누가 아랴! 8백년의 희업이
이 아름다운 모유에서 굳게 기반

성인에게 법도를 전수하였네

(16) 奉朝鮮以示不臣兮, 俾東民其咸蘇
조선을 봉함받아 不臣의 뜻을 나타냈고
동국 백성들로 하여금 모두 살아나게 했네

(17) 撫平壤而光宅兮, 盡海表而式孚
평양을 어루만져 도읍으로 삼았고
바다 바깥을 다하여 미덥게 하였네

(18) 惟宗祀之永以續兮, 儼開城而稱孤
다만 宗祀가 영원히 지속되게 하여
정중히 성문을 열고 왕이 되었도다

(19) 德無陋而人無遠兮, 導殊俗而改趨
덕은 누추함이 없고 사람은 먼 곳이 없으니
색다른 풍속 인도하여 바르게 고쳤노라

(20) 風振達而禮儀遵兮, 夫惟聖師之故也
기풍이 振達하고 예의를 지키니
이는 다만 성인 태사 때문이었다

(21) 業迄茲而光且美兮, 承而不能舍也
업적은 이어져 빛나고 아름다우니
계승할 뿐 버릴 수 가 없네

(22) 日踵武而長終兮, 曆億載而惟此度
말씀하시기를, 오래도록 계승하어
억만년 간 다만 이를 법도로 하라

(23) 道化垂法何炳以晬兮, 故迴闊循軌而盆內附
왕도의 교화, 드리운 법을 어떻게

된 줄을

(16) 念周德是天輔兮, 民相慶於來蘇
생각건대 주의 덕은 하늘이 도운 바요,
백성은 서로 내소에 대해 경하하지만

(17) 顧余志罔爲臣僕兮, 指九天而爲孚
자신의 뜻을 돌아보면 신복이 될 수 없어
구천을 가리켜 맹세하였네

(18) 一葦兮泛泛渡海, 敢辭夫投荒而迹孤
한 척의 일엽편주 띄워 바다를 건너니
황지에 떨어져 외로워짐을 감히 사양하랴

(19) 王乃敬賢而表忠兮, 不咈乎夫子之所趨
무왕은 이에 賢者를 존경하고 충정을 기려
부자가 추향한 바를 거스르지 않았다네

(20) 畫朝鮮而建國兮, 夫惟不臣之故也
조선을 그어서 나라를 세워주었으니
오직 신하로 여기지 않기 위한 때문이었네

(21) 君子居兮何陋, 莅殊域兮不忍舍
군자가 살면 무엇이 누추하랴.
이역에 임하였으나 차마 버릴 수 잆있다네

(22) 介鱗兮易以衣裳, 蚩蚩兮繩以法度
개린을 의상으로 바꿔 입히고
어리석은 백성들은 법도로 다스렸다

(23) 政以德兮化遠, 罄海隅兮歸附
덕으로 정치를 하니 그 교화가 멀리 미쳐가

밝혀 윤택나게 할는지
고로 멀고 넓은 궤도를 따라 복종해서 따름에 도움이 되네

(24) 帝寵嘉而德恩洋普兮, 又申之以詔諭
황제께서 총애하시어 덕과 은혜를 洋普하시고
또한 조서를 반포하시니

(25) 俾東國知皇朝之兼容兮, 雖日際而罔弗惠顧
동국으로 하여금 皇朝의 포용을 알게 하여
비록 먼 곳이지만 왕림하시는 것 같네

(26) 余簡日而謁欵箕廟兮, 念枌楡而憬然如寤
내가 택일하여 기자사당을 배향하니
고향을 그리는 맘을 깨닫기를 꿈에서 깬 듯 싶네

(27) 厥主巍設於正位兮, 斯宇實顯敞而寡仇
木主가 외연하게 正位 설치되었으매
사당이 훤히 트여 시원함이 비할 데가 없구나

(28) 荷梁甍如飛虹兮, 羌居楹而彫璆
荷梁 용마루는 마치 무지개 걸린 듯,
羌居 기둥은 조각한 옥 같구나

(29) 列左墄右平之嚴以正兮, 土木被緹繡而光流
사당에 늘어서서 엄정하니
토목은 비단으로 싸이어 빛이 흐르네

(30) 楝雲遠飛接於百嶽兮, 繚繞攬澄江之悠悠
용마루의 구름은 멀리 날아 백악산에 접해 있고

바다 구석까지 돌아와 귀속되었다

(24) 撫檀君之幅員兮, 教八條兮勤論
단군의 강역을 어루만져서
팔조를 가르쳐 부지런히 깨우쳤다

(25) 煥禮樂兮軼華夏, 民至今猶受惠
예악을 빛내어 중국을 앞질렀으니
백성들이 지금까지 그 혜택을 받네

(26) 甚燭龍之照昏兮, 俔大寐之得寤
촉룡이 어두움을 비춤보다 더 밝으니
깊이 잠든 자들이 깨어나게 된 격이었네

(27) 世綿曆兮千祀, 德厚流光兮其誰與仇
세대의 흐름이 천 년이 넘었으니
두터운 덕 빛나니 그 누가 짝할 수 있으리

(28) 日皇華起敬於祠宇兮, 珮鏘鳴兮琳璆
명나라 사신이 사당에 공경하니
패옥소리 쟁그랑거리네.

(29) 云是箕城之秀士兮, 夙涵泳兮澤流
그는 기성의 수사라고 말하는데
일찍이 은택의 흐름에 젖었다네.

(30) 西華平壤不知其幾千里兮, 想彼此兮思悠悠
서화와 평양이 몇 천리나 되는지 모르겠지만

유유한 맑은 강물 껴안고 감도네

(31) 基實奠玄菟之奧區兮, 階翠柏其長留
실로 玄菟의 명당 터전을 안정시켜
푸르른 잣나무와 더불어 영원토록 남았네

(32) 公德崇報於千禩兮, 典迄今而益周
공의 덕을 숭앙하고 보답하고자 천년 제사를 지내니
법은 지금에 이르기까지 중국에 이롭네

(33) 余歷茲而延佇不能去兮,奠椒漿而薦珍羞
내가 이제 이르러 우두커니 서서 떠나지 못하고
초장을 전하고 제물을 올리노라

(34) 結微情以陳詞兮, 穆將愉乎靈魂
마음을 엮어 진술하노니
정숙한 마음으로 혼을 위로하려 하네

(35) 願顧余以來格兮, 爛昭昭乎如存
내가 와서 흠향하기를 바라니
훤히 밝아짐이 마치 생전과 다름 없네

(36) 夫孰非心之可感兮, 孰非諒余之虔
누가 마음으로 느껴지지 않고
누가 나의 공경심을 헤아리지 않으리오

(37) 假溢我而潛廸兮, 庶舊學服而益有悟於經言
나에게 가탁하여 은밀히 인도하니
유생들이 경서의 말씀을 깨달음에 도움이 되리

생각건대 서로 사모하는 마음 끝이 없으리

(31) 禮之格兮如水在地, 奚必此都之獨留
신의 강림은 마치 물이 땅에 있는 것 같은데
어찌 꼭 이 도읍에만 머무르겠는가

(32) 遺氓瞻玉節而增惻兮, 相排擁乎道周
유민들이 옥절을 쳐다보고 더욱 슬퍼하며
서로 길주변에서 배웅을 한다

(33) 酌瓊漿兮椒醑, 採蘋蘩兮爲羞
좋은 물을 떠서 아름다운 술을 만들고
흰 쑥나물을 캐서 반찬을 만들었다

(34) 靈風至而颯然兮, 髣髴兮迎我聖魂
신선한 바람 시원히 불어와
우리 성혼을 맞이하는 것 같도다

(35) 陟降兮君蒿悽愴, 豈無不亡者猶存
혼 오르내림에 신비로운 향내 물씬 풍기니
어찌 없어지지 않은 영혼이 아직도 남아 있지 않다 하랴

(36) 嗟漢使之揭誠兮, 導邦人以益虔
아! 명사가 지극한 정성을 표하여
동방 사람을 더욱 경건하도록 인도한다.

(37) 永世相傳而不忘兮, 尤有感於敷陳而直言
영세토록 서로 전하여 잊지 않으리니,
흉금을 털어 바른 말 하는데 더욱 감회롭네

亂日: 노래는 다음과 같다. 幸矣哉! 夙慕箕城猶萬里違 다행스럽구나! 일찍부터 箕城을 존숭하였는바 그것이 만리밖이라고 다르랴. 謁祠下而形神依俙兮 사당아래에서 배알하니 形神이 삼삼하네 余爲箕城之後人, 知居歆其庶幾兮 나는 箕城의 後人으로 그대께서 흠향하시기를 바라노라	亂日: 노래는 다음과 같다 噫! 嗟嗟! 君子守身之經兮, 樂行憂違 아! 군자의 몸 지키는 원칙은 즐거우면 행하고 근심되면 떠나는 것이네 猗歟夫子之達權兮, 孰敢望乎依俙 거룩도다, 부자의 통달한 권도여 누가 감히 어렴풋이나마 바라볼 수 있으리 欲鑽仰兮何由, 在極深兮研幾 鑽仰하려 하지만 어디에서 해야 할지? 이는 깊은 뜻을 캐고 幾微를 연구하는 데에 있다네

이는 '鮮, 宣, 延, 賢, 邅, 天, 堅, 愆……' 등 本詞가 37韻, '亂日'이 3韻으로 기자를 읊은 장편 작품이다. 그리고 (25)구의 경우 왕경민은 '俾東國知皇朝之兼容兮, 雖日際而罔弗惠顧'로 '顧'를 운자로 하였지만, 이이는 '煥禮樂兮軼華夏, 民至今猶受惠'로 '惠" 운자를 잘못 사용하였다. 아래에 이 두 작품을 비교하여 살펴보기로 한다.

(1) 형식적 측면

이 양자를 비교해 보면 왕경민은 전편에 걸쳐 '兮'를 비교적 규칙적으로 사용하는 반면, 이이는 변칙적으로 '兮'를 사용하고 있다. 즉, 전자는 騷體의 '○○…兮, ○○…'의 형식을 취하고 있으나, 후자는 이 형식 외에 ① '○○…兮○○…, ○○…兮○○…', ② '○○…兮○○…, ○○…', ③'○○…兮, ○○…兮○○…' 등 형식을 취하고 있다. 本詞 37韻句 중 ①, ②가 각각 5구, ③이 11구, 합계 21구로 심한 변형을 보이고 있다.

왕경민의 騷體로 된 상기 작품은 다른 句式에 비해 서사성보다 서정성이 더 짙은 경향을 갖는 면[228]이 있다고 볼 수 있다.

반면 이이의 次韻賦는 변칙적으로 '兮'을 많이 사용함으로 음운이 유창하지 못한 경향[229]을 드러내고 있다. ②와 ③은 사실 모두 비대칭 경우에 속함으로 2개 경우로 구분하여 구체적으로 고찰하기로 하자.

① '○○…兮○○…, ○○…兮○○…'의 경우:

이이의 해당 작품에서 이런 형식으로 표현된 句는 '(11) 炳丹心兮獻于先王, 勖自靖兮之死不渝', '(21) 君子居兮何陋, 莅殊域兮不忍舍', '(23) 政以德兮化遠, 罄海隅兮歸附' 등이다. 이런 형식은 김성수의 분류에 기준하면 詩歌型으로 분류할 수 있어 큰 문제가 되지 않는다. (11), (23)구에서 "兮'는 없어도 될 虛詞이고, (21)에서는 '兮'가 實詞인 7언구 형식으로 나중에 변화한 옛 형식[230]으로 볼 수 있으나, 좌우가 대칭되지 않아, 음악성이 약화된다.

② '○○…兮○○…, ○○…', ③'○○…兮, ○○…兮○○…'의 경우:

이이의 해당 작품에서 이런 형식으로 표현된 句는 ②는 '(6) 結怨毒兮謂無傷, 曾不念獲戾于上天', '(18) 一葦兮泛泛渡海, 敢辭夫投荒而迹

---

228 김성수, 같은 책, 51면.

229 이이는 賦를 별로 짓지 않았는바, 『栗谷全書』에는 상기 작품 외에 〈理一分殊賦〉와 〈畫前有易賦〉 2수가 더 수록되어 있다. 그중 첫 작품은 騷體로 되었고, 둘째 작품은 混用型으로 되었다. 그러나 둘째 작품의 경우, 변개 부분에서는 '兮'를 사용하지 않았는바, 위의 경우는 처음 나타난다.

230 郭建勛, 『先唐辞赋研究』, 人民文学出版社, 2004, 7면.

孤', '(25) 煥禮樂兮軼華夏, 民至今猶受惠' 등이고, ③은 각각 '(4) 咸明德而愼罰兮, 君六七兮聖賢', '(5) 何期獨夫之恃命兮, 謇君子兮道邅', '(9) 豈不知高逝而行遯兮, 憫靈修兮誰憐' 등이다.

이런 경우는 기존의 騷體 작품에서는 좀처럼 찾기 어려운 예[231]이다. 문제는 이런 독창적인 사용법이 騷體의 서정적 흐름을 방해한다는 점이다. 즉, 다시 말하면 해당 차운작은 서정성보다 서사성에 더욱 치우친 작품으로 보아야 할 것이다.

이미 언급하다시피 이런 형식은 이이의 다른 賦에서도 같은 경우를 찾을 수 없다. 아마 그 이유는 다음과 같은 2가지로 귀결하여야 할 듯 싶다.

첫째, 원접사로서 접빈 업무에 바빠 충분히 작품을 구상할 시간적 여유가 없다는 점이다. 1차 정사 예겸의 〈雪霽登樓賦〉에 차운한 신숙주가 비록 그 즉석에서 차운부를 지었다고 전[232]해지지만 『용재총화』의 기록과 조금 다름[233]으로 믿기 어렵고, 2차 정사 진감의 〈喜晴賦〉에 차운하여 중국에 문명을 알린 김수온도 며칠간 꼼짝 않고 구상하여 지었다고 하니,[234] 차운부는 문재가 뛰어나도 어려운 일이 아닐

---

231 중국 뿐만 아니라, 조선시대에 賦에 능하다고 평가받는 이행, 소세양 등의 작품에서도 그 선례를 찾을 수 없을 정도이다.

232 『성종실록』 56권, 6년(1475) 6월 21일.

233 성현의 『용재총화』에는'(예겸이)又作〈雪霽登樓賦〉, 揮毫洒墨, 愈出愈奇. 儒士見之, 不覺屈膝. 館伴鄭文成不能敵, 世宗命申泛翁成謹甫, 往與之遊.'라고 기록되어 있는데, 이 구절로 보면 예겸이 〈雪霽登樓賦〉를 지은 뒤 정인지가 수창하지 못하자, 세종이 신숙주, 성삼문을 보내어 예겸과 교유하게 하였다는 뜻이다. 즉 신숙주가 〈雪霽登樓賦〉을 지은 것은 즉석이 아닌, 조금 뒤의 일이라는 추리가 가능하다. 그리고 『성종실록』의 내용도 세종대의 일을 기록한 것임으로 사실로 믿기 어렵다.

234 김안로, 『龍泉談寂記』: 明使陳鑑作喜晴賦, 世廟難其人, 召金乖崖守溫曰: "汝試爲之." 乖崖退私宅, 獨臥廳事中, 凝神不動, 兀若僵屍, 締思數日方起, 令人執筆書進, 文瀾沛然,

수 없는데, 도학자로서 시 짓기를 별로 즐기지 않은 이이가 짧은 시간 내에 어렵게 시간을 내어 차운작을 짓기란 여간 어려운 일이 아닐 수 없었을 것이다.

> 중국 사신 王敬民의 〈새벽에 출발하여 조서를 반포하러 가다(早行頒詔)〉라는 시에, "천자의 위엄이 지척에 계신 듯 두터운 정으로 조서를 반포하니, 동국의 의관들이 모두들 절하며 조아리네(天威咫尺頒殊渥, 東國衣冠盡拜稽"하니, 遠接使이신 栗谷 李珥 상공이 그 운에 차운하여 지었다. "은은한 만세 소리 상서로운 안개 드날리니, 삼한의 머리들이 일시에 조아리네(殷殷呼嵩騰瑞霧, 三韓厥角一時稽)" 대개 稽자는 다 仄聲으로 쓰이는데, 왕공이 이미 틀린 것을 율곡이 따라 틀리게 썼으니, 어째서일까? 내가 그 시를 상공에게 평하니, 상공이 곧 운자를 바꾸었다. 그러므로 『皇華集』에 실은 것은 초고와 다른 것이다. 율곡은 재주가 남보다 뛰어났으며, 博識多聞한데도 갑작스러운 상황에서는 이렇게 착오하여 웃음거리를 면치 못할 뻔하였는데, 하물며 재주가 율곡에 미치지 못하면서 이 임무를 맡은 자는 또한 어려운 일이 아니겠는가?[235]

위의 글은 이이가 왕경민의 〈早行頒詔〉 차운으로 벌어진 일이다. 이

辭意貫屬, 韻若天成.

235 권응인, 『松溪漫錄·上』: 王天使敬民之〈早行頒詔〉詩,: "天威咫尺頒殊渥, 東國衣冠盡拜稽." 遠接使栗谷李相公珥甫次其韵云: "殷殷呼嵩騰瑞霧, 三韓厥角一時稽." 蓋稽首之稽, 皆用仄聲, 而王公旣誤, 栗谷襲謬, 何耶? 僕以詩評于相公, 公卽改押. 故『皇華集』所載與草稿不同. 栗谷才氣過人, 博識多聞, 而倉卒之際, 尙有此錯, 幾不免貽笑, 況才不逮栗谷, 而當此任者不亦難乎?

처럼 급히 차운작을 짓는다는 것은 참으로 어려운 일이 아닐 수 없다.

둘째, 앞장에서 이미 서술하였지만, 조선과 중국은 음이 달라서 가사의 음절을 맞추기가 매우 어렵다. 때문에 이이는 차운작에서 왕경민과 더불어 자신의 기자에 대한 뜻을 전달하는데 더 주력하였을 것으로 보인다.

(2) 내용적 측면

이 두 작품을 비교하여 단락을 나누면 아래와 같다.

왕경민	이이
1段: 간단한 창작 동기(1~2구) 2段: 기자의 중국에서의 행적(3~15구) 3段: 기자의 동래 4段: 조선에서의 치적 5段: 시인의 감회 결말: 亂日	1段: 간단한 창작 동기(1~2구) 2段: 기자의 중국에서의 행적(3~17구) 3段: 기자의 동래 4段: 조선에서의 치적 5段: 시인의 감회 결말: 亂日

〈1〉 기자의 중국에서의 행적

왕경민이 이미 서문에서 밝히다시피 홍범당에서 학문은 닦은 사람으로 유종원의 〈箕子碑〉의 내용에 대하여 잘 알고 있다. 그는 이 작품에서 유종원의 해당 주장을 많이 인용하고 있다. 그럼 우선 유종원의 해당 내용을 살펴본 후 논의를 전개하기로 하자.

> 무릇 大人의 道에는 세 가지가 있으니, 첫 번째는 바름으로써 어려운 경우를 견뎌 내는 것(正蒙難)이고, 두 번째는 법도를 성인이 내려 주는

것(法授聖)이고, 세 번째는 교화가 백성들에게 미쳐가는 것(化及民)이다. 殷나라에 어진 사람이 있었으니, 그의 이름은 箕子인데, 실로 이 세 가지 道를 모두 갖추어서 이 세상에서 행한 사람이다. 그러므로 孔子가 六經의 요지를 찬술하면서 더욱더 정성을 들여 서술하였던 것이다.

紂가 나라를 다스릴 당시에 大道가 어그러져서 하늘의 위엄이 진동하여도 경계시킬 수가 없었고, 성인의 말도 쓰이지 않았다. 그러니 比干처럼 죽음을 무릅쓰고 간언을 올려 목숨을 바친 것은 참으로 어진 일이었으나, 기자는 은나라의 宗社에 도움이 되지 않았음으로 그렇게 하지 않았다. 또 微子처럼 武王에게 몸을 맡겨서 은나라의 祭祀를 보존한 것이 참으로 어진 일이었지만, 그것은 은나라와 망하게 하는 일임으로 차마 그렇게 하지 못하였다.

이 두 가지 방법은 이미 행한 사람이 있었다. 하여 그는 명철함을 보전하여 현실에 俯仰하였고, 이것으로 典範을 숨기고서 종으로 있으면서 욕을 당하였다. 그러면서 어두웠으나 사특함이 없었고, 고달팠으나 쉬지 않았다. 그러므로 『周易』의 明夷卦에서 말한 “기자가 스스로를 어둡게 하였다(箕子之明夷)” 한 것은, 바름으로써 어려운 경우를 견뎌 낸 것이다.[236]

위의 논리를 왕경민의 〈謁箕子賦〉와 비교하여 분석해보기로 한다. 왕경민은 5구에서 ‘用是追大人之遐軌兮, 忽感乎蒙難而迍邅(때문에 大

236 柳宗元, 〈箕子碑〉: 凡大人之道有三: 一曰正蒙難, 二曰法授聖, 三曰化及民. 殷有仁人曰箕子, 實具玆道以立於世, 故孔子述六經之旨, 尤殷勤焉. 當紂之時, 大道悖亂, 天威之動不能戒, 聖人之言無所用. 進死以並命, 誠仁矣, 無益吾祀, 故不為. 委身以存祀, 誠仁矣, 與亡吾國, 故不忍. 具是二道, 有行之者矣. 是用保其明哲, 與之俯仰; 晦是謨範, 辱於囚奴. 昏而無邪, 隤而不息.故在易曰 “箕子之明夷”, 正蒙難也.

人의 자취를 좇아가니, 홀연히 환난을 당하여 어렵게 되었네)'라고 읊고 있는데, 여기에서 大人은 유종원이 위에서 말한 세 가지 도를 갖춘 대인은 箕子이고, 蒙難 역시 유종원의 상기 내용에서 인용한 것이다.

다음엔 기자가 佯狂하게 된 이유와 과정을 보기로 하자.

(7) 旣昌披而不用聖言兮, 珍異好四方其益堅

昌披를 하고 성인의 말씀을 듣지 않았고

사방의 진기한 명물을 좋아함이 더욱 굳어졌네

(8) 傷進死併命而無益祀兮,又奚忍蹈興亡吾國之愆

목숨 바쳐 간함은 宗祀에 도움이 안 되고

또한 어찌 우리나라를 망하게 한 잘못을 다시 범하는 것을 참을 수 있으랴

제7구에서 昌披는 굴원의 이소에서 나오는 어휘인데, 주희는 주석에서 '披가 일본에는 被로도 되었으니 옷에 띠를 매지 않은 모양이다'라고 하였으니, 옷도 제대로 입지 않고 성인의 말을 듣지 않았다는 뜻으로, '不用聖言'은 역시 유종원의 글에서 따온 것이다. 제8구에서 죽음으로 간언하는 것은 종사에 도움이 안 된다는 말 역시 이 글에서 인용한 것이다. 아래 구절에서는 인용한 흔적이 더더욱 드러난다.

(10) 保明哲與之俯仰兮, 被髮佯狂而爲之奴

명철함을 보전하여 현실에 부앙하였고

머리를 풀어 헤지고 佯狂하여 노예로 되었네

(11) 昏無邪而隤不息兮, 正大易之明夷而莫之渝

어두웠으나 사특함이 없었고, 고달팠으나 쉬지 않았으며

正大한『역경』의 明夷를 변치 않았네

즉, 왕경민은 유종원이 기자의 佯狂을 해석한 논리를 인용하여 전개하고 있는 것이다. 그리고 그는 다음과 같이 기자가 무왕에게 〈홍범〉을 전수한 과정을 읊고 있다.

(13) 及天命之既改而訪於周武兮 ,將序倫立法之是圖

天命이 이미 바뀌었기에 주무왕을 방문하여

서술하여 立法을 도모하였네

(14) 陳洪範而皇極建兮, 與大禹之所敘而同符

〈홍범〉을 서술하여 황극을 세워

우 임금의 서술과 꼭 부합되었네

(15) 闡幽微宏深之經言兮, 固授聖而以謨

은미하고 숨겨진 경서의 말씀을 드러내고 밝혀

성인에게 법도를 전수하였네

여기에서 왕경민은 기자가 주동적으로 주무왕을 찾아 〈홍범〉을 전수한 것으로 서술하고 있다.

위의 논의를 종합하면 유종원의 '正蒙難' 및 '法授聖'의 과정을 읊은 것으로 요약할 수 있다.

이번에는 이이의 해당 서술을 보기로 하자. 기자의 중국에서의 행적에 대하여 이이는 대체로 자신이 지은 〈箕子實記〉에 기초하여 읊고 있다. 우선 〈箕子實記〉의 해당 기록을 보기로 하자.

> 제을이 죽자 수가 즉위하여 호를 주라고 하였다. 주가 처음에 상아젓가락을 만들자, 기자는 탄식하며 말하기를, "임금이 상아젓가락을 만드니 또 반드시 옥배를 만들 것이고, 옥배를 만들면 반드시 먼 지방의 진귀하고 기이한 물건을 구하여 사용하려 들 것이다. 수레와 말, 궁실 치장에 이르기까지 발단이 이로부터 비롯되어 구제할 수 없게 될 것이다."고 하였다.…… 기자는 말하기를 "상나라는 이제 재앙이 있을 것이니, 우리는 모두 패망하게 될 것이다. 상나라가 패망하여 없어진다 하여도 나는 단연코 타인의 신복이 되는 일은 없을 것이다. 나는 왕자께 떠나감이 도리임을 알리오니, 내가 전에 '제을에게 주를 세우지 말고 왕자를 세우라고' 말한 것이 왕자를 해치게 되었다. 왕자가 떠나지 않으면 우리는 완전히 몰락할 것이고 말 것이니 각자 마땅히 행해야 할 의리를 행함으로써 그 충의를 선왕께 바쳐야 할 것이다. 나는 은둔할 생각이 없다"고 하였다.
>
> 미자는 이에 떠났다. 기자는 주에게 간하였으나, 주는 듣지 않고 기자를 가두어 종으로 삼았다. 어떤 사람이 말하기를 "떠나가는 것이 옳다"고 하자 기자는 이르기를 "남의 신하가 되어 간하는 말이 받아들여지지 않는다고 해서 버리고 간다면, 이것은 임금의 악을 드러내고 스스로 백성에게 환심을 사는 것이니, 나는 그런 짓은 차마 하지 못한다" 하고는 이에 머리를 풀어헤치고 미친 척하여 갖은 곤욕을 당했으며 거

문고를 타며 스스로 슬퍼하였다.[237]

해당 내용은 비록『사기』및 기타 자료에 근거하여 정리한 것이지만 佯狂 부분에서는 뚜렷한 차이를 보인다.『사기』에서는 '기자가 주왕이 자신의 간언을 듣지 않자 다른 사람이 떠나라고 권했지만 떠나지 않고 佯狂하여 노예로 되었다.'고 서술하고 있는 반면, 이이는 〈箕子實記〉에서 '주왕이 기자의 간언을 듣지 않고 그를 구금하여 노예로 삼았고, 그 다음에 어떤 사람이 떠날 것을 권고했지만 떠나지 않고 佯狂하여 곤욕을 당했다'고 서술하고 있다. 즉 이이는 기자의 佯狂을 좀 더 논리적인 측면에서 해석하고자 하는 노력이 엿보인다.

이이는 해당 차운작에서 위의 논리로 기자의 중국에서의 행적을 읊고 있다.

(7) 噫! 太師遭此明夷兮, 抱艱貞而彌堅

아! 태사가 이런 명이 시대를 만나

어려운 때에 바른 도리를 더욱 굳게 지켰다.

(8) 豈不知反覆而熟諫兮, 恐我辟之彰愆

어찌 되풀이하여 익히 간할 줄 몰랐으랴만,

---

237 이이, 〈箕子實記〉: 帝乙崩, 受即位號爲紂. 始爲象箸, 箕子歎曰: "彼爲象箸, 必爲玉杯; 爲玉杯, 則必思遠方珍怪之物而御之矣. 輿馬宮室之漸, 自此始, 不可振也."……箕子曰: "商今其有災, 我興受其敗,. 商其淪喪, 我罔爲臣僕. 詔王子出迪, 我舊云刻子. 王子弗出, 我乃顚隮. 自靖, 人自獻于先王. 我不顧行遯." 微子乃去之. 箕子諫紂, 紂不聽, 囚箕子以爲奴. 人或曰: "可以去矣!" 箕子曰: "爲人臣, 諫不聽而去, 是彰君之惡而自說於民, 吾不忍爲也." 乃被髮佯狂而受辱. 鼓琴以自悲.

자기 임금의 허물을 드러낼까 염려하였다.

(9) 豈不知高逝而行遯兮, 憫靈修兮誰憐

어찌 훨훨 떠나가 숨을 줄 몰랐으랴마는,

영수를 가엾게 여겼던 것이다.

(10) 肆內明而外晦兮, 甘隱忍而爲奴

그러므로 안으로는 밝은 마음을 가지고 밖으로는 어두운 모습을 하고서

달갑게 꾹 참고 종노릇을 하였다.

(11) 炳丹心兮獻于先王, 勖自靖兮之死不渝

빛나는 일편단심은 선왕에게 바치었고,

스스로 지키는 깨끗한 절개는 죽어도 변할 수 없었다.

이 부분은 이이의 〈기자실기〉에서 드러나는 인식과 같은 맥락으로 구성되어 있다. 이 부분에서 기자는 '狡童', '佯狂' 등을 직접적으로 표현하지 않고 '獨夫', '隱忍' 등 간접적으로 표현하고 있다.

〈2〉 箕子의 東來

왕경민은 16구에서 기자가 주무왕의 책봉을 받고 조선에 왔는데, 그의 신하로 되려 하지 않았다고 읊고 있다. 그리고 17·18구에서는 평양을 도읍으로 삼고 왕이 되어 은나라의 종사가 영원토록 이어지도록 하였다고 서술하고 있다. 그는 해당 구절에서 『史記』의 기록을 인용하여 읊고 있다.

그러나 이이의 관점은 그와 다르다. 18~21구에서 기자는 우선 절

로 바다를 건너 조선에 왔고, 주무왕이 나중에 기자의 뜻과 고국에 대한 충성을 기려 조선을 갈라주고 건국하게 하였으며, 그를 신하로 삼지 않았다고 서술하고 있다.

이이는 〈기자실기〉에서와는 달리 自主 建國을 강조하지 않고 있다. 그가 밝힌 기자의 不臣도 결국에는 주무왕이 그의 뜻을 존중하여 신하로 삼지 않았다는 무왕의 은택으로 해석되고 있다.

〈3〉 조선에서의 치적

왕경민은 19~21구에서 기자의 조선에서의 교화를 간략하게 읊고 있다. 이미 서술하였지만 그는 기자의 본고장인 西華 사람으로 기자의 조선에서의 행적에 대하여 무척 궁금해 했던 인물이다.

> 副使 왕경민이 이이에게 말하기를, "내가 살고 있는 곳이 箕子의 故墟에서 가깝기 때문에 항상 洪範堂 안에서 〈홍범〉의 뜻을 풀어보기도 한다. 그런데 늘 기자가 동쪽으로 온 사적에 대해 알 수 없는 것이 한스럽다. 본국에 기록된 것이 있으면 보고 싶다." 하므로, 이이가 전에 저술한 〈箕子實紀〉를 주었다.[238]

그는 비교적 소략하게 기자의 조선에서의 교화를 칭송하고 있다.

반면 이이는 22~27구에서 기자의 교화를 찬미하고 있다. 이이는 〈기자실기〉에서 기자를 조선의 성인으로 추앙한 바 있으며, 왕도정

238 『선조실록』16권, 15년(1582) 11월 1일.

치의 최초 구현자로 인식하고 있다. 아래의 그의 〈東湖問答〉을 통하여 해당 인식을 살펴보기로 하자.

> 손님이 "우리 동방에도 왕도로서 세상을 다스린 분이 있었던가?" 하니, 주인이 말하기를, "문헌이 부족하여 고증하기 어렵다. 다만 상상해 보면 箕子가 우리 동방의 임금이 되었을 때에 井田의 제도와 八條의 가르침 등이 틀림없이 순수하게 왕도에서 나왔을 것이다. 그 후부터 三國이 솥발처럼 세 개로 나뉘었다가 고려가 통일하였는데, 그 사업을 고찰해 보면, 오로지 꾀와 힘으로만 하였을 뿐이니 어찌 도학을 숭상해야 한다는 것을 알았겠는가.[239]

이처럼 이이는 기자를 왕도정치의 최초의 구현자로 인식하고 있었을 뿐만 아니라, 기자이후 한동안 도학이 명맥을 잇지 못하였다고 서술하고 있다.

(25)	煥禮樂兮軼華夏	예악을 빛내어 중국을 앞질렀으니,
	民至今猶受惠	백성들이 지금까지 그 혜택을 받네
(26)	甚燭龍之照昏兮	촉룡이 어두움을 비춤보다 더 밝으니
	俔大寐之得寤	깊이 잠든 자들이 깨어나게 된 격이었네
(27)	世綿曆兮千祀	세대의 흐름이 천 년이 넘었으니,

239 李珥, 같은 책: 客曰: "吾東方亦有以王道治世者乎?" 主人曰: "文獻不足, 無可攷者. 但想箕子之君于吾東也, 井田之制, 八條之敎, 必粹然一出於王道矣. 自是厥後, 三國鼎峙, 高麗統一, 考其事業, 則專以智力相勝, 夫孰知道學之爲可尙耶?"

德厚流光兮其誰與仇 두터운 덕 빛나니 그 누가 짝할 수 있으리오

라고 기자를 기화 공로를 높이 평가하고 있다. 그리고 본고에서 주목하는 점은 제24구이다.

(24) 撫檀君之幅員兮 단군의 강역을 어루만져서
教八條兮勤諭 팔조를 가르쳐 부지런히 깨우쳤네

이이는 비록 〈기자실기〉에서는 '단군께서 제일 먼저 나서기는 하였으나 문헌으로 상고할 수 없다(檀君首出, 文獻罔稽)'는 입장을 보이고 있지만, 이 작품에서는 '단군조선-기자조선'의 입장을 나타내고 있다. 〈기자실기〉에서 이이는 『天運紹統』의 기록을 대폭 수용하여 '기자동래설'을 구성하고 있으며, 기자가 주나라에 입조한 것으로 서술하고 있다. 그러나 이 작품에서는 기자가 朝周했다는 관점은 드러나지 않는다.

사실 단군과 기자의 조선에서의 행적에 대한 문헌은 전무한바, 본고는 앞장에서 이미 서거정은 『天運紹統』의 내용이 믿을 바가 못 된다고 지적한 적이 있었음을 밝힌 바가 있다.

우리나라 조선은 예로부터 문헌을 칭하는 나라로서, 단군은 요 임금과 병립하여 백성은 순후하고 풍속은 질박하오며, 箕子는 周武王의 봉함을 받아 지나간 것은 化하고 남은 것은 神이옵니다. 그러하오나 古籍의 증빙이 없으니, 어찌 빈 말을 실을 수 있사오리까.[240]

그럼에도 이이가 이 작품에서 '단군조선-기자조선'의 입장을 보이고, 기자의 朝周를 언급하지 않은 것은 외교적 차원의 제스처로 인식할 수 있다.

앞장에서 살펴보았지만 15세기의 기자 인식은 〈홍범〉을 바탕으로 한 보편 문화의 공유와 不臣에 기초한 독자성, 두 개 측면이 강조되었다. 그러나 16세기에 이르러 이이 등 사림파들은 전자 즉, 기자가 〈홍범〉을 바탕으로 추구했던 왕도정치가 어디서 구현되었는지 관심을 집중하고 있다.[241] 이 관점이 바로 〈기자실기〉에서 집중적으로 반영되었다고 볼 수 있다.

그러나 해당 차운작은 명나라 사신에게 국가적 차원에서 기자에 대한 관점을 표명해야하는 외교 석상에서 지어진 작품이고, 또한 이이 본인도 민족성을 자각하고 있었기에 '단군조선'을 언급하고 기자의 朝周를 생략하였을 것으로 보여진다.

〈4〉 시인의 감회

24~37구에서 왕경민은 자신이 황제의 사명을 받들고 조선에 와서 기자사당을 배알하는 과정 및 느낌을 서술하고 있다. 기자사당의 모습을 필묵으로 그려내고, 조선인들이 기자를 숭앙하는 전통을 찬미하고 있다.

이 부분(28~27구)에서 이이는 왕경민을 찬송하고 있다. 명사에

240 서거정, 〈進東國通鑑箋〉

241 백민정, 「조선 지식인의 王政論과 정치적 公共性-箕子朝鮮 및 中華主義 문제와 관련하여」, 『東方學志』164, 연세대학교 국학연구원, 2013, 36면.

대한 찬양은 조선 문사들의 형식적인 특징으로 큰 의미를 부여할 필요가 없다.

〈5〉 亂辭 부분

이미 앞에서 밝혔듯이 해당 두 작품은 3단 구성을 갖고 있다. 이번엔 本詞를 요약, 정리하고 있는 亂辭를 살펴보기로 한다.

왕경민은 이 부분에서 '違', '俙', '幾' 3韻으로 기자 고장의 후대로서 오래전부터 기자의 평양을 존숭하고 있었던 자신이 조선에 와서 기자사당을 배알한 심경을 서술하고, 기자에 대한 축복의 마음을 담고 있다. 그는 이 부분에서 각 구절을 '兮'로 매듭짓고 있다.

이이는 이 부분에서 3가지 내용을 담고 있다. 첫째는 군자가 몸을 지키는 원칙은 樂行憂違[242]이라, 기자가 조선에 온 이유를 밝혔고, 둘째는 기자의 통달한 권도를 그 누구도 바라볼 수 없다고, 기자의 행적에 대하여 세인들이 이해할 수 없다는 뜻으로 佯狂 및 원수인 주무왕에게 〈홍범〉을 전수한 행위 등을 해석하였으며, 셋째로는 기자의 덕을 鑽仰[243]하려면 그 깊은 뜻과 幾微[244]를 깊이 연구하여야 한다고, 학습의 필요성을 서술하고 있다.

이처럼 쌍방은 각자의 서로 다른 입장에서 기자를 칭송하고 있다.

---

242 『周易·乾卦·文言』: "樂則行之, 憂則違之(도가 행해질 조짐이 보여 마음이 즐거우면 나와서 도를 행하고, 조짐이 보이지 않아 근심되면 물러난다)"

243 孔子, 『論語·子罕』: "仰之彌高 鑽之彌堅(우러러볼수록 더욱 높고 뚫을수록 더욱 견고하다)". 顏淵이 스승인 공자의 덕에 대하여 칭송한 말이다.

244 『周易·繫辭傳·上』: "夫易 聖人之所以極深而研幾也(대저 『역』으로 말하면, 성인께서 모든 존재의 심오하고 은미한 부분을 깊이 연구하여 그 幾微를 밝혀 놓으신 책이다.)"

04 소결

본 장에서는 16세기 한중 양국 문사들의 기자 인식 양상을 살펴보았다. 이 시기 양국은 15세기와 달리 요동 분쟁이 종식되어, '조공-책봉' 관계에 기반한 안정적인 우호 관계를 지속적으로 유지하고 있었다. 이 시기 양국의 외교 문제는 중종이 반정을 통하여 왕위에 오른 뒤 명으로부터 자신의 정통성을 확보하기 위하여 책봉 외교를 전개하여 2년 만에 명의 승인을 받은 것 외에, 주요한 외교 사안은 '宗系辨誣'였다. 소위 '종계변무'란 『大明會典』에 '태조 이성계가 이인임의 아들' 및 그가 '4왕을 弑害'했다는 誤記로 비롯된 문제인데, 이는 조선의 정통성과 관계되었음으로 조선은 중종·인종·명종 및 선조에 걸치는 줄기찬 외교적 노력으로 선조 22년(1589)에야 비로소 해결하게 된다. 이처럼 '종계변무'는 조선의 필요로 인하여 전개되었기에, 명과의 지속적인 우호관계는 필수 사항이 아닐 수 없었다.

이 시기 전반에는 조선조정에서 기자에 대한 뚜렷한 인식 변화는 감지되지 않는 반면, 在野 사림에서는 박상이 『東國史略』, 유희령이 『標題音註東國史略』를 찬술하는데 이들의 공통점은 기자의 "先東來-

後受封" 및 〈홍범〉에 대한 언급이 없다는 점이다. 물론 이 시기 사림의 기자 인식이 통일되었다고 보기 어려운 실정이다.

16기 후반에는 사림이 본격적으로 집권하면서 기자에 대한 인식이 보다 강조되는데, 이 시기의 기자 인식을 잘 보여주는 대표적인 저술은 이이의 〈기자실기〉이다. 이 글에서 그는 기자가 무왕에게 〈홍범〉 전수하였으나 不臣하고, "先東來-後受封"하였으며 주나라에 입조하였다는 관점을 수용하고 있다. 그리고 뚜렷한 하나의 특징은 기자를 孔孟·程朱에 비견되는 동방 도학의 시조로 인식, 즉 기자를 聖人으로 추대하고 있다는 점이다.

이 시기 양국 문사들은 '조공-책봉'관계를 강조하는 '箕封'에 대하여 아주 적게 언급하고 있으며, 16세기 전반 즉 10~12차에는 〈평양승적〉 연작시를 통하여 단군과 기자를 공동 음영하는 현상이 나타난다. 본고는 해당 작품들을 통하여 명사들의 단군·기자 인식과 이에 대한 조선 문사들의 대응 양상을 고찰하였다.

〈洪範〉 담론에서는 기자가 무왕에게 〈홍범〉을 전수하고 조선에는 팔조로 교화하였다는 인식으로 통일된 경향으로 수창되는데, 그중 독특한 관점은 13차 張承憲이 『尙書大傳』에 근거하여 기자가 동래한 뒤 무왕에게 〈홍범〉을 전수하였다고 인식하고 있고, 10차 史道의 경우 道는 원수인 무왕에게 전할 수 있다는 인식을 드러내고 있는데, 이는 전기의 張謹과 사뭇 다른 관점이다.

이 시기의 '佯狂' 담론에서는 직설적인 '佯狂' 표현이 적게 언급되고, 은밀한 표현인 '明夷', '隱忍', '被髮' 등의 비중이 크게 늘어나고 있다. 그리고 기자의 佯狂 이유에 대하여 알 수 없다는 견해가 지속적으로 나타나고 있으며, 三仁 중의 다른 두 인물인 미자와 비간과의 비교를 통하여 佯狂의 이유를 합리화하는 경향이 나타난다.

다음 왕경민과 이이의 창화부에서 이 두 사람의 기자에 대한 인식을 살펴보았다. 여기에서 왕경민은 유종원의 〈箕子碑〉의 자료를 많이 활용하였고, 이이는 〈기자실기〉를 지으면서 수집한 자료를 많이 이용하고 있음을 발견할 수 있었다. 이이의 경우 대체적으로 〈기자실기〉의 관점과 비슷한 인식을 드러내고 있으며, 이중 뚜렷이 다른 점은 단군의 존재를 긍정적으로 표현한 것이다.

제5장

17세기 전반 전개 양상

조선과 명나라 문사들의 기자 담론의 전개

—『황화집』 연구—

01
시대 배경

본고에서는 조선 17세기 전반의 시대 배경에 대하여 국내와 국외 두 요소로 나눠 고찰하고자 한다. 전자는 조선의 기자에 대한 인식 변화에 기반한 민족의식 양상이고, 후자는 조·명 양국의 외교 관계이다.

1) 조선의 기자에 대한 인식 변화

앞장에서는 16세기 조선의 기자 인식 양상을 살폈다. 이번에는 임진왜란이 끝난 뒤인 17세기 전반의 기자 인식 변화 양상을 살피기로 한다.

임진왜란이라는 참혹한 병화를 겪은 이 시기에 조선조정은 전란 후의 국가를 재건하고 사회혼란을 극복함으로써 국민을 단합시키고 통치 질서를 회복하여야 할 당면과제가 놓여 있었다.

이 시기에 사서로는 『東史簒要』와 『東史補遺』가 편찬되는데, 이들의 특징은 기자에 대한 관점이 15세기 후기 사서인 『동국통감』의 '受

封後東來'의 입장으로 돌아가고 있다는 점이다. 이는 임진왜란시기에 명의 파병으로 인한 외교적 상황이 중시될 수밖에 없었고, 또한 명의 파병 명분 중의 하나가 조선인은 기자의 후예[245]라는데 있었기 때문이다. 또한 涵虛子의 인용도 전대에 나타나지 않았던 '誓为中国之番邦', '教父子君臣之道' 등이 선택되어 기록된다. 이는 사대외교질서의 강조를 의미하며, 동시에 기자 풍교의 강조를 의미한다.

그러나 이 시기에 이런 논조와 배치되는 점도 보이는 바, 기자의 朝周說이 15세기처럼 누락되어 있다는 점이 바로 그 대표적인 예이다.

남인계 오운(1540~1617)이 선조 39년(1606)에 지은 『東史纂要』의 경우 기자의 '封於朝鮮說'과 함께 按說에 '避朝鮮因封說'을 부기하고 道義, 柔謹을 강조하고 있고, 단군조선은 간략히 서술하고 기자조선의 경우는 浿水는 압록강이라는 지명고증까지 자세히 하고 있다.

북인계 조정(1551~1629)이 광해군대에 지은 『東史補遺』에서는 기자문화에 처음이자 마지막으로 '始有馬制' 라는 强兵的인 서술이 나타나며, 단군과 기자의 본문과 按說을 모두 비슷하게 하여 분량을 비슷하게 하였다. 또한 '封於朝鮮說'만 수록하였으나 단군조선 후의 箕子來封을 부정하는 입장을 취하였고, 단군의 御國과 壽를 구별하여 자세히 기록하는 면모를 가짐으로 종국적으로 고유 전통문화의 맥을 강조하는 경향을 보이고 있다.

양자의 이러한 미묘한 차이점은 아마도 양자의 소속 당파가 처한, 전자가 정통 성리학을 존중하는 입장과, 후자가 이를 비판적으로 수

245 『선조실록』31권, 25년(1592) 10월 4일.

용하려는 입장 차이에서 나타나는 것일 것이다.

또한 이때의 조선에서는 기자의 朝周說을 부정하는 견해들이 많이 나타난다. 우선 선조의 관점을 보기로 하자.

> 기자가 周나라에 조회하였다는 것은 기자가 아니라 미자일 것이다. 기자는 武王만이 함께 道를 말할 수 있다고 생각하였으므로 〈洪範〉으로 그 도를 전하였을 뿐이고, 중국에서 살고 싶지 않아서 殷나라의 遺民을 거느리고 동으로 향하여 여기까지 왔으니, 실로 무왕이 封한 것도 아니고 주나라에 조회했을 리도 없다. 헛말이 전승되고 잘못을 답습하여 드디어 후세에 전하였으니, 史書를 지을 때에 삼가지 않아서는 안 된다.[246]

선조는 기자의 '朝周說'과 '封朝鮮說'을 모두 부정하고 있다. 그가 주나라에 입조한 이가 미자일 것이라는 근거는 바로 『尙書大傳』중의 미자에 대한 기록[247]이다. 이러한 견해는 정사신(1558~1619)이 광해 2년(1610)에 지은 〈箕子朝周受封辨〉에서도 잘 드러나고 있다.

> 오늘날 의리로 헤아려보면 무왕의 어찌 기자를 책봉하여 연루시킬 수 있고, 기자 또한 어찌 주나라의 책봉을 받을 수 있겠는가…… 오늘

---

246 『선조실록』 165권, 36년(1603) 8월 13일.

247 이미 제2장에서 서술하였지만, 『사기』 중의 기자가 불렀다는 소위 〈麥秀歌〉는 『尙書大傳』에서 미자가 주나라에 조회가면서 은의 폐허를 보고 불렀다는 노래를 변용한 것으로 사료된다.

> 날『상서』로 고증해보면 〈홍범〉에는 다만 十有三祀[248]이고 왕이 기자를 방문하였다고 이르는 바, 즉 기자가 주나라에 조근한 것이 아니라, 왕이 기자를 방문한 것이다.……무왕이 상나라를 이겼을 때 조선이 있는 줄도 몰랐으니 어찌 그 지역을 기자에게 봉하겠는가![249]

이처럼 정사신은 기자의 受封과 朝周를 모두 부정하고 있다.

총체적으로 고찰할 때, 이 시기의 서술에서는 어느 하나에 집중된 것이 아니고, 기자의 절의를 존중하면서도 내용 자체는 비판적으로 수용하려 한다든지, 사대를 강조하면서도 자주성을 부각시키는 등 이중성의 충돌이 특징적으로 나타나고 있다.

2) 양국의 외교 관계

선조대에 임란을 겪으면서 조선과 명의 관계는 더욱 돈독해진다. 조선은 명의 再造之恩에 감격하며 명의 전몰자를 기념하여 평양, 벽제, 서울 등 지역에 愍忠壇을 세워 제사를 지내고, 선조 41년(1608)에는 1~18 차 명사들의『황화집』을 일괄 간행한다.

그러나 이 시기 멸망직전에 이른 명 조정은 기강이 해이해져, 선

---

248 十有三祀 : 곧 十有三年이라는 뜻으로, 祀는 殷나라 시대 年紀의 칭호이다. 夏나라 때는 歲라 칭하였고, 殷나라 때는 祀라 칭했으며, 周나라 때는 年이라 칭하였다. (『爾雅·釋天』)

249『梅窓集·箕子朝周受封辨』: 今以義理揆之, 武王豈得以封爵累箕子, 而箕子亦豈肎於受周之封哉……今以尙書考之, 洪範曰惟十有三祀. 王訪于箕子云, 則非箕子朝覲於周, 而王乃訪于箕子也……當武王克商之時, 既不知有朝鮮, 則況乃以其地而封箕子乎!

조 35년(1602)에 온 20차 顧天峻, 崔廷健은 전란으로 황폐해진 조선에서 수탈을 감행하여 조선 조정과 백성들은 심각한 재정적 어려움을 겪을 지경에 이르게 된다.

광해군은 비록 세자로 왕위를 계승하였지만 적자도 장자도 아니었던 신분 및 명 황실 내부의 계승문제로 인한 갈등으로 명의 책봉승인 절차에서 어려움을 겪는다. 결국 명에서는 1608년에 요동도사 嚴一魁 등을 조선에 파견하여 임해군의 정황을 조사하게 하는데, 이 과정에 조선에서는 그들에게 막대한 은을 뇌물로 제공하며, 그 다음해에 책봉사로 온 환관 劉用에게도 6만 냥의 은을 뇌물로 준다.

광해군이 왕위에 오를 무렵에는 요동의 누르하치가 임진왜란으로 명의 견제가 소홀해진 틈을 이용하여 만주의 부족들을 정복하여 세력을 늘여가고 있었다. 광해 8년(1616), 누르하치는 後金을 세우고, 10년(1618)부터 강력한 八旗軍을 앞세워 본격적인 요동 진출에 나선다. 이에 명은 후금을 일거에 멸한다는 전략을 세워 대규모 공세에 나서는데, 이때 조선에 원병을 요청한다.

조선측은 임진란을 겪은 직후여서 재정적으로 어려웠을 뿐만 아니라, 후금의 막강한 군사력이 장차 국가 안보와 직결된다는 국제형세를 잘 알고 있는지라 고민이 깊어질 수밖에 없었다. 그러나 '再造之恩'의 명분을 가진 명의 요청을 거절할 수가 없어 도원수 강홍립에게 명하게 13,000여명의 군사를 이끌고 참전하게 한다. 이때 광해군은 이중 외교를 펼쳐, 강홍립에게 형세를 보아 향배를 전하라는 밀명을 내린다.

광해 11년(1619), 조·명 연합군은 사루후 전투에서 대패하며, 강홍

립은 광해군의 밀명에 따라 국가 안위와 군사 보호를 위해 후금에 투항한다. 명조정은 조선군이 의도적으로 후금에 투항했다는 소식을 접하고 대조선 관계를 다시 점검하기에 이른다. 이에 광해군은 즉시 사신을 명에 보내어 해명하는데 분주하였고, 명은 조선이 후방에서 후금을 견제해야 한다는 역할 부담이 필요하였기에 더 이상의 비난을 지양하고 조선과의 동맹을 강화하는 쪽으로 방향을 잡는다.

광해 13년(1621)에 23차 사신 劉鴻訓과 楊道寅이 조선에 오는데, 그들은 올 때에는 육로로 왔지만 돌아갈 때에는 후금에 의하여 길이 차단되어, 안주 청천강 유역에서 배를 타고 귀국한다. 이를 시작으로 명사는 海路로 오게 된다.

광해군은 명과 후금 사이에서 조심스럽게 균형 외교를 펼치지 않을 수 없었고, 이는 대명 의리를 강조하는 신하들과 심각한 갈등을 조성하였다. 결국 이는 인조반정의 중요한 명분으로 작용하게 된다.

1623년, 반정으로 왕위에 오른 인조는 중종대와 마찬가지로 명의 책봉 승인이 중요한 외교로 부상하였다. 그러나 당시 명 조정에서는 인조반정을 군사를 동원하여 왕위를 찬탈한 행위로 인식하였고, 또한 광해군이 살해되었다는 유언비어가 유포되어 여론이 악화된 정황이었다. 중종대에는 연산군의 양위와 승습을 가장한 주청으로 승인을 얻었으나, 인조의 반정은 명에 숨길 수가 없었고, 당시 명과 후금이 대치하는 국제 정세 때문에 큰 어려움을 겪게 된다.

결국 조선측의 노력과 명도 후금과의 대치에서 조선의 협조가 절실한 형세를 감안하여 6개월 만에 인조의 책봉을 승인한다. 그러나 그 책봉 칙서에 후금과 공동으로 대항해야 할 의무와 구체적인 군사 협조 방안까지 명시[250]하였음으로, 이로서 인조대의 친명 외교정책이 확고히 결정되었다. 이는 광해군시기처럼 유연한 외교 정책을 펼칠 수 없는 한계를 조성하여 결국에는 '병자호란'과 같은 참화를 초래하게 된다.

인조 22년(1644), 명의 멸망으로 180여 년간 지속된 양국 문사들의 창화 외교는 막을 내리게 된다.

이 시기 명사들의 뚜렷한 특징은 고천준을 위시하여 대다수 명사들이 조선에 와서 은을 갈취한다는 것이다. 이는 비교적 청렴한 朱之蕃의 경우도 예외는 아니다.

당시 조선에서는 명을 비롯한 외국 세력의 침탈을 걱정하여 은을 생산하지 않았다. 호조에서 은을 채취할 것을 청하였으나 선조는 다음과 같이 거절한다.

> 우리나라 각처에 은광이 있다는 소문이 敵國에 전해지면 어찌 침을 흘리며 침탈할 뜻을 두지 않겠는가. 지금 중국에서는 태감들이 十三省에 나뉘어 있으면서 크게 은광을 개발하여 한 푼의 이익까지 모두 다 거두어 가고 있는데, 우리나라에 은이 나는 산이 있다는 말이 중국에 들리게 되어 고려 때 行省과 같이 관청을 두고 開鑛한다면 이때를 당해서 감히 어떻게 조처할 수가 있겠는가. 하나의 이끗을 일으키는 것은 하나의 해를 제거하는 것만 못하고 하나의 일을 만드는 것이 하나의 일을 줄이는 것만 못하니, 거행하지 말라.[251]

250 『인조실록』 권5, 2년((1624) 4월 20일.

251 『선조실록』 36권, 35년(1602) 11월 1일.

고천준의 약탈 행위에 대하여 실록에서 사신은 다음과 같이 평한다.

> 義州에서 京城까지 천리에 걸쳐 깊은 계곡처럼 무한한 욕심을 가진 顧天埈이란 자가 마음대로 약탈을 자행하여 인삼·은냥·보물을 남김없이 가져갔으니, 조선 전역이 마치 兵火를 겪은 것 같았다.[252]

주지번 등에게도 비록 그 양이 고천준에 비할 바 없이 적지만, 역시 은을 바친 기록이 있다.

> 호조가 아뢰기를, "우리나라가 중국 사신을 접대할 때 오직 음식이 풍성하고 장막이 선명한 것으로 공경을 극진히 하고 예를 다하는 도리로 여기어 2백 년 이래로 이와 같이 했을 뿐입니다. 심지어 太監이 행차하면 토산품인 白苧布같은 물품을 끝없이 요구하는 바람에 品布를 거두기까지 해도 부족되는 걱정이 있었는데, 그 유래가 오래되었습니다. 顧天使가 처음으로 銀을 쓰는 길을 열어 놓았는데, 애당초에는 단지 데리고 온 員役의 양식과 급료로 줄 銀子를 요구하였기에 우리나라 사람들은 참으로 놀랐습니다. 朱·梁 두 學士가 와서는 상당히 顧天使가 끼친 피해를 말하였으나 양식과 급료에 대한 規例는 여전히 고치지 못하였고, 熊天使 때에도 그러하였습니다.[253]

252 『선조실록』 148권, 35년(1602) 3월 19일.

253 『광해군일기』82권, 6년(1614) 9월 2일.

명사들의 이러한 수탈 행위는 23차 유홍훈에 와서 극치에 달한다.

> 홍훈은 齊南 사람이고 도인은 嶺南 사람인데, 탐욕스럽기가 비길 데 없었다. 인삼 값을 은으로 치르는데 명색이 매우 많았다. 심지어 개인의 은을 발급하여 수천 근의 인삼을 팔도록 하고는 삼을 받은 다음에 곧바로 本銀까지 추징하였다. 兩西 지역과 松都, 그리고 서울에서 상인들의 울부짖는 소리가 하늘을 진동하였다. 큰 도시에서 은 7, 8만 냥을 거두어들이니 우리나라의 재물이 바닥이 났다. 우리나라에 왔던 중국 사신 가운데 張寧이나 許國과 같이 청렴한 기풍과 높은 지조를 지닌 이는 비록 쉽게 볼 수 없었다고 하더라도, 학사나 대부로서 풍류가 있고 문채가 있는 이는 앞뒤로 연이어 있어 왔다. 은·삼과 찬품 값을 요구하는 일은 顧天俊으로부터 시작되었는데 유홍훈과 양도인은 더욱 심하였다.[254]

이러한 잘 병폐를 알고 있는 24차 사신 姜日廣은 청렴을 강조하여 조선측에 선물을 주지도, 받지도 않았다. 실록에서는 다음과 같이 기록하고 있다.

> 원접사 김류가 치계하기를, "이번 조사는 청렴 검소함이 近古에 드문 사람으로 兩西 지방의 인심이 모두 비석을 세워 그 맑은 덕을 기리고자 하고, 양도 감사의 뜻도 또한 백성의 뜻을 따라서 그들이 돌아가

254 『광해군일기』 165권, 13년(1621) 5월 1일.

기 전에 비석을 세워 덕을 기리고자 하나 감히 마음대로 행하지 못하니, 조정에서 의논하여 지휘하는 것이 어떻겠습니까?"[255]

위의 기록으로부터 임진왜란 후의 명사들의 수탈 행위를 가히 짐작할 수 있다.

---

255 『인조실록』 13권, 4년(1626) 6월 6일. 遠接使金瑬馳啓曰: "今番詔使, 淸儉近古罕聞, 兩西人心, 皆欲立碑, 以頌淸德. 兩道監司之意, 亦欲順一路民情, 趁其未還, 立碑頌德, 而不敢擅行. 自朝廷, 商量指揮何如?"

02
唱和詩에 나타난 기자 인식

1) 劉鴻訓의 단군 인식

이 시기는 16세기와 마찬가지로 기자 제영 작품에서는 '箕封'이 아주 드물게 언급된다. 다만 23차 副使 楊道寅이 3차, 조선 문사 김류가 2차 언급할 뿐이다. 물론 이 시기 箕封은 명의 再造之恩과 맞물려 21차 사신 朱之蕃에 의하여 '책봉-조공' 관계를 강조하는 역할[256]을 하기도 한다.

또한 16세기부터 중국인들은 郑若曾(1503~1570)이 편찬한 『朝鲜图说』,[257] 및 만력 25년(1597)에 임진왜란으로 조선에 왔던 吳明濟의 『朝鮮世紀』[258] 등 서적 및 직·간접적 견문을 통하여 단군에 대한 인식이 자리를 잡고 있었다.

물론 이 시기에도 단군은 한동안 언급되지 않는다. 그러다가 23차

256 김한규, 『사조선록 연구』, 서강대학교출판부, 2011, 343~349면, 참고.
257 郑若曾, 『朝鲜图说』: 朝鮮始自檀君, 檀君與堯同時, 禹會塗山, 遣子夫婁朝焉……
258 吳明濟, 『朝鮮世紀』: 昔, 帝堯兴而檀君兴, 周武王兴而箕子兴……

정사 劉鴻訓에 의하여 〈涉東國前史, 拈用十二首〉 五言絕句 연작시에서 〈檀君〉이라는 제목으로 다음과 같이 단군을 표현하고 있다.

妙香生白檀	묘향산은 흰 박달나무를 낳았고
檀爲眞人發	박달나무는 진짜 사람으로 나타났데

유홍훈은 이 구절에서 〈단군신화〉 중의 단군의 박달나무 天降說을 변개하여 박달나무가 단군으로 변한 것으로 읊고 있다. 물론 이는 그가 의도적으로 천자와 같은 격을 부여한 단군신화 중의 단군의 격을 낮춘 것으로 파악할 수 있다. 다음에는 그가 단군을 언급한 〈問江源〉(七言絕句)을 보기로 하자.

淸川大定渺難分	청천강과 대정강은 분별하기 아득한데
津吏喁喁若有聞	津吏가 웅웅거려 무슨 소리 들린 듯하네
太白山中江水發	태백산에서 강물이 발원하니
不知何處問檀君	어디에서 단군을 물어야할지 모르겠네

위의 시는 유홍훈이 〈檀君〉을 짓기 전에 지은 것으로서 그가 평양에 가는 길에 청천강을 건너 안흥관에 묵으면서 지은 작품[259]이다. 즉 그는 이 시에서 단군에 대한 관심을 나타낸 것이다. 이에 원접사 이이첨은 다음과 같이 반색한다.

259 유홍훈은 〈卽日渡淸川江宿安興館, 二日得八句絕句〉라고 詩題를 달았다.

江到安陵二派分	강물은 안릉에 이르러 두 갈래로 나뉘고
眞源曾向妙香聞	진짜 발원지는 묘향산에서 물은 적 있네
如今波定榮光發	현재의 잔잔한 물결은 榮光에서 발원하고
中國方知有聖君	중국에서는 이제야 성군이 있음을 알았네

단군은 훈구파, 사림파 구분이 없이 모두가 공유하는 인식이다. 이미 앞에서 살폈지만 단군을 중시한 서거정도, 기자를 중시한 이이도 비록 대내적으로는 '단군은 상고할 문헌이 없'기에 믿기 어렵다는 인식을 갖고 있으면서도, 정작 명사와의 담론에서는 모두 단군을 확실한 실존 인물로 언급하고 있었다.

사실 이 시기 중국에서도 단군에 대한 이해가 보편화된 징후를 발견할 수 있다. 유홍훈을 배웅하면서 錢謙益(1582~1664)[260]은 다음과 같이 읊고 있다.

箕子墓對檀君祠	기자묘는 단군사와 마주 향하여 있는데
墓前山色滿城埤	묘 앞의 산색은 성가퀴에 가득하네

260 전겸익은 나중에 동림당 영수를 지낸 유명한 문인이고, 또한 후에 청나라에 투항한 인물이다. 그는 조선의 한문학 수준을 깔보고 명사들이 조선 문사들과 수창하지 말 것을 적극 주장하는 인물(심경호, 같은 책, 95~111면, 참고)로, 해당 연작시의 제4수에서도 '皇家不用閑詞賦, 未許鷄林識姓名(皇家에선 한가로이 시부 읊지 않기에, 계림에다 이름 남김 허락하지 않았도다)' 라고 조선 문사들과 수창하지 말 것을 권유하고 있다. 다만 해당 작품 제6수에서 사신으로서 조선의 노래를 채집할 것-'熙寧雅樂君須訪, 兼採夷歌備國風(희령 연간 아악을 반드시 들어 보고 조선 노래 채집하여 국풍에도 대비하라)'을 부탁할 뿐이다.

이는 〈送劉編修頒詔朝鮮十首〉 제5수 중의 1·2구이다. 사실 임진왜란시기에 명나라가 조선에 파병함으로 인하여 중국인들의 조선에 대한 인식은 더욱 깊어지고 있었다. 또한 선조 41년(1608)에 선조가 1~19차 『황화집』을 일괄 간행하여, 설령 조선에 와보지 못한 명나라 문사들일지라도 여느 때보다 조선을 더욱 잘 이해하고 있었다. 다만 그도 직접 조선에 와서 목격한 것이 아니기에, 기자사당과 단군사당이 성내에 마주 향해 있는 것을 기자무덤과 단군사당이 마주 향하여 있다고 잘못 알고 있을 뿐이다.

위의 시에서 유홍훈은 상당히 우호적인 시선으로 조선의 단군을 음영함으로 이이첨의 공감을 받고 있는 것이다. 이이첨은 유홍훈이 황제의 조서를 개독한 뒤 지은 〈開讀紀事〉 차운작에서 다음과 같이 읊고 있다.

檀化遠詢訪	멀리에서 단군의 교화를 순방하고
箕疇蹔遲徊	기자의 구주에서 잠시 서성이네

즉, 유홍훈이 단군조선을 논한 것에 대한 감흥을 위와 같이 표현하고 있는 것이다.

사실 유홍훈은 조선에서 고천준이래 '탐욕스럽기로 비길 데가 없(貪墨無比)'는 명사로 평가받는 인물이다. 그는 원낙 광해 12년(1620)에 泰昌帝가 등극하였을 때 내정된 등극조사였으나, 황제가 급사하는 바람에 天启帝가 등극한 뒤 이듬해인 13년(1621)에야 비로소 조선에 파견된다. 그만큼 조선에 대한 공부를 많이 했다는 반증이기도 하다. 그는 조선에 와서 시비를 걸며 탐욕을 채운 20차 顧天峻[261]과 달리 비교적 온화한 모습을 보이고 있으나, 인삼 교역에서는 수탈을 자행하여 원성이 드높았다. 그가 조선에 들어온 뒤 후금에 의하여 육로가 차단되어, 안주 청천강 유역에서 배를 타고 산동 등주로 출발한다. 도중에 폭풍을 만나 조선에서 약탈한 재물을 실은 배가 침몰되어 증거가 없어져, 가까스로 명 조정의 추궁을 면[262]한다. 그러나 그의 수탈 행위는 심지어 중국인들도 알 정도였다.

> 길가에 새로 지은 저택이 있는데 高樓巨閣이 지극히 장려하고, 기와 벽돌 등 좋은 재료가 이루 말할 수 없었다. 주인에게 물으니, "이는 泰昌·天啓가 등극했을 때에 詔使로 조선에 나갔던 翰林 劉鴻訓이 새로 지은 저택인데, 저 사람이 조선의 은자와 인삼으로 저런 호화주택을 마련했다"고 한다.[263]

이렇듯 유홍훈은 海路 사행을 다시 연 선두주자라는 공적도 있지만, 조선에서 최대 규모로 수탈을 감행한 탐욕자라는 부정적인 평가가 공존하는 인물이다.

물론 이 시기에 조선 문사들도 명나라 사신에게 단군을 홍보하고

---

261 해당 내용은 신태영의 같은 책, 117~124면, 참고.

262 박현규, 「1621년 명 등극조사의 '貪墨無比'에 관한 논란과 실상」, 『한중인문학연구』35, 한중인문학회, 2012, 참고.

263 홍익한, 『朝天航海錄』卷2: 路傍有新造家舍, 高樓桀閣, 極其壯麗, 燔瓦陶壁, 良材美具, 不可殫記. 問諸主人, 道是"泰昌, 天啓登極詔使劉翰林鴻訓新卜處, 而這箇以朝鮮國銀參, 侈人耳目矣!"

있었다. 아래에 『황화집』과는 관련이 없지만, 역시 명나라 사신을 접대하면서 지은 이정귀의 시를 통하여 그의 단군 홍보 노력을 간단히 살피기로 하자. 그는 광해군 14년(1622)에 후금의 공격에 맞서 조선의 군사 협조 및 요동 난민 초무 목적으로 파견된 監軍 梁之垣의 원접사로 파견되어 그와 수창을 하였는데, 해당 작품은 〈빈접록〉에 수록되어 있다. 그는 양지원의 〈箕子墳〉 차운작에서 다음과 같이 읊고 있다.

東土鴻荒未闡文	그 옛날 우리 동토 아직 미개할 때
天敎箕聖繼檀君	하늘이 기자를 시켜 단군을 계승케 하였지
依然白馬朝周路	백마 타고 주나라로 조회 가시던 길 그대로인데
唯見松陰鎖古墳	다만 우거진 소나무가 옛 무덤을 덮었네

이 작품의 1·2구에서 이정귀는 '단군조선'-'기자조선' 순으로 서술하여 단군을 내세우고 있다. 기자를 성인으로 칭하는 반면, 단군조선을 미개한 시기로 서술하는 등 단군조선을 격하시키는 뜻도 나타나지만, 이는 대체적으로 기자를 '문화 선도사'로 인식하는 사림의 총체적 인식과 궤를 같이하고 있다.

그러나 이미 위에서 언급하였지만, 24차 副使 王夢尹의 단군 인식은 역시 艾璞[264]처럼 중화사상에 기반하고 있다. 그는 〈太平館, 舊有張

264 8차 사신 애박은 〈弘治壬子夏五月, 恭捧聖天子建儲恩诏告賜朝鮮. 信宿太平館. 竣事辨嚴, 漫書館壁, 蓋以紀曾履曆也, 豈用詩言〉 제2수에서 '封自檀君崇肇祀, 教於箕子紹徽音'라고 단군시대로부터 중국의 책봉을 받았다고 인식하고 있다.

芳洲六十韻, 歸途次之〉에서

山川乃是檀封地	산천은 그대로 단군의 봉지인데
渾噩猶存箕子風	놀랍게도 기자의 유풍이 아직도 남아있네

라고 단군을 중국의 책봉을 받은 제후로 인식하고 있다. 이처럼 이 시기에 조선에 온 중국인들은 단군에 대하여 인지하고 있었으나, 그 인식도 대체로 중화주의 사상에 입각하여 단군을 이해하고 있는 경향이 드러나는 양상을 보이고 있다. 그리고 일부 조선 문사들도 단군을 명사들에게 홍보하는 등 노력을 하고 있음을 알 수 있다.

2) 〈洪範〉에 대한 인식

이 시기에도 전기와 마찬가지로 〈홍범〉에 대한 담론 횟수가 많은 바, 그중 〈홍범〉을 箕聖과 결부시키는 경향이 특징적이다. 물론 17세기에 들어서서 중국에서는 湖北 출생인 지방 문인 张存绅(생몰년 미상)은 약 1622년에 집필된 것으로 사료되는 『雅俗稽言』에서 『論語』 중의 三仁을 그냥 '三人'으로 해석[265]하는 등 경향이 나타나기도 한다. 그러나 양국 문사들의 창화시에는 이런 인식이 전혀 드러나지 않고 있다.

임진왜란이 끝난 16세기에 처음으로 조선에 온 20차 副使 崔廷健

---

265 张存绅, 『雅俗稽言』: 或谓仁即"井有三仁焉"之"仁"當作"人", 夫子言"殷有三人"如此.

은 〈謁箕聖〉[266]라는 제목으로 시를 지어 기자를 칭송하고 있다. 이미 앞장에서 살폈지만 16세기 후반에 이이가 〈箕子實紀〉에서 '훌륭하신 기자여! 이미 무왕에게 〈홍범〉을 베풀어 주시어 그 도가 중국에 밝았고 〈홍범〉의 나머지를 미루어 치화가 삼한 땅에 흡족하게 되었다. ……진실로 元聖이 아니고서야 어찌 능히 이와 같은 성대함을 이룰 수 있으리오'[267]라고 기자를 성인으로 추대한 이래, 17세기에 이르러 명사들도 본격적으로 기자를 성인으로 칭송하고 있다.

이 시기에 기자에 대하여 많은 관심을 가진 명사는 21차 正使 朱之蕃이다. 그는 〈祭箕聖文〉에서 다음과 같이 기자를 칭송하고 있다.

> 道統이 이 세상에 드리워진 이래로 임금과 신하는 떳떳한 도리를 세웠다. 心法을 펴서 후세에 전하거나, 충성과 정성을 다하여 나라에 보답하고, 정치와 교화를 잘해서 백성을 화목하게 하는 자는 각각 그 하나만 할 수 있어도 조두를 빛내어 제사를 천년동안 전하기에 족한테, 하물며 이 삼자를 모두 겸하여 몸소 갖춘 箕聖 같은 이의 원대한 계책과 공적이야 어찌 우주와 더불어 영원히 살아남지 않겠는가![268]

---

266 崔廷健, 〈謁箕聖〉: 身爲斯人愛, 道將用晦存. 歸周開日月, 渡海闢乾坤. 今古倫常主, 華夷治教尊. 閟宮嚴萬祀, 澡滌薦蘋蘩.

267 李珥, 〈箕子實紀〉: 大哉箕子! 旣陳洪範於武王, 道明于華夏, 推其緖餘, 化洽于三韓…… 苟非元聖, 烏能致此!

268 朱之蕃, 〈祭箕聖文〉: 自道統垂世, 君臣植經, 有能闡心法以傳後, 殫忠貞以報國, 善政教以宜民者, 各得其一, 亦足光俎豆而貽祀于千古. 矧兼三者而躬備之若箕聖, 弘謨遠烈, 豈不與宇宙相爲不泯!

주지번은 이 제문에서 기자를 문명 전수, 충정 보국, 백성 교화 三者를 모두 겸한 성인으로 드높이 추앙하고 있다.

이 시기에 이르러 한중 양국에 道를 전수한 공로 등으로 성인으로 추대된 기자에 대하여 무엇 때문에 원수인 기자에게 〈홍범〉을 전수했는가 하는 의문은 더는 문제가 되지 않는다. 주지번은 〈謁箕子墓〉에서 다음과 같이 읊고 있다.

但期殷社綿千載	은나라 사직 천년토록 이어지길 바랐건만
何意周書列九疇	서경 주서에 〈홍범구주〉가 실릴 줄 생각이나 했으랴
大道有源滋學海	大道는 근원이 있어 쉼 없이 불어나고
忠懷如月照荒丘	忠懷는 달과 같아 궁벽한 곳도 비춘다네

그는 이 시구에서 은나라 사직이 천년만년 영구할 것을 도모했지만 나라는 망했고, 오히려 원수인 주무왕에게 〈홍범〉이라는 治世의 道까지 전수하게 된 마음을 읊고 있다. 이어 그는 이 크낙한 도는 禹임금에서 기자, 그리고 무왕으로 전해진 유구한 근원을 가진 것으로 강물이 바다로 쉬지 않고 흐르듯 전해져 궁벽한 바닷가인 조선에 이르렀으며, 또한 기자의 마음은 하늘에 있는 달과 같아서 조선 땅이 궁벽하다 하여 버려두지 않고 교화를 베풀었다고 읊고 있다.

그렇지만 주지번의 인식 속에 기자가 원수인 무왕에게 〈홍범〉을 전수한 것은 당초에 생각하지 못한 것일 뿐 전혀 문제가 되지는 않는다. 이에 주지번 일행의 원접사인 유근도 〈次謁箕子墓韻〉 공감을 표한다.

九疇但欲陳洪範	구주는 그냥 〈홍범〉을 진술하려이 아니라
三聖相傳在此心	세 성인이 이 마음을 서로 전하는 것이라네

유근은 우 임금, 기자, 주무왕 3인을 성인으로 칭하고, 〈홍범〉을 통하여 서로 마음을 전했다고 읊고 있다. 이처럼 유근은 기자를 우 임금, 주무왕에 못지않은 성인으로 인식하고 있음과 더불어, 기자가 무왕에게 〈홍범〉을 전수한 일에 대하여 긍정적인 시각으로 바라보고 있다.

주지번이 기자가 조선에 〈홍범〉을 전수하였는지에 대한 인식은 그가 지은 〈聖廟展謁, 登明倫堂, 延見六館諸士, 詩以勗之〉의 구절에서 잘 드러난다.

八條遺澤遵箕範	팔조의 남겨진 은택으로 기자의 〈홍범〉을 준수하고
六藝源流遡魯論	육예의 원류는 노론까지 거슬러 올라간다

주지번은 기자가 조선에 남긴 것은 〈홍범〉의 일부라고 인식하고 있다. 물론 앞장에서 살폈지만, 16세기부터 조선에서도 기자의 〈홍범〉에 대한 인식도 이와 비슷한 양상을 나타내고 있었다.

물론 원접사 유근도 주지번의 〈謁箕子墓〉를 차운한 작품에서 '天下爭瞻卜周鼎, 海隅猶得列箕疇(온 천하가 다투어 周鼎을 쳐다보며 점을 치고, 바다 한 귀퉁이에서도 箕疇를 벌일 수가 있게 됐다고)' 읊고 있지만, 이를 조선에서 기자의 〈홍범〉을 전수받았다고 인식하였다고 보기에는 무리가 따른다. 그 이유는 이이도 말하다시피 八條는 기자가 〈홍범〉의 일부 혹 〈홍범〉을 부연한 산물이라는 인식이 자리 잡고 있다고 볼 수 있기 때문이다. 또한 유근은 〈次渡大同江韻〉에서 '八條聲教留箕壤, 萬里恩波接漢川(팔조의 교화가 평양에 남아 있고, 만 리 먼 곳 미친 은혜가 漢川에 이어졌다)'라고 인식하고 있다.

이처럼 이 시기 양국 문사들의 〈홍범〉 인식의 주요 특징은 기자가 성인으로 존숭 받음으로 인하여 원수인 무왕에게 〈홍범〉을 전수한 일이 전혀 문제가 되지 않으며, 또한 기자가 조선에 전수한 것은 〈홍범〉 중의 일부인 八條라는 관념이 主 인식으로 되었다.

3) 佯狂에 대한 인식

17세기에 이르러 조선에서는 기존의 三仁에 기반한 佯狂 해석에 의문을 갖고 나름대로 기자의 佯狂에 대한 해석이 시도된다.

정구(1543~1620)는 다음과 같이 기자의 양광을 해석하고 있다.

> 그가 거짓으로 미쳐 머리를 풀어헤친 일이나 감옥에 갇히고 노예가 된 일 등은, 다 임금의 덕이 더러워진 것이 안타깝고 宗社의 명맥이 끊어질까 걱정스러운 나머지 임금에게 간했지만 받아들여지지 않았고, 그렇다고 떠난다는 것도 옳지 않아 마음과 정신이 허둥지둥 다급하여 어찌해야 할지 몰라 그랬던 것에 지나지 않은 것이다.[269]

---

269 鄭逑, 『寒岡集·書柳子厚, 箕子廟碑陰後』卷9: 當時箕子之心, 豈有毫髮餘念乎? 所以被髮, 所以囚奴, 皆不過憫君德之漸涩, 憂宗社之將絕, 諫既不得, 去又不可, 心神皇皇, 不知所處而然耳.

일시에 놀라서, 두려워서 미친척한 것은 인간의 상정으로 충분히 이해할 수 있는 것이다. 적어도 이는 『史記·殷本紀』중의 '비간을 해부하여 그의 심장을 꺼내 보았다. 箕子는 두려운 나머지 이에 거짓 미친 척하여 노복이 되었다. 주는 또 그를 잡아가두었다. (剖比干, 觀其心. 箕子懼, 乃佯狂為奴, 紂又囚之)'에 기반하여 기자의 佯狂 행위를 해석하였을 것으로 사료된다.

다음으로 이 시기의 유학자 김장생(1548~1631)의 三仁에 대한 논의에 대하여 주목할 필요가 있다. 김장생은 이이의 적통을 계승하여 송시열에게 전한 조선 성리학의 태두로서 기호학파의 정초자이다. 그는 비록 학문은 禮學이 그 중심을 이루지만, 이 예학의 이론적 근거인 주자학에 있어서도 후대에 심대한 영향을 끼쳤으며, 특히 그의 讀書記인 『經書辨疑』를 통해 주자학적 경학 방면에 있어서는 주목할 만한 성과를 이룩해 낸 것[270]으로 평가받는 인물이다. 또한 상기 『經書辨疑』는 그가 만년인 71세(1618)에 저술된 것으로, 경전에 대하여 깊이 궁구하면서 몸소 실천하고 체득한 내용을 위주로 구성되어 있다. 아래에 그가 『論語』 중의 三仁에 대한 의문을 살펴보기로 하자.

> 미자는 떠나가고, 기자는 종이 되었으며, 비간은 간하다 죽었다.
>
> ○ 『史記』에, "微子는 먼저 떠나갔고, 比干은 간하다 죽었으며, 箕子는 종이 되었다." 하였는데, 주자는 말하기를, "『사기』에서 말한 세 사

270 이영호, 「經書辨疑·大學을 통해 본 沙溪金長生의 經學思想」, 『인문과학』30, 성균관대학교 인문과학연구소, 2000, 8면.

람의 일이 공자가 여기에서 말한 미자는 떠나가고, 기자는 종이 되었고, 비간은 간하다 죽었다는 것과 선후의 차례가 같지 않은 이유는, 『사기』에서 기록한 것은 일의 실상이며, 여기에서는 일의 어렵고 쉬운 것으로 선후의 차례를 삼았기 때문이다." 하였다.

○ 나는 살펴보건대, 『小學』에는 기자가 맨 먼저이고, 비간이 다음이며, 미자가 또 그다음이어서 위의 두 설과는 선후가 또 같지 않다.

이는 주희가 〈論語〉에서 공자가 '三仁'에 대한 선후 순서는 행위의 어렵고 쉬운 순[271], 즉 떠나가는 것이 제일 쉽고, 미친척하여 종이 되는 것이 그 다음으로 어려우며, 간언하다 죽는 것이 제일 어렵다는 인식을 바탕으로 하고 있다.

여기에서 핵심 문제는 주희의 발언이 아니라, 조선의 학자들이 주희가 이런 관점을 갖고 있다는, 수용자로서의 인식[272]이다. 이미 밝혔듯이 이는 주희의 再傳弟子인 眞德秀의 관점이다. 그럼에도 여기

271 難易는 응당 '어렵고 쉬운 순'으로 이해되어야 하지만 이는 중국에서 관습적으로 이렇게 표현할 뿐, 여기에서는 응당 易難(중국어로 이렇게 표현하면 발음이 어려워 짐)으로 이해하여야 한다.

272 주희는 『論語集註』에서 "微子去之, 箕子為之奴, 比干諫而死. 孔子曰 : '殷有三仁焉'"에 단지 "三人之行不同, 而同出於至誠惻怛之意, 故不咈乎愛之理, 而有以全其心之德也。楊氏曰 : '此三人者, 各得其本心, 故同謂之仁.'"라고 주석을 달았을 뿐 위의 말을 한 적은 없다. 그리고 『朱子語類』 및 그가 스승 李侗에게 가르침을 청한 『延平答問』에서도 '三仁' 행위의 필연성에 대한 질문을 제기하였을 뿐이며, 그가 일의 쉽고 어려운 순서로 미자, 기자, 비간의 순위로 정했다는 견해는 찾기 어렵다. 김장생이 주희가 이러한 생각을 갖고 있다고 인식한 이유는 주희의 후학인 眞德秀가 『西山讀書記』에서 주희의 이 주석을 해석하면서 문답의 형식으로 曰 : "'然則, 『史記』三子之事與夫子言先後不同, 何也?" 曰 : "史所書者事之實, 此所記者以事之難易為先後耳!"로 자신의 관점을 표현한데 근거한 것으로 보인다.

에서 주목할 점은 김장생이 인용한 『사기』의 실체이다. 역시 앞장에서 이미 밝혔지만, 『史記·宋微子世家』에는 '미자-기자-비간' 순으로 되어있고, 다만 〈殷本紀〉에서 '미자-비간-기자' 순으로 되어 있다. 여기에는 2개 인식이 반영되어 있다. 즉 주희(실제로는 眞德秀)가 보기에 역사적 진실[事之實]은 〈殷本紀〉의 기록이라는 점, 그리고 공자의 三仁 배열은 다만 일의 어렵고 쉬움에 근거하였다는 점이다. 이에 대한 김장생의 문제 제기에서 적어도 그가 공자의 三仁 평가에 대한 의문을 갖고 있음을 시사한다.

이런 인식에도 불구하고 이 시기의 조선 문사들의 기자의 佯狂 인식에는 이런 이해가 전혀 반영되지 않고 있다. 그 이유는 이 시기에 기자는 이미 성인으로 숭앙되고 있고, 외교 석상에서 이러한 개인적 관점을 서술하는 것은 자칫 외교적 결례로 될 수 있기 때문으로 사료된다.

명사 중 23차 副使 楊道寅은 〈謁箕子廟論〉에서 다음과 같이 기자의 佯狂을 인식하고 있다.

> 하물며 元聖은나라의 종친으로, 몸소 〈홍범구주〉의 오묘한 뜻을 간직하였고 상나라를 보존하려는 압박을 받았으나, 재능은 충분히 상나라를 흥하게 할 수 있었다. 그가 隱忍하여 생존을 도모할 때, 마음을 쪼개고, 살육하는 포학함에 놀라지 않을 수 없었고, 노예로 잡아 구금함에 꺾이지 않을 수 없었는바, 굳이 임금이 깨닫길 기대했을 뿐, 상나라를 위함일 뿐 주나라를 위해서가 아니었다.……다만 紂의 어리석고 포학함을 농락하기 위하여 佯狂하여 노예로 갇힘으로 상나라가 망하지

<u>않고 보존할 수 있었다.</u>[273]

위의 글에서 양도인은 기자가 거짓으로 미친 척하여 목숨을 부지할 때, 紂王이 비간의 심장을 도려내는 포학한 행위를 보고 놀라지 않을 수 없었다고 서술하고 있는데, 이는 〈殷本紀〉에 기반한 인식으로 이해할 수 있다. 다만 구체적인 양광 해석에서 이는 紂王의 어리석음을 농락하기 위함이며, 결과적으로 상나라를 명맥을 조선에서 잇게 되었다고 인식하고 있다.

또한 그는 〈謁箕子廟〉 제1수에서 다음과 같이 읊고 있다.

抱疇無由悟獨夫	구주를 품었으나 獨夫를 깨우칠 수 없어
佯狂忍死直須臾	잠깐 미친체하고 참고 살았네

이 구절에서 양도인은 기자가 거짓으로 미친체한 이유를 〈홍범〉이라는 도를 품었으나, 폭군인 紂王을 깨우칠 수 없기 때문에 비롯된 행위라고 해석하고 있다.

양도인이 위에서 언급한, 기자의 동래로 인하고 상나라의 명맥을 조선에서 잇게 되었다는 관점은 조선 문사들이 공감하는 부분이다.

이러한 관점은 21차 원접사 유근이 副使 梁有年의 시에 차운한 〈次謁箕子墓韻〉 에서 잘 드러나고 있다.

273 楊道寅, 〈謁箕子廟論〉: 矧元聖為國宗, 親蘊洪範九疇之奥志, 迫於全商, 而才又足以興商者耶. 當其隱忍圖存之時, 剖心葅醢之暴有所不能驚, 囚奴羈逮之辱有所不能挫, 夫固冀幸主之一悟, 而商之不為周也……猶其玩弄紂之昏暴, 而佯狂囚奴以全商於未亡也.

莫訝佯狂托被髮	미친체하고 머리를 풀어헤친 것은 이상해하지 마소
卻將宗祀寄鯷岑	이는 종묘사직을 조선에 기탁하려는 것이네

이 구절에서 유근은 제잠(鯷岑)이라는 조선의 별칭을 사용하여, 기자가 양광하여 생존을 도모한 것은 모두 은나라의 종묘사직을 조선에 기탁하기 위함이라고 읊고 있다. 비록 기자가 미친척한 이유를 기존의 결과론으로 풀이하고 있지만, 여기에는 조선이 상나라의 國統을 이어받았다는 자부심이 드러나 있다.

03 唱和賦에 나타난 장유와 姜曰廣의 기자 인식

24차 사신 姜曰廣, 王夢尹은 요동의 대부분이 후금에 점령당한 관계로 육로가 막혀, 산동 등주에서 배를 타고 조선에 온다. 그들의 사행 임무는 2가지, 하나는 태자의 출생을 알리는 조서를 반포하는 것이고 다른 하나는 東江, 즉 皮島에 주둔한 毛文龍 부대를 살피고 통제하는 일이었다.

당시 강왈광은 평양에 도착한 이튿날 동틀 무렵에 문묘, 기자사당, 단군·동명왕사당을 배향하고, 그 뒤에 조선 문사들에게 〈弔箕子賦〉[274]를 내놓는다. 해당 작품은 本詞만 118운에 달하는 장편인데, 초사의 擬作 작품으로 난해한 이체자를 많이 사용하고 있다. 당시 원접사 김류 및 수반한 종사관들은 수창을 하지 못하고, 서울에 와서야 장유에게 맡겨 차운하게 한다.

274 이상한 점은 예겸 등 다른 명사들이 사행 기록에서 모두 작품을 지은 시간을 밝혔지만, 강왈광의 경우 자신이 『輶軒紀事』에서는 작품 창작에 대한 부분은 일절 언급하지 않고 있다.

강왈광의 賦는 '本-亂'으로 구성되었고, 장유의 차운작은 '序-本-亂'의 3단 구성 체계를 구비하고 있다. 아래에 '序-本-亂'순으로 해당 작품을 고찰하기로 한다.

1) '序詞'의 양상

장유의 서문은 2개 내용으로 구성되었는데 다음과 같다.

[1] 屈原과 宋玉 이후로 세상에 騷가 없게 되었고 班固와 張衡 이후로는 세상에서 賦를 볼 수 없게 되었다. 그러다가 明代에 접어들어 李夢陽·何景明 등 諸子가 나오면서 비로소 성대하게 古風을 떨치기 시작했으나 규모가 크고 아름다운 표현을 구사하는 體裁는 아직 크게 갖추어지지 못했었는데, 盧次楩(盧柟의 호)과 王元美(王世貞의 호) 이후로 騷賦가 문득 옛 경지를 회복하게 되었다. 내가 일찍이 이를 읽고 부러워하면서 한편으로는 중국같이 큰 나라에서는 반드시 이들의 뒤를 이어 나온 사람들이 있을 것이라고 생각하였는데, 그동안 바다 밖 변두리에 멀리 떨어져 있는 탓으로 듣지를 못했었다.

[2] 그런데 이번에 영광스럽게도 正使大人이 〈箕子賦〉 1편을 보여 주었는데, 그 詞旨가 純一한 것은 말할 것도 없고 仁聖의 은미한 뜻을 천양하는 데에 충분하였으며, 그 奇文을 배치하고 奧語를 나열한 것을 보건대 왕·노 같은 이들이 다시 나온다 하더라도 멀찌감치 뒤에서 눈을 휘둥그렇게 뜨고 쳐다볼 것이 거의 분명하니, 아 또한 장하다고 하겠다. 내가 견문이 부족한 데다 기예 또한 보통의 수준밖에 안 되는 만큼

더위잡고 올라가 보조를 같이하기에는 부족하나 다만 唱酬하는 禮를 감히 빠뜨릴 수가 없기에 삼가 그 韻에 맞추어 화답해 올리면서 가르침을 청하게 되었으니 내 글을 보고 박장대소를 하더라도 어쩔 수 없는 일이다. 그 내용은 다음과 같다.[275]

조선 중기 한문학 四大家의 일인인 장유는 자료 [1]에서 중국의 역대 사부가들을 평가하고 [2]에서는 강왈광의 〈弔箕子賦〉를 훌륭한 작품이라고 칭송하고 자신이 차운작을 짓게 된 연유를 간단히 밝히고 있다. 그러나 『황화집』에 수록된 많은 조선 문사들의 작품처럼 명 사신에 대한 칭찬은 다만 의례적인 것에 지나지 않는다. 그의 강왈광의 해당 작품에 대한 솔직한 평가는 개인 문집인 『溪谷漫筆』에 수록된 아래의 글에서 잘 나타난다.

[1] 天啓 병인년에 姜, 王 등 두 명의 詔使가 우리나라에 왔다. 평양에 도착해서 姜이 〈吊箕子賦〉 1편을 내놓았는데, 모두 118韻의 巨作으로, 표현이 자못 거창하고 화려하면서 奇僻한 글자를 많이 사용하였는바, 대체로 볼 때 盧柟의 亞流라고 할 수 있었다.

[2] 당시에 北渚(金瑬의 호) 金相公이 接儐使가 되고, 子容(鄭弘溟의

275 屈宋之後世無騷, 班張之後世無賦. 明興, 李, 何諸子始彬彬振古, 而閎衍巨麗之體猶未大夫之備. 至盧次楩, 王元美出, 而後騷賦頓復舊觀. 不佞嘗讀而歆艶. 竊意中華之大, 必有繼而作者, 顧海外僻遠, 未之聞也. 玆者伏蒙正使大人出示〈弔箕子賦〉一篇, 無論詞旨醇篤, 足以闡仁聖之微意. 其奇文奥語, 錯落臚列. 雖王·盧復作, 殆欲瞠乎下風矣. 不佞款啓寡聞, 才具凡近, 不足以追攀步驟, 顧唱酬之禮不敢闕焉. 謹依韻和呈, 以請斤敎. 撫掌覆瓿之誚, 故所難避. 其辭曰:

字)과 德餘(鄭百昌의 字) 등 여러 사람이 그 幕下에 있었는데, 모두 酬答하기를 어렵게 여기다가, 서울에 들어온 뒤에 나에게 次韻을 하도록 부탁해 왔다. 이에 내가 사양을 했으나 받아들여지지 않았는데, 마침 생각하는 대로 붓이 잘 움직여 준 덕분에 그다지 크게 골머리를 썩이지 않고도 하루 만에 완성할 수가 있었다.[276]

[1]은 장유의 강왈광의 〈弔箕子賦〉에 대한 총체적인 평가이다. 서문에서는 강왈광의 작품이 盧柟(1507~1560) 및 王世貞(1526年~1590)도 깜짝 놀랄 훌륭한 작품이라고 극찬하고 있으나, 이 글에서는 다만 盧柟의 아류일 뿐이라고 평가하고 있다.

[2]는 자신이 차운작을 짓게 된 연유 및 과정을 서술하였다. 그렇다면 장유가 지향하는 훌륭한 賦는 무엇일까? 이는 아래의 글에서 확인할 수 있다.

賦라고 하는 것은 古詩의 흐름을 이어받은 것으로서 대개 六義의 하나에 속한다고 하겠다. 그런데 詩人의 부는 아름다우면서도 법도가 있어 그 표현이 雍容하고 典雅하며 말은 卑近해도 뜻이 深遠하다. 그러므로 六經의 반열에 끼일 수 있어 博士의 관청에서 소장해 두고 學士와 大夫들로 하여금 대대로 이 규범을 지키면서 익히게 하였던 것이었다.……

276 張維, 『溪谷漫筆·天啓丙寅姜王二詔使到箕城姜出示弔箕子賦一篇余次其韻』卷2: 天啓丙寅姜·王二詔使之來也. 到箕城, 姜出〈弔箕子賦〉一篇, 凡百十八韻, 詞頗巨麗, 多用奇僻字, 蓋盧柟之流亞也……于時北渚金相公爲儐使, 子容·德餘諸人在幕中, 皆難於報章, 既入京, 屬余次韻. 余不得辭, 適會意到, 不至大費締思, 一日而成.

> 西京이 융성하던 시기에 成都의 司馬長卿이라는 사람이 부를 잘 지어 명성을 떨쳤는데, 그지없이 웅대하고 화려한 표현을 능란하게 구사하여 무가내하로 한량없이 세상을 눈흘겨 보면서 종횡으로 치달리곤 하였다. 대체로 볼 때 그의 작품은 이소를 祖述한 것으로서 체격體格을 약간 변화시킨 것이라 하겠는데, 평하는 자들이 조물주의 솜씨에 버금간다고 극찬하는 것도 빈말이 아니라고 할 것이다.
>
> 揚雄氏가 그 뒤에 출현하여 그의 작품을 사모하고 본받으려 하면서 침착하고 사려깊고 노련하고 힘찬 기상을 발휘하여 기이하면서도 난해한 말들을 쏟아 내었다. 천리마처럼 치달리는 그 速度 면에 있어서는 혹 文園보다 약간 뒤떨어질지 몰라도 그가 밟고 간 자취를 살펴보면 마치 똑같은 수레를 타고 간 것 같기만 하니, 이 두 大家야말로 千古에 빛나는 詞林의 표준이 된다 할 것이다.[277]

이 글에서 장유는 사마상여와 양웅을 최고의 賦 작가로 평가하고 있다. 辭賦는 가장 사대부적인 문학인바, 그들의 유가적 가치관이 가장 잘 드러나야 한다. 유가적 문학관은 이른바 文以載道論을 바탕으로 하고 하고 있음으로 근엄하고 교조적 위엄을 유지해야 하고, 작품 속에 교화, 풍화라는 가치가 없다면 그 문학적인 정당성을 얻기

---

277 張維,『谿谷集·揚馬賦抄序』: 賦者, 古詩之流, 蓋居六義之一焉. 詩人之賦, 麗以則, 其言雍容典雅, 辭近而指遠., 故能列於六經, 藏於博士官, 學士大夫世守而習之.……西京之隆, 成都有司馬長卿者以賦名, 能爲宏博鉅麗之詞, 汪洋恣睢, 馳騁從橫. 蓋祖述離騷而體格稍變, 說者謂神化所及, 非虛言也. 揚雄氏後出, 慕而傚之, 以沈深老健之氣, 發爲奇崛聱牙之語. 雖奔軼絶塵, 或稍後於文園, 而步驟轍跡, 如出一軌, 斯兩家者, 誠千古詞林之標極也.

어려움[278]을 시사한다. 장유는 자신이 지은 騷體 작품에 대하여 강한 자부심을 가지고 있다. 그는 〈文詞自評〉에서 다음과 같이 말하고 있다.

> 詞賦 중에서 『離騷經』과 『文選』을 본떠 지어 본 6·7 편은 高麗朝의 李奎報와 같은 반열에 올려도 될 것이니, 대체로 볼 때 문순의 筆力은 겁나는 점이 있지만 典則 면에서는 혹 부족한 점도 있기 때문이다.[279]

장유는 자신의 자신이 지은 騷體 작품 6·7편을 고려시대의 大文豪 이규보에 못지 않은 작품이라고 자평하고 있는바, 여기에는 이 唱和賦도 포함되어 있음은 자명한 일이다.

2) '本詞'와 '亂曰'의 전개 양상

본격적인 논의에 앞서 우선 두 작품 비교하여 고찰[280]하기로 한다. 이 작품은 장편 작품임으로 약 40韻을 발췌하여 분석할 것이다.

---

278 김성수, 「신광한의 사부문학- 낭만 추모류」, 『한문고전연구』13, 한국한문고전학회, 2006, 123면.

279 張維, 『谿谷漫筆·文詞自評』卷2: 詞賦學騷選者六七篇, 當與麗朝李文順雁行, 蓋文順筆力可畏, 而典則或不足耳.

280 강왈광의 해당 작품은 번역문을 찾을 수 없어 필자가 직접 번역하였는데, 많은 오류를 범했을 것으로 사료된다. 장유의 次韻賦는 『국역 계곡집』(이상현 역, 민족문화추진회, 1997) 중의 역문을 참고하여 필요에 따라 고쳐 썼음을 밝혀둔다.

강왈광	장유
(1) 夫何夫子之僻居此兮, 抑鬱其誰侶 夫子는 어찌하여 이 외진 곳에서 사는고 답답하여 누구와 벗으로 하는고	(1) 藐台濩落于寰中兮, 悵介特而無侶 이내 몸 세상에 태어나 외톨이로 짝 없음을 슬퍼하였네
(2) 思九州之博大兮, 豈莫容而遠擧 구주의 넓음을 생각하면 어찌 수용 못하고 멀리 떠났는고	(2) 緬往喆之逸軌兮, 思矯翼而偕擧 철인들의 뛰어난 자취 회상함이여 높이 날아 올라가 함께하려 생각했네
(3) 扈蘺芷以爲佩兮, 斟沆瀣以爲醑 강리와 벽지를 허리에 두르고 이슬을 펴서 美酒로 하였네	(3) 歷九州而想其人兮, 羞余肴兮醊余醑 온 세상 뒤져서 그런 사람 찾노니 나에게 안주 주고 술을 따라 주는구려
(4) 監四方其索毗兮, 誰聘美而釋女 사방을 살펴 도울 곳을 찾았으니 누가 미인을 청하는데 그대를 몰라라 하리	(4) 慨絕響之久湮兮, 誰哉倡予而和女 絕唱이 끊어진 지 오래되어 슬펐는데 누군가, 내 노래로 화답케 하는 당신은
(5) 寧引絕於故都兮, 竊忖以先生之裏緒 옛 도읍에서 절망할지언정 남몰래 선생의 속마음을 헤아려	(5) 經浿陽之舊墟兮, 竊慕元聖之遺緒 평양성 옛 유적지 지나오면서 성인의 끼친 업적 사모하였네
(6) 聊陳詞以上薦兮, 代幽悰之訴語 글을 지어 올리노니 부자의 마음을 대신하여 하소연하노라.	(6) 陟降之不可知兮, 參帝居兮共天語 혼이 오르내리는지 알 수 없으나 상제의 처소에서 함께 말씀 나누리라
(7) 曰: 惟時俗之曲昧兮, 予獨此時乎遇處 이르기를 오직 세속의 우매함이라면 나는 홀로 이때에 만나지 않으리	(7) 宇宙旣均式于大法兮, 矧玆夫子之攸處 이 세상 골고루 큰 법 펼쳐졌지만, 부자 계셨던 이곳이야 더 말해 뭣하리
(8) 夫孰方員之能周兮, 孰異道而不齟齬 어찌 각과 원이 아울릴 수 있으리 누가 뜻이 다르면서도 어긋나지 않으리오	(8) 溯遺風之眇邈兮, 中欝曲而齟齬 남기신 풍도 까마득히 거슬러 오름이여 가슴 답답해지면서 자꾸 어긋나도다
(9) 予練要以秉常兮, 胡今人之反厥心	

나는 정성스레 상리(常理)를 지키려했으나
어찌하여 지금 사람들 마음과 어긋나는가

(10) 賤胡繩於蒼菉兮, 寶蜣轉以爲琛
호승을 자녹시보다 천하게 여기고
소똥구리를 굴려 보배로 여기누나

(11) 萃周狗之嗺嗺兮, 媚狐又居中以善淫
주구(周狗)들이 모여 으르렁거리고
요사한 여우 또한 그 사이에서 음탕하구나

…〈중략〉…

(49) 沓妒嫮之謠諑兮, 鼳猻又謂予不祥
질투하여 미녀를 모함하니
지렁이가 내가 불길하다 말하네

(50) 日爊舌於閑抵兮, 我其茈懵以無知
날마다 혀를 피곤하게 놀려 말하니

…〈중략〉…

(34) 獨泯默以沈痛兮, 背膺牉若疈辜
나 홀로 말 없이 침통함이여
가슴과 등 쪼개지듯 아파 오누나

(35) 衆蚩蚩而朋淫兮, 疇復察余之危苦
어리석은 저 무리들 음란함을 짝함이여
절박한 나의 심정 누구라서 살펴주랴

(36) 屬明神以聽直兮, 指皇天與后土
나의 곧음 알아주게 신명에게 부탁할까
하늘과 땅의 신령 내려다보고 계시리라

(37) 諒天廢之不可支兮, 聊以自獻于吾祖
하늘이 멸망시키니 지탱할 수 없음이여
우리 선조에게 바치며 고하리로다

…〈중략〉…

나는 전혀 몰랐어라
(51) 翹予美之瑯瑒兮, 又非予心之所期
낭랑한 옥을 일으키니
이 또한 내가 맘속으로 기대한 바가 아니라오
(52) 乍前卻以邅廻兮, 潾不知其所之
별안간 나가지 아니하고 빙 도니
어디로 가야할지 막막하기만 하여라
(53) 既懷情而不發兮, 焉能碌碌其載尸
정을 마음속에 담고 펴내지 못하노니
어찌 녹녹하여 산 송장과 같으리

…〈중략〉…

(62) 抱鳴琴於河干兮, 思投河伯以為伍

(53) 眷東表之有土兮, 非職方之攸尸
돌아보니 동쪽에 땅이 하나 있음이여
이곳은 주나라의 행정 구역 아니로다

…〈중략〉…

(56) 知不可以我縶兮, 孰此行知可已
나 붙잡지 못할 것을 알고들 있음이여
누가 이 걸음을 멈추게 할 수 있으리오
(57) 遐哉東海之洋洋兮, 戒余轄以卽路
멀도다 양양한 동해 바다 저쪽 땅
수레를 정비하여 곧바로 길 떠나네
(58) 夷之陋尚可居兮, 信吾德之貞固
미개한 東夷 지역 그래도 살 만하니
곧고 바른 나의 덕 펼쳐 보이리라
(59) 布八條之優優兮, 漸摩以哲王之軌度
넉넉히게 犯禁八條를 포고함이여
철인정치 법도 따라 점차 닦아 가도다

…〈중략〉…

(62) 商丘邈其離絕兮, 干與梅兮鬼爲伍

우는 거문고를 끌어안고 강가에 서서
강에 뛰어들어 하백을 동반할까 생각하노라
(63) 慨一死其何難兮, 又恐君明之有傷
서슴없이 죽는 것이 뭐가 어려우랴
이 또한 임금의 밝음에 해를 끼칠까 두려우니

…〈중략〉…

(85) 酒帶酲而尚宿兮, 兵指宮以來轟
술에 아직 깨지 못했는데

고향 땅 까마득히 떨어져 있음이여
比干과 梅伯은 저승 사람 되었도다

(63) 悵殷墟之麥秀兮, 獨忍淚而增傷
슬프다 은허에 팬 보리 이삭들
눈물을 참으려니 마음만 더 아파오네

…〈중략〉…

(69) 去橧巢與穴窟兮, 俾我寧處乎堂房
나무 위와 굴속 생활 청산함이여
집을 짓고 편안하게 살도록 하였도다
(70) 君師而父母兮, 澤遠而道光◉
임금이요 스승이요 부모가 되심이여
그 은택 그 도 후세에 길이 빛나리라
(71) 距今玆幾千祀兮, 儼祠廟之孔陽
지금 어언 누천 년 지남이여
정중하게 제사를 모셔 왔도다

…〈중략〉…

(82) 有翰林之主人兮, 紛獨慕此姱修
한림원에 계시는 姜天使께선
유독 이 아름다움 사모하도다
(83) 鳴韺韶之要眇兮, 息淫哇之嘲哳
영소 같은 명곡을 노래함이여
음란한 지저귐 종식시키도다

…〈중략〉…

병사들이 궁궐에 와 서 있네
(86) 紛總總其朅迎兮, 黴地裂而天覆
분주하게 가고, 영접하니
땅이 갈라지고 하늘이 무너져 내렸네
(87) 望鹿臺之燎揚兮, 痛君自嬰乎大戮
녹대에 횃불이 날리는 것을 바라보고
임금의 스스로 유치하여 大戮되었음을 아파했네
(88) 義不可以有二兮, 我罔為乎臣僕
의리로서는 두 임금을 모실 수 없으니
나는 신복으로 되지 않으려 했네

…〈중략〉…

(100) 八約載以清淨兮, 芳菲菲其彌章
팔조는 맑고 깨끗한 곳에 담았으니
향내가 멀리 가고 더욱 밝구나
(101) 思降福之孔夷兮, 亦莫敢不來王
복을 내릴 평탄한 길을 생각할제
또한 감히 입조하러 오지 않을 수 없네
(102) 馬踡局而徘徊兮, 遊子悲切乎故鄉
말이 움츠리고 제자리에서 배회하니
나그네는 고향을 슬퍼하네.
(103) 覩禾黍之油油兮, 恨狡童之無良
벼기장이 무성한 모습을 보고
교활한 아이의 무치함을 증오하네

…〈중략〉…

(88) 顧仁聖之秉義兮, 矢靡詘於臣僕
회고컨대 기자 성인 의에 입각하셔서
맹세코 몸 굽혀 신하 되려 않았도다

…〈중략〉…

(100) 聖人之化與天通兮, 諒彌久而彌章
성인의 교화는 하늘과 통함이여
세월이 흐를수록 더욱 드러나도다

…〈중략〉…

(108) 哀吾命之獨窮兮, 終寥廓乎海荒
내 운명이 홀로 고난을 겪고 있음을 슬퍼하고
넓고 황량한 해동에서 명을 다하네.

(109) 已矣其不可追兮, 徒忳鬱以念窮蒼
아서라, 그것은 따라갈 수가 없으니
헛되이 번뇌에 쌓여 하늘을 생각하네

(110) 倘箕尾可得而騎兮, 吾將從先王於雲房
혹시 기미를 얻어 탈 수 있다면
나는 선왕을 따라 하늘나라에 가리라

亂日: 노래는 다음과 같다.

(111) 思君兮君不可化, 君不知兮可奈何
임금을 사모하나 임금은 변할 수 없고
임금은 알지 못하니 어찌하면 좋으리오

(112) 山有阿兮海有沱, 君之慆德兮罔極則那
산은 비탈이 있고 바다에는 굽이가 있나니
임금은 부덕이 끝없으니 어찌하랴

(113) 羞改質兮懷二, 矢之遯兮靡他
고치기를 부끄러워하니 두 마음 품었고
화살처럼 도망가니 다른 뜻 없었다네

(114) 出不辭兮往不返, 悲莫悲兮去故畿
나옴에 마다하지 않고, 한번 가서는 돌아오지 않나니

(108) 鋪張華夏之文明兮, 永衣被於偏荒
중국의 선진 문명 널리 베풀어
우리나라 영원히 혜택 입게 하여 주오

(109) 挹鴻藻而三復兮, 覿光色之淵蒼
그 대문장 떠올려 세 번 반복할 것이고
깊고 푸른 그 광택 눈여겨볼 것이니

(110) 擬蕙華而並美兮, 長榮菀於都房
향초와 나란히 아름다움 다투면서
도방에서 그 영예 영원히 누리리다

亂日: 노래는 다음과 같다.

(111) 握瑜兮懷瑾, 天方蹶兮謂何
옥돌 손에 쥐고 가슴에 품었어도
하늘이 넘어뜨리는 걸 어떻게 하랴

(112) 靡君兮不可昭, 雖願忠兮可那
임금 꽉 막혀 밝힐 수가 없으니
충성 바치려 해도 될 수가 있겠는가

(113) 隳余飾兮辱余身, 心斷斷兮無他
내 장식 떼고 내 몸 욕되게 하였으나
마음만은 참되어 다른 뜻 전혀 없네

(114) 離離兮禾黍, 藹藹兮邦畿
벼 곡식은 잘 익어 축축 늘어져 있는데

최고의 슬픔은 옛 도읍을 떠나는 것이네	國都는 우울하기 그지없구나
(115) 路漫漫兮修阻, 魂冉冉兮難歸 길은 멀고도 가로 막히고 혼은 느릿느릿 돌아가기 어렵네	(115) 故國兮適殊方, 魂有招兮無歸 고향 뒤에 두고 다른 곳으로 떠남이여 혼 불러도 돌아갈 곳 없게 됐도다
(116) 聽吾言兮心莫違, 乘白馬兮其來依 나의 말을 들을 마음이 아예 없기에 백마를 타고 찾아왔네	(116) 亳社兮旣亡, 宗周滅兮疇依 은나라의 운수가 이미 끝나고 주나라가 멸했으니 그 누구 의지할까
(117) 願先生之一笑而去兮, 周家事業久已非 선생께서 한번 웃고 가시길 바라노니 주나라의 사업은 오래전에 이미 글렀네	(117) 耿此心兮獨不死, 千秋萬歲兮無是非 유독 죽지 않고 늘 못 잊는 이 마음 천추 만세토록 시비함이 없으리라

이는 '侶, 擧, 醑, 女, 緖, 語……' 등 本詞가 110韻, '亂日'이 7韻으로 기자를 읊은 장편 작품이다. 장유가 지적하다시피 강왈광은 이 작품에서 生僻字를 많이 사용하고 있다.

(1) 형식적 측면

이 양자는 모두 '兮'를 비교적 규칙적으로 사용하고 있다. 전자는 모두 騷體의 '○○…兮, ○○…'의 형식을 취하고 있으나, 후자는 이 형식 외에 (97), (98), (101), (102) 등 구절에서 '○○…兮○○…, ○○…兮○○…'을 취하고 있다. 이미 앞장에서 밝혔지만 이 경우는 詩歌型으로 큰 문제가 되지 않을뿐더러, 이와 같은 장편 작품에서는 오히려 형식상의 따분함을 피할 수 있다.

이 두 작품은 모두 강한 서정성을 띠고 있다, 전자의 작품은 전편에 걸쳐 기자의 운명을 애통해하는 슬픔으로 점철되어 있는 반면, 후자의 작품은 적당한 감정적 절제를 보이고 있으며 箕子 辭賦의 특징으로 되어 있는 '紀行, 弔古, 外交'[281] 요소를 모두 갖춘 작품이다. 강왈광의 해당 작품에 대한 솔직한 평가는 개인 문집인 『溪谷漫筆』에서 잘 나타난다.

> 姜公은 비록 교묘하게 엮어내는 修辭學的 재주는 가지고 있었어도, 文勢가 천박하고 옹졸하기만 하였으니, 詞賦의 名手라고는 결코 할 수가 없었다.
>
> 그리고 자신이 직접 箕子의 故都를 거쳐 오면서 그의 무덤이 있는 곳과 井田法을 시행했던 遺墟를 볼 수 있었을 것이니, 俯仰간에 일어나는 千古의 감회가 있었어야 마땅하다. 그런데 賦를 보건대, 그저 데면데면하게 기자를 찬양하기만 했을 뿐, 그곳을 지나오면서 눈으로 본 느낌은 전혀 담지를 않고 있으니, 이것은 필시 중국에 있을 때 남의 글을 슬쩍 빌려다가 미리 엮어두었던 것이리라고 여겨진다.[282]

위의 글로부터 이 시기에는 조선 문사들이 이미 기자관련 작품 형식에 대하여 기본적 인식이 있었음을 알 수 있다. 즉, 적어도 이런 유형의 작품에는 평양에서 기자 유적을 보고 느낀 감회가 있어야 한다는 점이

281 權赫子, 같은 논문, 9면.

282 張維, 『溪谷漫筆·天啓丙寅姜王二詔使到箕城姜出示弔箕子賦一篇余次其韻』卷2: 姜公雖有詞藻, 筆勢淺局, 非詞賦手. 且身經箕子故都, 得見丘墓所在及井田遺墟, 宜有俯仰千古之感. 而賦中只泛讚箕子而已, 殊無經過目擊之意, 此必在中朝日, 倩筆宿構者也.

다. 그런데 강왈광의 해당 작품에는 기자사당, 기자무덤에 대한 언급이 일절 보이지 않는다. 그리고 전편이 기자의 불우한 운명에 대한 하소연만 있을 뿐, 기자조선에 대한 칭송과 축복도 전혀 언급되지 않고 있다. 하여 장유는 이 작품을 천박하고 옹졸하다고 평가하고 있는 것이다.

(2) 내용적 측면

이 두 작품을 비교하여 단락을 나누면 다음과 같다.

강왈강	장유
1段: 창작 목적(1~6구) 2段: 중국에서의 행적 및 동래(7~99구) 3段: 기자의 조선에서의 행적(100~110구) 4段: 亂日	1段: 창작 목적(1~6구) 2段: 중국에서의 행적 및 동래(7~58구) 3段: 기자의 조선에서의 행적(58~69구) 4段: 시인의 감회 및 명사에 대한 칭송(70~110구) 5段: 亂日

〈1〉 창작 목적

강왈광은 이 단락에서 굴원의 騷體로 기자가 동래한 사적에 근거하여, 기자의 불우한 운명을 동정하고 그의 마음을 대변하여 하소연한다는 것으로 운을 떼고 있다. 강왈광의 전편 글에는 《離騷》를 集句하거나 變用한 흔적이 여러 군데 보인다. 예를 들어 2구의 '思九州之博大兮'는 직접 집구하였고, 3구의 '誰聘美而釋女'은 《離騷》의 '孰求美而釋女'에서 앞의 두 글자만 바꿔 썼는데, 그 뜻은 비슷하다.

이 단락에서 보다시피 강왈광이 이 작품을 쓴 목적은 기자를 대신하여 불우한 운명을 하소연하려는데 있다.

그러나 장유의 작품은 이와 사뭇 다르다. 그는 평양을 지나면서 기자사당을 배알하는 느낌과 감흥으로 기자와 공감을 교류하련다고 서술하고 있다.

강왈광은 해당 단락에서 기자가 왜 이 먼 조선 땅에 왔냐고 동정하고 있으며, 그가 '외진 곳에서 산다(僻居)'고 서술하고 있다. 사실 이는 조선측의 입장으로 보면 외교적 결례로 보이지 않을 수 없다. 이미 앞에서 살폈듯이 조선에서는 비록 외진 곳이라는 용어를 사용하더라도 기자가 살았고, 공자가 살고 싶어하는 곳이라는 자긍심을 갖고 있었다.

이러한 종합적인 이유로 장유는 강왈광의 작품이 외교문학의 격식에 부합되지 않음으로 자신의 문집에서 부정적인 평가를 하고 있는 것이다.

〈2〉 중국에서의 행적 및 동래

강왈광은 제2단락(7~99구)에서 충신인 기자가 불우한 세상을 만나 간신들의 참소에 의하여 뜻을 펼치지 못하고 나라의 멸망을 맞이하여, 조선으로 동래하게 된 과정을 읊고 있다.

(8) 夫孰方員之能周兮, 孰異道而不齟齬

어찌 각과 원이 아울릴 수 있으리

누가 뜻이 다르면서도 어긋나지 않으리오

(9) 予綀要以秉常兮, 胡今人之反厥心

나는 정성스레 常理를 지키려하였으나

어찌하여 지금 사람들 마음과는 어긋나는가

이 구절에서는 기자의 강직한 성격을 읊고 있다.

(10) 賤胡繩於蒼菉兮, 寶蜣轉以爲琛
호승을 자녹시보다 천하게 여기고
소똥구리를 굴려 보배로 여기누나

(11) 萃周狗之嚾嚾兮, 媚狐又居中以善淫
周狗들이 모여 으르렁거리고
요사한 여우 또한 그 사이에서 음탕하구나

(49) 咨妒媢之謠諑兮, 梟貙又謂予不祥
질투하여 미녀를 모함하니
지렁이가 내가 불길하다 말하네

(50) 日憊舌於閉抵兮, 我其芚憒以無知
날마다 혀를 피곤하게 놀려 말하니
나는 전혀 몰랐어라

제10구에서 '胡繩', '蒼菉' 등은 모두 굴원의 〈이소〉에서 나오는 풀의 이름이다. 조정은 '周狗들이 모여 으르렁거리고, 요사한 여우 또한 그 사이에서 음탕한 짓'을 벌이는 혼탁한 곳이고, 미녀[283]는 온갖 요사한 무리들의 질투와 모함을 받는다.

(52) 乍前卻以邅廻兮, 莽不知其所之

283 〈이소〉에서 굴원이 자신을 미녀로 비유.

별안간 나가지 아니하고 빙 도니
어디로 가야할지 막막하기만 하여라

(53) 既懷情而不發兮, 焉能碌碌其載尸
정을 마음속에 담고 펴내지 못하노니
어찌 녹녹하여 산 송장과 같으리

이런 세상에서 기자는 자신의 충성을 바치고 정치의 뜻을 펼 길이 없어 막막하기만 하다.

(62) 抱鳴琴於河干兮, 思投河伯以為伍
우는 거문고를 끌어안고 강가에 서서
강에 뛰어들어 하백을 동반할까 생각하노라

(63) 慨一死其何難兮, 又恐君明之有傷
서슴없이 죽는 것이 뭐가 어려우랴
이 또한 임금의 밝음에 해를 끼칠까 두려우니

물에 뛰어들어 자살하려고도 생각해 보지만 임금의 명성에 누가 될까 두려워 행하지 못하고, 나라가 망해가는 꼴을 지켜볼 수밖에 없다.

(87) 望鹿臺之燎揚兮, 痛君自嬰乎大戮
녹대에 횃불이 날리는 것을 바라보고
임금의 스스로 유치하여 大戮되었음을 아파했네

(88) 義不可以有二兮, 我罔為乎臣僕
의리로서는 두 임금을 모실 수 없으니
나는 신복으로 되지 않으려 했네

나라가 망하니 임금을 위해 슬퍼하고 충신으로서 두 신하를 모실 수 없기에 주나라의 신하로는 되지 않으리라 결심한다.

강왈광은 《離騷》의 시상을 모방하여 기자의 불우한 운명과 우국충정을 노래하고 있다. 물론 이는 어쩌면 風前燈火인 명나라의 멸망의 국운과 자신의 불우한 처지에 대한 감흥에서 우러러 나온 것일 지도 모른다.

그가 지은 『輶軒紀事』에 의하면, 강왈광은 조선에 오기 전에 요동에서 후금에 패한 모문룡부대가 주둔한 東江鎮에 들려 전쟁의 참상을 목격하였고, 鞍山 패전을 계기로 심화된 중앙정부와 동강진의 갈등을 조정하기 위하여 모문룡과 설전을 벌였다. 그는 이번 사행을 통하여 멸망으로 치닫는 나라의 운명을 충분히 직감했을 것으로 사료된다.

비록 결과론적인 담론이지만, 어쩌면 '義不可以有二兮, 我罔為乎臣僕(의리로서는 두 임금을 모실 수 없으니, 나는 신복으로 되지 않으려 했네)'는 강왈광 자신의 솔직한 심경을 대변하였을지도 모른다. 사실 명이 후금에 의해 멸망한 뒤 그는 抗金 투쟁을 벌이다가 실패하자 못에 투신하여 자살한다.

이처럼 강왈광은 기자의 중국에서의 불우한 운명에 대하여 슬픈 어조로 하소연하고 있다.

장유의 작품에서는 이런 슬픈 정서가 일부 구절에서 절제되어 나타난다.

(34) 獨泯默以沈痛兮, 背膺牉若龤辜

나 홀로 말 없이 침통함이여

가슴과 등 쪼개지듯 아파 오누나

(35) 衆蚩蚩而朋淫兮, 疇復察余之危苦

어리석은 저 무리들 음란함을 짝함이여

절박한 나의 심정 누구라서 살펴 주랴

(36) 屬明神以聽直兮, 指皇天與后土

나의 곧음 알아주게 신명에게 부탁할까

하늘과 땅의 신령 내려다보고 계시리라

(37) 諒天廢之不可支兮, 聊以自獻于吾祖

하늘이 멸망시키니 지탱할 수 없음이여

우리 선조에게 바치며 고하리로다

그리고 아래의 구절에서 조선의 지역적 독립성에 대한 입장이 분명히 드러난다.

(53) 眷東表之有土兮, 非職方之攸尸

돌아보니 동쪽에 땅이 하나 있음이여

이곳은 주나라의 행정 구역 아니로다

이 구절에서 장유는 기자의 '受封東來說'을 부정하는 뜻을 분명히 밝히고 있다. 즉 조선이 주나라의 행정구역이 아니었기에 주무왕이 기자를 조선에 봉할 수 없다는 입장을 드러내고 있는 것이다. 그는

〈箕子非受武王之封而自來朝鮮〉에서 다음과 같이 주장하고 있다.

> 『史記·微子世家』에 "武王이 箕子를 朝鮮에 封했다"는 구절이 나오는데……미자가 봉작을 받은 것은 殷나라의 宗祀를 받들기 위함이었으니 그래도 핑계 댈 곳이 있다 하겠지만, 기자가 만약에 조선에 봉해지는 것을 수락했다면 의리에 비추어 볼 때 무슨 근거가 있다 하겠는가. 더구나 조선으로 말하면 그 당시 중국에 복속되지 않은 상태였는데, 무왕이 어떻게 그 땅을 마음대로 취해서 제후를 봉할 수가 있었겠는가? 따라서 사마천의 이 말은 잘못된 것이 분명하다 하겠다.
>
> 『漢書·地理志』를 보면, "殷나라의 도가 쇠해지자 기자가 그곳을 떠나 조선으로 가서 백성들에게 예의와 누에치기와 베짜기 등을 가르쳤다."하였는데, 이 말이 매우 일리가 있다. 대체로 볼 때, 기자가 중국을 뒤로 하고 조선으로 들어가자 조선 백성들이 모두 그를 존숭하여 임금으로 삼은 것이니, 이는 泰伯이 蠻荊으로 가서 마침내 그곳의 임금이 된 고사와도 상통하는 것이라 하겠다.
>
> 왕년에 내가 詔使 강왈광의 〈吊箕子賦〉에 次韻하면서, "기자가 무왕의 봉작을 받은 것이 아니라 자기 스스로 조선에 온 것이다."고 하였다. 그러자, 趙緯韓이 근거 없는 말이 아니냐고 자못 의심하였는데, 이는 바로 반고의 뜻을 적용한 말인 줄을 알지 못했기 때문이다.[284]

284 張維, 『谿谷漫筆·箕子非受武王之封而自來朝鮮』卷2: 『史記·微子世家』曰: "武王封箕子於朝鮮"……微子之受封, 爲存宗祀, 猶有可諉者, 若箕子受朝鮮之封, 於義將何據也. 況朝鮮是時未嘗服屬中國, 武王安得取其地而封拜諸侯乎? 史遷此說, 明是謬妄. 『漢書·地理志』曰: "殷道衰, 箕子去之朝鮮, 教其民以禮義田蠶織作." 此語甚有理. 蓋箕子去中國而入朝鮮, 鮮民共尊以爲君, 亦猶泰伯適蠻荊而遂君其地也. 昔年余次姜詔使曰廣〈弔

위의 글에서 보다시피 장유는 기자가 주무왕의 책봉을 받고 조선에 온 것이 아니라 조선에 온 뒤 백성들의 추대를 받고 임금으로 되었고, 또한 책봉을 받지 않았으니 주나라에 조회갈 일이 없었다고 인식하고 있다.

〈3〉 조선에서의 행적

강왈광은 제3단락(100~110구)에서 다만 제 100구에서 다만'八紂載以清淨兮, 芳菲菲其彌章(팔조는 맑고 깨끗한 곳에 담았으니, 향내가 멀리 가고 더욱 밝구나)라고 소략하게 조선 교화를 읊었고, 101~105구에서는 기자가 주나라에 조회 간 행적을 서술하고 있으며 106~110구에서는 이역타향에서 고향을 그리워하며 여생을 보내는 쓸쓸한 나그네-기자의 슬픈 심정을 노래하고 있다. 같은 중국인으로 이역타향에서 생을 마감한 인간-기자의 운명을 슬퍼하는 것이다.

반면, 장유는 58~69구에서 기자의 조선에서의 교화 치적을 중심으로 읊고 있다. 비록 62~63구에서 '商丘邈其離絕兮, 干與梅兮鬼爲伍. 悵殷墟之麥秀兮, 獨忍淚而增傷 (고향 땅 까마득히 떨어져 있음이여, 比干과 梅伯은 저승 사람 되었도다. 슬프다, 은허에 팬 보리 이삭들, 눈물을 참으려니 마음만 더 아파 오네)'라고 麥秀를 언급하고 있지만 이는 다만 기자의 폐허로 된 은나라 수도를 회상하는 것에 불과하다.

즉, 장유는 기자의 주나라 입조에 대하여 전혀 언급하지 않고 있다. 이는 이 시기 조선의 보편적 인식과 궤를 같이 한다.

箕子賦〉, 謂箕子非受武王之封, 而自來朝鮮. 趙丈持世頗疑其無據, 不知正用班固意也.

〈4〉 시인의 감회 및 명사에 대한 칭송

강왈광의 작품은 7구부터는 모두 일인칭으로 일관되어 기자의 슬픈 심정을 노래하고 있는 반면, 장유의 차운작은 70~110구에서는 시인의 감회, 강왈광의 대한 칭송 등 외교적인 수사들을 동원하여 서술하고 있다.

여기에서 유의할 점은 장유의 차운작에서 강왈광의 해당 작품에 대한 칭송은 82·83구의 '有翰林之主人兮, 紛獨慕此姱修. 鳴韺韶之要眇兮, 息淫哇之嘲哳(한림원에 계시는 姜天使께선 유독 이 아름다움 사모하도다. 영소 같은 명곡을 노래함이여, 음란한 지저귐 종식시키도다)'라고 드높이 칭송하고 있지만, 이미 위에서 보다시피 자신의 개인 문집에서는 이 작품이 별로라는 직설적인 평가를 내리고 있다.

이 단락 중 88구에서 장유는 '顧仁聖之秉義兮, 矢靡詘於臣僕(회고컨대 기자 성인 의에 입각하심이여, 맹세코 몸 굽혀 신하 되려 않았도다)'라고 기자를 성인으로 표현함과 동시에, 不臣을 재차 강조하고 있다.

그리고 이 단락에서는 기자의 교화를 칭송하고 100구에서는 '聖人之化與天通兮, 諒彌久而彌章(성인의 교화는 하늘과 통하니, 세월이 흐를수록 더욱 드러나도다)'라고 표현하고 있지만, 이 역시 외교문학의 형식적인 수식에 불과하다. 반면 그는 〈續天問〉에서

檀而肇辟	단군께서 나라 열고
箕而肇教	기자의 교화 받았는데
何神聖之墟	어째서 성인의 옛 터전에

而遺風眇眇　　유풍을 볼 수 없단 말인가

라고 단군조선에서 현재 기자의 유풍을 찾을 수 없다고 읊고 있다. 비록 현재 〈續天問〉의 창작시기를 고증할 수 없어 추론에 불과하지만 이미 언급한 적이 있는 24차 副使 王夢尹의 〈太平館, 舊有張방洲六十韻, 歸途次之〉에서

山川乃是檀封地　　산천은 그대로 단군의 봉지인데
渾噩猶存箕子風　　놀랍게도 기자의 유풍이 아직도 남아있네

으로 인식한 것에 대한 반론으로 보여질 수 있다.

장유는 이처럼 자신의 기자에 대한 인식을 외교적 차원과 개인의 관점을 분리시키는 이중적 태도를 취하고 있다. 물론 이는 『황화집』 소재 외교문학 작품들의 공통적인 특징이기도 하다.

〈5〉 亂曰

마무리 부분인 亂曰에서 이 양자는 각각 자신들이 本詞에서 읊은 내용을 간단히 요약하고 있다.

강왈광은 기자가 紂王의 무도함에 나라를 잃고 이역타향에 와서 고향에 돌아갈 수 없는 기자의 슬픈 마음을 표현하고 있고, 장유는 역시 충신으로서의 충정을 바칠 수 없는 기자의 동래 및 나그네의 슬픈 마음을 읊고 있다.

04 소결

본 장에서는 17세기 전기 한중 양국 문사들의 기자 인식 양상을 살펴보았다. 이 시기는 16세기 말에 발생한 임진왜란시기에 명의 파병으로 인하여 양국의 우호적 관계가 더욱 강화되었지만, 다른 한편으로는 명나라의 기강이 해이해져 조선에 온 명사들은 수탈을 감행하여 전란으로 황폐해진 조선에 심각한 재정적 어려움을 주기에 이른다. 또한 강성해진 후금의 공격으로 인하여 한중 양국은 준엄한 안보 위협을 느끼게 되며, 종국적으로 명은 멸망하고 양국의 창화시대는 막을 내리게 된다.

이 시기 기자 인식에서 특징적인 것은 기자의 朝周說이 누락되고, 선조 및 정사신의 경우에는 朝周說 및 受封說을 모두 부정하는 등 기자에 대한 새로운 인식이 나타나기 시작한다는 점이다.

이 시기에는 16세기와 마찬가지로 양국 문사들은 '조공-책봉'관계를 강조하는 '箕封'에 대하여 아주 적게 언급하고 있으며, 중국인들의 단군에 대한 인식이 깊어져 23차 劉鴻訓의 경우에는 별도로 〈단군〉을 음영하는 시를 짓는다. 본고는 그의 해당 작품 및 단군에 대한 인식을 중점적으로 고찰하고 또한 조선 문사들의 단군 홍보 노력도 살펴보았다.

〈洪範〉 담론에서는 이 시기 양국 문사들에 의하여 기자가 성인으로 존숭되어 있기에 원수인 무왕에게 〈홍범〉 즉 道를 전수한 사적은 전혀 문제가 되지 않고 있음을 발견할 수 있었다. 또한 이 시기의 主인식은 16세기와 마찬가지로 기자가 조선에 전수한 것은 〈홍범〉 중의 일부인 八條라는 점을 확인할 수 있었다.

이 시기의 '佯狂' 담론에서는 일부 문사들이 공자의 三仁 평가에 기반한 해석에 의문을 갖고 나름대로 해석하려는 경향이 나타난다. 23차 副使 楊道寅의 경우 『史記·殷本紀』의 기록에 근거하여 기자의 양광을 놀랐다고 인식하고 있지만, 결국에는 그도 기자의 佯狂 이유를 紂王의 어리석고 포학한 행위를 농락하기 위함이라고 해석하고 있다. 이 시기 조선 문사들의 또 다른 양광 인식은 결과론- 기자가 은나라의 사직을 보존하기 위함이라고 해석하는 경향도 나타난다.

그리고 唱和賦에서는 姜日廣과 장유의 창화를 통하여 이들이 기자 인식을 폭넓게 살필 수 있었다. 강왈광은 굴원 〈離騷〉의 서정적인 문체로 비감에 찬 어조로 기자의 불우한 운명을 읊은 반면, 장유는 보다 차분하게 기자의 행적을 읊고 있다. 여기에서 문제점은 장유가 강왈광의 해당 작품에 대한 평가에서 볼 수 있듯이, 外交賦의 기능 및 작용에 대한 이해이다. 즉 이 시기에는 기자 담론이 외교문학 작품의 형식 및 내용 구성에 대한 차원에서의 대결적인 측면이 부각되고 있다.

제6장

결론

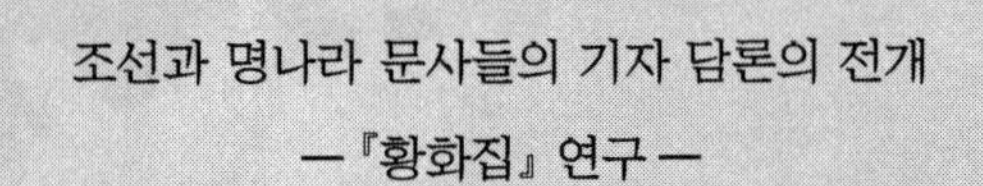

조선과 명나라 문사들의 기자 담론의 전개

—『황화집』 연구—

본고는 15세기 후반으로부터 시작하여 17세기 전반 명나라의 멸망과 더불어 막을 내린 한중 양국 문사들의 창화 작품을 수록한 『황화집』소재 기자 창화 작품에 대한 고찰을 통하여 그들의 기자 인식 양상을 살펴보았다. 이상 논의된 내용을 집약하고 요청되는 과제를 밝혀 결론으로 삼고자 한다.

箕子는 前漢시대에 편찬된 『尙書大傳』 및 『史記』에 수록된 소위 箕子東來說에 의하여 한중 양국의 공통적인 관심 대상으로 부각되어, 세인들은 그를 고대 한국에 중국의 전통적인 문화를 전수하고 백성을 교화한 군주로 인식하게 되었다. 특히 조선시대에 이르러 조선 조정에서 중국에 단군을 홍보하기 위한 외교 목적으로 평양에 기자 사당 및 기자무덤을 重修하면서, 일정상 평양을 경유해야만 하는 명나라 사신들은 평양의 기자 유적을 배향하는 전통을 수립하게 되었고, 이들은 해당 유적지에 대한 감흥을 적은 작품을 지어 조선 문사들과 교류하게 되었다.

그러나 중국의 고문헌에 기록된 기자는 미스터리한 인물로, 그에 대한 이해에는 대체로 3개 쟁점이 내재되어 있다.

첫째는 冊封과 不臣 문제, 기자가 무왕의 책봉을 받았으면서도 주나라의 신하로 되지 않았다는 기록은 참으로 모순적이다. 책봉을 받았으면 기자는 주나라의 제후로 되는 것이고, 신하로 되지 않았다면 평등한 국가 관계가 되는 것인바, 그렇다면 기자가 주나라에 입조하는 일도 없었을 것이다. 당시 조선에서는 受封而不臣으로 본 반면, 중국에서는 受封으로 인식하였으니, 입장 차이가 크다. 또한 조선에서는 '단군조선-기자조선-위만조선설'을 수용하여 단군을 통하여 민족적 정체성을 인식하고 있었으니, 단군과 기자 또한 일정부분 대립되는 인식으로 존재할 수 있다.

둘째는 〈홍범〉 문제, 기자가 무엇 때문에 〈홍범〉을 나라를 멸망시킨 원수인 주무왕에게 전수하였는가 하는 의문과 조선에 〈홍범〉을 전수하였는지, 아니면 〈홍범〉에서 부연한 八條만을 전수하였는지 하는 인식의 차이가 존재할 수 있다.

셋째는 기자의 佯狂 행위에 대한 이해, 기자가 옥에 갇힌 사적을 두고 공자가 仁賢이라고 평가하였기에, 공자가 대표하는 유학이 존숭된 후세에는 해석의 폭이 좁아졌다. 많은 유학자들은 『史記· 殷本紀』 중의 '(비간의 죽음을 보고) 箕子는 두려운 나머지 이에 거짓 미친 척하여 노복이 되었다(箕子懼, 乃佯狂為奴)' 기록을 외면하고 仁賢의 테두리에서 기자의 佯狂을 해석하려 시도하다 보니 많은 牽强附會한 해석이 나타났는바, 이는 주희의 경우도 예외가 아니다.

본고는 이상 3개 쟁점을 중심으로 양국 문사들이 창화한 180여 년의 역사를 15세기 후반, 16세기, 17세기 전반 등 3시기로 나뉘어 그들의 기자 인식을 살폈다. 결과 다음과 같은 인식 양상을 발견할 수 있었다.

15세기 후반에는 조선의 기자 不臣 인식 및 양국의 갈등으로 인하여 명사들은 箕封을 중시하였고, 조선 문사들은 不臣을 강조하였다. 그중 서거정은 조선의 始祖인 단군을 내세워 명사들에게 조선의 민족성을 각인시켰다. 〈홍범〉에서는 명사들이 기자가 조선에 八條만 전수하였다는 인식에 반해, 서거정은 기자가 〈홍범〉을 전수하였다고 인식하고 있었다. 명사의 경우 6차 副使 張瑾이 기자가 원수인 무왕에게 〈홍범〉을 전수하고 책봉을 받은 문제를 제기하였는데, 이는 당시 조선에서 큰 반감을 샀을 것으로 사료되며, 나중에 선조도 그를 '무식한 자'라고 혹평한다. 佯狂에서는 대체적으로 3개 인식이 존재하는데, 하나는 양광의 이유를 모르겠다는 것, 둘째는 결과론 적인 해석-기자가 道인 〈홍범〉을 전수하고, 조선에 동래하기 위함 등 결과-인데, 사실 이런 해석은 일찍 宋代에 朱熹와 그의 스승인 李侗으로부터 부정된바 있다. 셋째는 예겸이 전고의 재구성, 즉 기자가 주나라의 신하기 되기 싫어서 佯狂한 것으로 표현하는 등이다.

唱和賦에서는 장편 작품에 대한 분석을 통하여 서거정과 기순의 기자 인식을 살폈다. 서거정은 『동국사절요』, 『동국통감』 등을 편찬한, 가히 시대의 기자 주류 인식을 대표할 수 있는 인물로 이 부분에서는 그와 기순의 인식 차이를 고찰하는데 중심을 두었다.

16세기에는 양국이 우호 관계를 유지하여 명사들이 더는 箕封을 강조하지 않았고, 한시적이나마 〈平壤勝迹〉 연작시를 통한 단군·기자 공동 창화가 이루어졌다. 본고는 해당 작품들을 통하여 양국 문사들이 은근히 각자가 존숭하는 인물(조선 문사들은 단군, 명사들은 기자)를 우위로 인식하고 있음을 발견할 수 있었다. 〈홍범〉 인식에서는 15세기와 달리 조선에 八條만 전수하였다는 인식이 주된 인식으로 나타난다. 그리고 道는 원수인 무왕에게도 전수할 수 있다는 인식도 표현되고 있다. 또한 명사의 경우 張承憲은 기자가 조선에 동래한 뒤, 나중에 무왕에게 〈홍범〉을 전수하였다는 『尙書大傳』의 기록에 기반한 인식을 갖고 있었음을 발견할 수 있었다. 佯狂 인식에서는 기존의 그의 마음을 이해할 수 없다는 해석 외에, 『論語』중의 타 2명의 仁

賢과 비교하여 인식하는 현상이 나타나고 있다. 그러나 이 시기 역시 15세기와 마찬가지로 공자의 三仁 평가에 기반하여 인식되고 있다.

唱和賦에서는 장편 작품에 대한 분석을 통하여 이이와 王敬民의 기자 인식을 살폈다. 이이는 〈기자실기〉를 쓴, 가히 시대의 기자 주류 인식을 대표할 수 있는 사림파 인물로 그와 왕경민의 기자 인식을 고찰하는데 중심을 두었다.

17세기에는 임진왜란을 경유하면서 중국인들의 조선에 대한 인식이 깊어졌고, 조선의 경우 중국의 再造之恩에 감사해하는 반면, 중국인들이 조선에 끼친 갖은 폐해로 말미암아 기자의 不臣 및 기자가 주나라에 입조하지 않았다는 인식이 강화된다. 이 시기에는 명사들이 제반적으로 箕封을 강조하지 않으나, 朱之蕃의 경우 箕封 및 再造之恩으로 '조공-책봉' 관계를 강조하고 있다. 단군 인식에서는 주로 劉鴻訓의 인식을 살폈다. 이 시기에는 중국인들에게 단군조선이 잘 알려졌음을 알 수 있고, 다른 한편으로 조선 문사들도 단군조선을 명사들에게 각인시키고 있음을 발견할 수 있었다. 〈홍범〉 인식에서는 주로 朱之蕃의 인식을 살폈는데, 이 시기에는 명사들도 이이의 箕聖 인식을 받아들여, 기자가 원수인 무왕에게 〈홍범〉을 전수한 것이 전혀 문제가 되지 않음을 발견할 수 있었다. 양광 인식에서는 楊道寅의 경우, 명사 중 처음으로 『史記·殷本紀』에 근거하여 기자의 양광을 인식하고 있음을 발견할 수 있었다.

唱和賦에서는 장편 작품에 대한 분석을 통하여 장유와 姜日廣의 기자 인식을 살폈다. 장유는 賦에 능한 학자이자, 기자가 주나라에 입조하지 않았다는 뚜렷한 箕子觀을 갖고 있는 인물로 그와 강왈광의 기자 인식을 고찰하는데 중심을 두었다.

이처럼 본고에서는 시대별로 양국 문사들의 기자 인식을 살폈다. 『황화집』소재 기자 제영 작품들이 기자에 대한 칭송을 통하여 양국의 우호관계를 확인하였다는 통념에 대한 의문으로부터 시작된 본고는 양국의 문사들이 기자 창화를 통하여 어떻게 기자를 인식하고 있었고, 시대별로 어떤 변화 양상을 보이고 있는지를 고찰하였다.

사실 조선에서 기자인식은 華夷觀에 입각한 문명 의식인 동시에 기자의 不臣은 단군 인식과 결합되어 상대적 독립성을 확보하는 장치였다. 명이 청에 의하여 멸망된 뒤 화이의 變易으로 인하여 조선에서는 기자에 대한 재인식이 논자에 따라 다양한 변주로 나타났으며, 근대에 이르러 기자의 존재는 부정되고 단군으로 민족의 정체성을 확인하게 된다. 그러나 이러한 기자 인식 변화 양상은 본고의 연구 범위에 속하지 않음으로 향후 과제로 남겨 둔다.

조선과 명나라 문사들의 기자 담론의 전개

—『황화집』 연구 —

참고문헌

1. 자료

김인후, 『(國譯)河西全集』(3卷), 河西先生紀念事業會, 1987.
김한규 옮김, 『〈사조선록〉 역주』, 소명출판, 2012.
『(국역)증보문헌 비고』(171~178권), 세종대왕기념사업회, 1994.
『(御製序)皇華集』(1~6卷), 국학자료원, 1993.
http://sillok.history.go.kr 조선왕조실록 검색 시스템, 국사편찬위원회.
http://db.itkc.or.kr 한국문집총간 검색 시스템, 한국고전번역원.
정약용(이지형 역주), 『(譯註) 論語古今註』, 현음사, 2010.
程樹德, 『論語集釋』(3卷), 中華書局, 1990.
殷夢霞, 于浩 選編, 『使朝鮮錄』(2卷), 北京圖書館出版社, 2003.
趙季 輯校, 『足本皇華集』(3卷), 鳳凰出版社, 2013.

2. 저서

강석중, 『한국 科賦의 전개 양상 연구』, 서울대학교 박사학위논문, 1991.
심성수, 『한국 辭賦의 이해』, 국학자료원, 1996.
김기화, 『「皇華集」의 編纂과 版本』, 경북대학교 박사학위논문, 2008.
김한규, 『한중관계사Ⅱ』, 아르케, 1999.
김한규, 『사조선록 연구』, 서강대학교출판부, 2011.
김성환, 『조선시대 단군묘 인식』, 경인문화사, 2009.
김한규, 『한중관계사Ⅱ』, 아르케, 1999.
김흥규, 『朝鮮後期의 詩經論과 詩意識』, 민족문화연구원, 1988.

김흥규, 『근대의 특권화를 넘어서』, 창비, 2013.
김흥규, 권순회, 『고시조 데이터베이스의 계량적 분석과 시조사의 지형도』, 고려대 민족문화연구원, 2002.
노태돈 편, 『단군과 고조선사』, 사계절, 2000.
박원호 외, 『15~19세기 중국인의 조선인식』, 고구려연구재단, 2005.
신태영, 『명나라 사신은 조선을 어떻게 보았는가-〈황화집〉 연구』, 다운샘, 2005.
심경호, 『조선시대 한문학과 시경론』, 일지사, 1999.
윤내현, 『고조선 연구』, 일지사, 1995.
윤호진, 『朝鮮賦』, 도서출판 까치, 1994.
이규철, 『조선초기의 對外征伐과 對明意識』, 카톨릭대학교 박사학위논문, 2013.
이춘호, 『韓中外交文學論 : 文獻備考와 詩史를 中心으로』, 동국대 석사학위논문, 1984.
정행렬, 『16-17세기 朝鮮 性理學者의 箕子에 대한 認識 變遷』, 성균관대학교 석사학위논문, 2001.
조규익 등 편, 『연행록 연구 총서』, 학고방, 2006.
조현설, 『동아시아 건국 신화의 역사와 논리』, 문학과지성사, 2003.

杜慧月, 『明代文臣出使朝鮮與皇華集』, 人民出版社, 2010.
郭建勋, 『先唐辞赋研究』, 人民文学出版社, 2004.
梁啓超(이계주 역), 『中國古典入門』, 三星文化財團, 1973.
吴伊琼, 『明朝与朝鲜王朝诗文酬唱外交活动考论』, 复旦大学 박사학위논문, 2013.
徐明, 『朱熹《论语集注》研究』, 揚州大學 석사학위논문, 2011.
赵海军, 『古今文献之箕子记载与研究综述』, 东北师范大学 석사학위논문, 2006.

3. 논문

강혜정, 「백이 숙제 고사의 수용 양상과 그 의미」, 『한민족문화연구』34, 한민족문화학회, 2010.
구도영, 「中宗代 對明외교의 추이와 정치적 의도」, 『朝鮮時代史學報』54, 조선시대사학회, 2010.

김경록, 「조선시대 사신접대와 영접도감」, 『연행록 연구총서』6, 학고방, 2006.
김구진, 「朝鮮前期 對女眞關係와 女眞社會의 實態」, 『동양학』14, 단국대학교 동양학연구소, 1984.
김구진, 「조선 시대 女眞에 대한 정책, 『백산학보』88, 백산학회, 2010.
김기화, 「『皇華集』의 編纂과 刊行에 관한 연구」, 『서지학연구』 39, 한국서지학회, 2008.
김기화, 「『皇華集』 序文과 序文撰述者의 文集에 대한 연구」, 『서지학연구』 41, 한국서지학회, 2008.
김남이, 「15세기 조선 문사와 명 사신의 시문 수창과 그 의미」, 『 東洋古典研究』16, 동양고전학회, 2002.
김덕수, 「조선문사와 명사신의 酬唱과 그 양상」, 『한국한문학연구』 27, 한국한문학회, 2001.
김보경, 「『고려도경』과 고려의 문화적 형상」, 『한국한문학연구』47, 한국한문학회, 2011.
김보경, 「시가창작에 있어서 차운의 효과와 의의에 대하여-소식의 시가를 중심으로」, 『중국어문논총』45, 중국어문연구회, 2010.
김성수, 「서거정의 辭賦 문학1」, 『한어문교육』9, 한국언어문학교육학회, 2001.
김성수, 「신광한의 사부문학- 낭만 추모류」, 『한문고전연구』13, 한국한문고전학회, 2006.
김성윤, 「18~19세기 노론학자의 홍범이해와 그 정치적 의미 - 이민곤·황경원·홍석주를 중심으로」, 『부산사학』40, 부산경남사학회. 2001.
김용구, 「외교 개념 연구」, 『학술원논문집: 인문, 사회과학편』50, 대한민국학술원, 2011.
김은정, 「경오본 『황화집』 편찬경위와 시문수창의 의미」, 『한국한시 연구』7, 한국한시학회, 1998.
김인호, 「楚辭의 범위와 의미 고찰」, 『中國文學』80, 한국중국어문학회, 2014.
김정녀, 「최부의 『표해록』을 통해 본 15세기 朝鮮과 明朝 문화 교류의 현장」, 『고전과 해석』3, 고전문학한문학연구학회, 2007.
김창규, 「司馬遷의 감성, 그리고 『史記』」, 『역사학연구』37, 호남학회, 2009.
김현종, 「명사접대고」, 『향촌서울』12, 서울시사편찬위원회, 1961.
김홍수, 「『洪範衍義』의 편찬과 간행」, 『민족문화논총』57, 영남대학교 민족문화연구소. 2014.
권인용, 「明中期 朝鮮의 宗系辨誣와 對明外交: 權機의 『朝天錄』을 中心으로」, 『명청사 연구』24, 명청사학회, 2005.
노경희, 「17세기 초 문관출신 明使 접반과 한중 문학교류」, 『한국한문학연구』42, 한국한문학회. 2008.
류기수, 「『황화집』 간행과 수록된 明詞에 관한 고찰」, 『중국학 연구』47, 중국학연구회, 2009.
박광용, 「箕子朝鮮에 대한 認識의 변천-高麗부터 韓末까지의 史書를 중심으로」, 『韓國史論』6, 서울대학교 인문대학 국사학과, 1980.
박성주, 「조선전기 조·명 관계에서의 종계 문제」, 『경주사학』22, 경주사학회, 2003.
박현규, 「1621년 명 등극조사의 '貪墨無比'에 관한 논란과 실상」, 『한중인문학연구』35, 한중인문학회, 2012.
백민정, 「조선 지식인의 王政論과 정치적 公共性-箕子朝鮮 및 中華主義 문제와 관련하여」, 『東方學志』164, 연세대학교 국학연구원, 2013.
신승운, 「倪謙의 『奉使朝鮮唱和詩卷』에 對한 硏究」, 『서지학연구』28, 한국서지학회, 2004.
신용하, 「箕子朝鮮說의 사회학적 검증과 '犯禁8條'의 실체」, 『고조선단군학』, 고조선단군학회. 2013.
신창호, 「『서경』「홍범」의 이해와 교육적 의의」, 『동양고전연구』10, 동양고전학회, 1998.
신태영, 「『황화집 』의 편찬의식 연구 - 서문을 중심으로」, 『漢文學報』5, 우리한문학회, 2001.
신태영, 「『황화집』 소재 한시의 특징과 양상-명 사신과 조선 접반사의 수창」, 『東方漢文學』64, 우리한문학회, 2010.
심성호, 「초사문체고」, 『중국어문학』26, 영남중국어문학회, 1995.
엄경흠, 「외교시의 범주와 갈래에 대하여 -『(東文選』所載 작품을 중심으로」, 『석당논총』44, 동아대학교 석당학술원, 2009.
엄형흠, 「高麗後期 對中國使臣 送詩에 表現된 外交認識의 變化와 그 意味」, 『동양한문학연구』27, 동양한문학회, 2008.
오석원, 「沙溪 김장생의 경학사상 - 『經書辨疑』를 중심으로」, 『동양철학연구』10, 동양철학연구회, 1989.
오현수, 「기자 전승의 확대 과정과 그 역사적 맥락 —중국 고대 문헌을 중심으로」, 『大東文化研究』79, 성균관대학교 대동문화연구원,

2012.
유성선, 「栗谷의 華夷論 硏究-「箕子實記」를 中心으로」, 『인문과학연구』 34, 강원대학교 인문과학연구소, 2012.
윤재환, 「董越의 「朝鮮賦」를 통해 본 중국 사신의 조선 인식」, 『동방한문학』53, 동방한문학회, 2012.
윤채근, 「소세양론: 16세기 사장파의 형식지향적 국면」, 『한국한시작가연구』4, 한국한시학회. 1999.
이경룡, 「명대 지식인의 조선 인식과 양국의 防北정책」, 『명청사연구』25, 명청사학회, 2006.
이승수, 「性理學的 世界觀에 대한 試論- 《論語集註》를 중심으로」, 『한양어문연구』10, 한국언어문화학회, 1992.
이영호, 「經書辨疑·大學을 통해 본 沙溪金長生의 經學思想」, 『인문과학』 30, 성균관대학교 인문과학연구소, 2000.
이유진, 「율곡 「기자실기」의 연구: 화이론을 중심으로」, 『율곡사상연구』 8, 율곡연구원, 2004.
이존희, 「燃藜室記述의 분석적 고찰 - 이긍익의 역사의식을 중심으로」, 『한국학보』7, 일지사, 1981.
이향배, 「朝鮮前期 시화詩話에 나타난 명 사신과의 唱和」, 『시화학』8·9, 동방시화학회, 2007.
이현희, 「제2장 단군인식의 통사적 해석과 향후 과제」, 『민족사상』, 한국민족사상학회, 2007.
이혜순, 「『皇華集』 수록 明 사신의 使行詩에 보이는 조선인식: 祁順의 〈朝鮮雜詠〉10수를 중심으로」, 『한국시가연구』10, 한국시가학회, 2001.
임재해, 「'고조선'조와 '전조선기'로 본 고조선의 역사적 실체 재인식」, 『고조선단군학』26, 고조선단군학회, 2012.
임채명, 「기재 申光漢 시의 일국면: 『황화집』 소재 시를 중심으로」, 『漢文學論集』19, 근역한문학회, 2001.
장재천, 「한국의 문화 : 유교문화 동질성 확보를 위한 조선」, 『한국사상과 문화』61, 韓國思想文化學會, 2012.
장지연, 「고려~조선 초 『書經』 「無逸篇」과「洪範篇」이해의 변화」, 『사학연구』112, 한국사학회, 2013.
정구선, 「鮮初 朝鮮出身 明 使臣의 行跡」, 『경주사학』123, 2004.
조동일, 「공동문어문학과 민족어문학의 기본 관계」, 『공동문어학과 민족어문학』, 지식산업사, 1999.
조영록, 「董越의 〈朝鮮賦〉에 대하여」, 『全海宗博士華甲紀念史學論叢』, 일조각, 1979.
조영록, 「선초의 조선출신 명사고」, 『국사관논총』14, 국사편찬위원회, 1990.
조원진, 「기자조선 연구의 성과와 과제」, 『고조선단군학』20, 고조선단군학회, 2009.
한명기, 「17세기 초 明使의 서울 방문 연구 : 姜日廣의 『輶軒紀事』를 중심으로」, 『서울학연구』, 서울시립대학교 서울학연구소, 1997.
한명기, 「조선과 명의 사대관계」, 『역사 비평』50, 역사비평사, 2000.
한영우, 「고려-조선 전기의 기자 인식」, 『한국문화』3, 서울대학교 규장각 한국학연구원, 1982.
한형주, 「朝鮮 世祖代의 祭天禮에 대한 研究」, 『진단학보』81, 진단학회, 1996.

储玲玲, 「『雅俗稽言』刍议」, 『上海师范大学学报(哲学社会科学版』3, 上海师范大学学报編輯部, 1997.
權赫子, 「從〈皇華集〉箕子題詠看辭賦的外交功能」, 『東疆學刊』28, 延邊大學, 2011.
王國亮, 「韓國文集所見朝鮮官員與明朝使臣酬答作品略說 -以申叔舟,成三問,蘇世讓,柳根四人文集爲主」, 『민족문화연구』61, 고려대학교 민족문화연구원, 2013.
王克平, 「『皇華集』的文學價值」, 『遼東學院學報』13, 遼東學院, 2011.
楊光輝, 「『皇明史惺堂先生遺稿』」, 『古籍正理研究學刊』2, 东北师范大学古籍整理研究所, 2001.
楊志才, 「春秋時代外交活動中的賦詩」, 『外交學院學報』1, 外交學院, 1986.
殷雪征, 「明景泰年間的中朝詩賦外交 一以倪謙出使朝鮮為中心的考察」, 『中國文學』65, 한국중국어문학회, 2010.
殷雪征, 「嘉靖年间的中朝诗赋外交: 以龚用卿出使朝鲜与『丁酉皇华集』为中心的考察」, 『한중인문학연구』34, 한중인문학회, 2011.

명사 약력 및 사행 목적

序	약 력
1차	倪謙(1415~147): 자 克讓, 호 靜存, 시호 文僖. 문집: 『遼海編』, 『倪文僖公集』32卷. 신분 및 직급: 明 正使, 翰林院侍講. 사행 목적: 세종 32년(1450)에 경태제의 등극 조서 반포. 의의: ① 처음으로 양국 문사들의 창화 외교 개시. ② 처음으로 기자사당, 단군사당, 기자무덤 배향.
	司馬恂(?~1466): 자 恂如. 문집: 無 신분 및 직급: 明 副使, 刑科給事中.
2차	陳鑑(1415~1471): 자 緝熙. 문집: 『方庵集』 신분 및 직급: 明 正使, 翰林院編修. 사행 목적: 세조 3년(1457)에 영종제의 복위 조서 반포.
	高閏(생몰년 미상): 자 居平, 호 易庵. 문집: 『易庵集』50권 신분 및 직급: 明 副使, 太常博士.
3차	陳嘉猷(1421~1467): 자 世用. 문집: 無 신분 및 직급: 明 正使, 刑科給事中. 사행 목적: 세조 5년(1459)에 명의 책봉을 받은 건주 여진 童山 등을 조선이 사사로이 책봉한 것에 힐책하는 칙서 반포.

序	약 력
4차	張寧(생몰년 미상): 자 靖之, 호 方洲. 문집: 『方洲集』(〈奉使錄〉 수록), 『方洲雜言』. 신분 및 직급: 明 正使, 禮科給事中. 사행 목적: 세조 6년(1460)에 명의 책봉을 받은 여진인 낭발아한 등 16명을 조선이 유인하여 죽인 것을 힐문하는 칙서 반포.
5차	金湜(생몰년 미상): 자 本淸, 호 太瘦生. 문집: 無 신분 및 직급: 明 正使, 太僕寺承. 사행 목적: 세조 10년(1464)에 헌종제의 등극 조서 반포.
	張珹,(생몰년 미상): 자 世璉 문집: 無 신분 및 직급: 明 副使, 中書舍人.
6차	祈順(1434~1497): 자 致和, 호 達庵, 巽川居士. 문집: 『巽川集』, 『寶安雜詠』등. 신분 및 직급: 明 正使, 戶部郎中. 사행 목적: 성종 7년(1476)에 황태자 책봉 조서 반포.
	張瑾(?~1481?): 자 廷玉 문집: 無 신분 및 직급: 明 副使, 行人司左司副.
7차	董越(1431~1502): 자 尙矩, 호 圭峰. 문집: 〈朝鮮賦〉, 『圭峰文集』, 『使日東錄』. 신분 및 직급: 明 正使, 翰林院侍講. 사행 목적: 성종 19년(1488)에 효종제의 등극 조서 반포.
	王敞(1431~1515): 자 漢英, 별호 竹堂. 문집: 『王氏家乘』 신분 및 직급: 明 副使, 工科給事中.
8차	艾璞(1450~1512): 자 潤德, 호 東湖. 문집: 無 신분 및 직급: 明 正使, 兵部郎中. 사행 목적: 성종 23년(1492)에 황태자의 책봉 조서 반포.

序	약 력
9차	徐穆(1468~1511): 자 및 호 미상 문집: 『南峰稿』, 『徐州洪志』 신분 및 직급: 明 正使, 翰林院侍講. 사행 목적: 연산군 12년(1506)에 正德帝의 등극 조서 반포.
	吉時(생몰년 미상): 자 惟可. 문집: 無 신분 및 직급: 明 副使, 吏科給事中.
10차	唐皐(?~1526): 자 守之, 호 心庵. 문집: 『心庵集』, 『史監會編』등. 신분 및 직급: 明 正使, 翰林院修撰. 사행 목적: 중종 16년(1521)에 嘉靖帝의 등극 조서 반포.
	史道(1485~1554): 자 克弘. 문집: 『史督撫奏議』 신분 및 직급: 明 副使, 兵科給事中.
11차	龔用卿(1500~1563): 자 鳴治, 호 雲岡. 문집: 『使朝鮮錄』, 『雲岡選稿』등. 신분 및 직급: 明 正使, 翰林院修撰. 사행 목적: 중종 32년(1537)에 황태자 탄생 조서 반포.
	吳希孟(생몰년 미상): 자 子醇, 호 龍津. 문집: 『釣臺集』 신분 및 직급: 明 副使, 戶部給事中.
12차	華察(1497~1574): 자 子潛. 문집: 『碧山堂』, 『知退軒』등. 신분 및 직급: 明 正使, 翰林院侍講. 사행 목적: 중종 34년(1539)에 황태자의 책봉 등 조서 반포.
	薛廷寵(생몰년 미상): 자 如承. 문집: 『諫垣奏議集』 신분 및 직급: 明 副使, 吏部給事中.
13차	張承憲(생몰년 미상): 자 監先, 호 白灘. 신분 및 직급: 明 副使, 行人司行人. 문집: 無 사행 목적: 인종 1년(1445)에 환관 郭王放을 배동하여 중종의 제사 및 諡號를 하사.

<table>
<tr><th>序</th><th>약 력</th></tr>
<tr><td>14차</td><td>王鶴(1516~?): 자 子皋, 호 于野.
문집: 『見薇堂集』8卷
신분 및 직급: 明 副使, 行人司行人.
사행 목적: 명종 1년(1446)에 환관 劉遠을 배동하여 중종의 제사 및 諡號를 하사.</td></tr>
<tr><td rowspan="2">15차</td><td>許國(1527~1596): 자 維楨 호 潁陽.
신분 및 직급: 明 正使, 翰林院檢討.
문집: 『許國文集』, 『朝鮮日記』 등.
사행 목적: 명종 22년(1567)에 목종제의 등극 조서 반포.</td></tr>
<tr><td>魏時亮(1529~1591): 자 舜卿, 工甫.
문집: 『大儒學粹』
신분 및 직급: 明 副使, 兵科左給事中.</td></tr>
<tr><td>16차</td><td>歐希稷(생몰년미상): 자, 호 미상
신분 및 직급: 明 副使, 行人司行人.
문집: 無
사행 목적: 선조 1년(1568)에 환관 張朝를 배동하여 명종의 제사 및 諡號를 하사.</td></tr>
<tr><td rowspan="2">17차</td><td>成憲(생몰년 미상): 자, 호 미상
신분 및 직급: 明 正使, 翰林院檢討.
문집: 無
사행 목적: 선조 1년(1568) 황태자 책봉 조서 반포.</td></tr>
<tr><td>王璽(생몰년미상): 자 子信 호 見竹.
문집: 無
신분 및 직급: 明 副使, 兵科給事中.</td></tr>
<tr><td rowspan="2">18차</td><td>韓世能(1528~1598): 자 存良 호 敬堂.
문집: 『雲東拾草』, 『孝經解』 등.
신분 및 직급: 明 正使, 翰林院修撰.
사행 목적: 선조 5년(1573) 신종제 등극 조서 반포</td></tr>
<tr><td>陳三謨(생몰년 미상): 자 汝明, 호 錦江.
문집: 『雲東拾草』, 『孝經解』 등.
신분 및 직급: 明 副使, 吏科給事中.</td></tr>
</table>

序	약 력
19차	黃洪憲(1541~1600): 자 懋忠 호 葵陽. 신분 및 직급: 明 正使, 翰林院編修. 문집: 『周易集說』, 『老子解』 등. 사행 목적: 선조 15년(1582) 황태자 탄생 조서 반포.
	王敬民(생몰년미상): 자 用司, 호 儆吾. 문집: 無 신분 및 직급: 明 副使, 工科給事中.
20차	顧天峻(생몰년미상): 자 升伯, 호 開雁. 문집: 『顧太史集』 신분 및 직급: 明 正使, 翰林院侍講. 사행 목적: 선조 35년(1602)에 황태자 책봉 조서 반포.
	崔廷健(생몰년미상): 자 猛乾. 문집: 無 신분 및 직급: 明 副使, 行人司行人
21차	朱之蕃(?~1626): 자 元介, 호 蘭嵎. 문집: 『奉使稿』, 『南還集』등. 신분 및 직급: 明 正使, 翰林院修撰. 사행 목적: 선조 39년(1606)에 황태손 탄생 조서 반포.
	梁有年(?~1614): 호 惺田. 문집: 『使東方錄』 신분 및 직급: 明 副使, 刑科給事中.
22차	熊化(?~1635): 자 聖徵, 호 月沙. 문집: 無 신분 및 직급: 明 副使, 行人司行人. 사행 목적: 광해 1년(1609)에 선조의 제사 및 시호를 하사.
23차	劉鴻訓(1565~1634): 자 默承, 호 青岳. 문집: 『四素山房集』, 『玉海纂』등. 신분 및 직급: 明 正使, 翰林院學士. 사행 목적: 광해 13년(1621)에 天啓帝 등극 조서 반포.
	楊道寅(생몰년미상): 호 湛我. 문집: 無 신분 및 직급: 明 副使, 禮科給事中

序	약 력
24차	姜日廣(?~1649): 자 居之. 신분 및 직급: 明 正使, 翰林院編修 문집: 『輶軒紀事』 사행 목적: 인조 4년(1626)에 황태자 탄생 조서 반포.
	王夢尹(생몰년미상): 자 叔任. 문집: 無 신분 및 직급: 明 副使, 工科給事中 문집: 無
25차	程龍(?~1637): 자 飛龍. 신분 및 직급: 副總兵. 문집: 無 사행 목적: 인조 11년(1633)년 칙명 반포.